大陸英雄戦記

Legend of the Continental Heroes

1

悪一
waruichi

illustration
ニリツ
nilitsu

Sara Malinowska
サラ・マリノフスカ
騎士階級の少女。619年生。
真っ直ぐな性格で男勝りな美少女。

Jozef Wałęsa
ユゼフ・ワレサ
平民の少年。621年生。
現代日本で生まれ育った記憶を持つ。

Emilia Silezia
エミリア・シレジア
シレジア公国を治める
大公のひとり娘。621年生。
我が儘な性格だったがある事件
をきっかけに変わっていく。
Rasdoław Nowak
ラスドワフ・ノヴァク
資本家階級で商家の息子。
通称「ラデック」。615年生。
面倒見のいいイケメン。
Maja Krakówska
マヤ・クラクフスカ
エミリアにつき従う公爵令嬢。
614年生。美人だが武闘派で、
ちょっと怖い。

大陸英雄戦記 1

Legend of the Continental Heroes

目次

序章

話をしよう。

あれは今から……何年前だっけ？　まぁいいや。

あの日は俺の10歳の誕生日だった。農家を営む俺の父はこう言った。

「息子よ。この世界で成り上がるには教養が必要だ。その手始めとして、お前にこれをやる」

父の農夫らしいごつい手から受け取ったのは地図だった。ごく普通の地図。

もっと具体的に言えば「自分の国と近隣諸国の位置関係や地形がわかる地図」だ。

誕生日プレゼントが勉強道具なんて、ハッキリ言って嬉しくもなんともない。父のセンスを疑う。

ちなみに母からは何ももらえなかった。チッ。まぁ仕方ないか。裕福な家ではないしな。

でも当時の俺はまだ純情で純粋な子供だった。だから「こんなの欲しかったんだー！」と心から喜んでいたのも確かだ。

その時だった。強烈な既視感に襲われたのは。

知っている。俺はこの地図……いや違う、この世界を知っている。

途端、体に異常が起きた。

最初は単なる眩暈《めまい》。次に嘔吐、悪寒、そして四肢の痙攣《けいれん》。

まるでインフルエンザの症状が一気に来たかのようだ。

……インフルエンザ？　なんだそれ？

聞いたことない病気だ。この世界では。

気付けば俺はその場でぶっ倒れた。両親が慌てて俺に駆け寄り、そして抱きかかえてきた。

薄れゆく意識の中で、俺は思った。

よかった。生まれて初めて貰った誕生日プレゼントが、ゲロまみれになってなくて。

その後俺は三日三晩、生死の境を彷徨《さまよ》った。

その「地図」は前世世界で「ヨーロッパ」と呼ばれていた地域の地図だった。

◇

◇

「ヨーロッパ」。

それは、前世世界でのユーラシア大陸西端地域の名称。

それは、前世世界での歴史の中心地となった地域。

様々な国が生まれ、栄えて、滅び、また新たな国が生まれた地域。

父から渡された「地図」はまさに、そのヨーロッパの地図だった。

俺の記憶——と言っても最低でも10年以上見てないから結構細部があやふやだ——と比べてみて

も、それは間違いなくヨーロッパだった。偶然の一致、とは考えにくい。

ここはヨーロッパなのか？　俺は生まれ変わってヨーロッパ人になったのか？

でも、俺はその考えを否定する。

まずこの世界は現代ではない。電気・ガス・水道と言った類のインフラはないし、衣服や住居と言ったものから察するに中近世、と言ったところだろうか。

そしてこの世界には、前世世界にはなかったある要素がある。

「ユゼフ！　ちょっと手伝ってくれる!?」

「あ、はーい」

母に呼ばれた。どうせいつもの洗濯の手伝いだろうな。

あ、そう言えば自己紹介がまだだったな。

俺の名前はユゼフ。ユゼフ・ワレサ。

見ての通り、男だ。自分で言うのもなんだけど、まだ10歳だから顔つきは可愛い。でもあと数年もするとどうなるか……いや、この話はやめよう。なんか悲しくなってきた。

家族は両親のみ。農家なのに核家族だ。

「ちょっと待ってね。水出すから」

そう言いつつ母は、何もない空中から「水を出した」。比喩でもなんでもなく、本当に水を出現させたのである。うん、いつ見てもサッパリ原理がわからない。

まぁ「この世界では前世世界の常識に囚われてはいけないのですね！」ってことだ。

つまるところ、こいつは魔術とか魔法とか呼ばれるものだ。

そしてここは創作物お馴染みの中世ヨーロッパ風ファンタジー世界と言うことになる。いやまんまヨーロッパなんだけどね？

母は魔術の中でも最も簡単な部類である初級魔術を使って洗濯用の水を出した。初級魔術は、この世界の住民であれば誰でも無詠唱でできる。

俺にだってできたんだ。たぶんお前らもきっとできると思う。

聞くところによると治癒魔術もあるようだ。どの程度までの怪我や病気を治癒できるかわからないが、もしかすると前世における中世ヨーロッパ以上の人口はあるかもしれない。

「じゃ、ごしごし洗ってね。私は絞って干すから」

でもいくら魔法が使えると言っても洗濯は昔ながらの石鹸《せっけん》と洗濯板。こ、腰が痛い。乾燥機付き全自動洗濯機の発明はまだか！

俺は、村の初級学校に通いつつ、我が家の農作業を手伝いつつ、母の家事炊事を手伝っているごく普通の子供だ。

前世の記憶があることを除いたらね。

「ユゼフ、学校はどう？」

「ふつー」

特に何もない。この世界「でも」俺は友達がいない。故に話すこともない。前世なら架空の友達をでっち上げただろうけど、この小さな農村じゃそれも出来ない。

あ、石鹸の泡が目に入って涙が……。

「ふーん？」

「な、なにさ……」

「もしかして、好きな子でもできた？」

どうしてそうなるんですかね。

「ざんねんながらすきなこはおりませぬ」

その前に友達ください。この際男でも年上でもいい。一方母は、俺のその悲しい状況を知ってか知らずか、そのまま話題を続けた。

「勿体ないわねー。せっかくお父さんからいい顔貰ったんだから、有効に使わなきゃダメよ？」

そう言う母の顔はなんか活き活きしている。何歳になっても恋バナというのは女性を喜ばせるものらしい。と言っても母はまだ28歳だけど。ちなみに父は35だ。

「まだそういうのはいいかも。面倒そうだから」

「……ねぇ、ユゼフ。あなた誕生日の前と後で人格が変わってるわよ？」

「そんなことないです」

なんでばれた。しかも「性格」じゃなくて「人格」って言ってるところが怖い。

「昔はもっと活発な子だったのに……お父さんが変な贈り物したせいね」

母の言うことは半分合ってる。あれがなければたぶん前世のことは思い出さなかった。たぶん。

「ユゼフは、これからどうするつもりなの？」

「どう……とは？」

「今年で初級学校は卒業でしょ？　そのあとどうする気なの？」

初級学校、というのはこの国の子供が最初に通う学校だ。

通わなくてもいいが、授業料は基本無料なので余程の事情がない限り初級学校には通う。

習うのは国語・算数・理科・社会・初級魔術その他生活に必要なもの。

入学は5歳、卒業は10歳だ。幼稚園や保育園なんてシステムはないから前世より入学が早い。

そして俺は、先月10歳になった。そして初級学校ももうすぐ卒業だ。

前世の記憶を取り戻す前なら、そのまま家の手伝いを続けて父の跡を継いだのだろうが……。

「うーん、ちょっと悩んでるの」

「あら、そうなの？」

「うん」

これで前世の俺が農家だったら「前世の農業知識でウハウハ牧場物語」とかいうネット小説みたいなことも出来たんだろうけど、残念ながら前世の俺はただの学生だった。

だから父には悪いが家は継がない。前世の記憶があるのに田舎で農作業×50年とか前世の記憶の無駄遣いだ。

「家を継がなきゃいけない、ってことはないわ。あなたのやりたいことをしなさい、ユゼフ。どんな結論を出そうと、私はあなたを応援するつもり。勿論、悪いことはダメだけど」

……やりたいことか。まぁ、あるにはある。

父からもらった地図と、初級学校で習ったこの国の歴史、そして前世の俺の記憶。
この3つを持ってる俺しか成せないことをしたい。

俺が今住んでいるこの国の名前は「シレジア王国」。
地図で言うとちょうど真ん中、前世で「中欧」と呼ばれた地域。
具体的に言えば、ポーランドという国があった場所に、俺の第2の故郷がある。
シレジア王国は、滅亡の危機にある。

◇　◇

「シレジア王国」。
大陸暦452年、世界最大の国家である「東大陸帝国」から独立。
以後、周辺国との紛争を繰り返しつつ領土を拡大。
最盛期には東大陸帝国に次ぐ覇権国家となっていた。
でもその栄光の時代は短かった。
シレジア王国に危機感を覚えた周辺列強が反シレジア同盟を結び、宣戦布告。
王国は奮闘するも、衆寡敵せず敗戦。領土の3分の2を失う大敗北。
それを機に徐々に衰退。

失った領土と、シレジア人の自由を求めて復讐戦争に挑むものの、やはり叩き潰される。

さらに領土の半分を喪失。

衰退に歯止めがかからないシレジア王国は、その後近隣諸国からの度重なる軍事恫喝《どうかつ》と侵攻を受けて、領土と経済力をガリガリと削られていった。

今やシレジア王国は全盛期の7分の1の領土しかなく、独立時と比べても3分の2しかなかった。

これが、シレジア王国の大雑把な歴史だ。

大陸全体の歴史は、後の機会に譲ろう。

前述のとおり、このシレジア王国は前世でポーランドと言う国があったところに位置している。

そしてそのポーランドと、シレジア王国の境遇が似ているのだ。

と言っても俺は歴史マニアじゃない。

たまたま歴史シミュレーションゲームをちょっとプレイしたから知っていただけだ。

その中じゃ俺、結構この国サックリ滅亡させてたな。餌としか見てなかったし。

前世ポーランドも、かつては巨大な国家だった。

そしてロシア・プロイセン・オーストリアという中世最強国家たちに囲まれたポーランドは3回の分割の末、地図から消滅した。

滅亡後、ポーランド人は何度も自由と独立を求めて立ち上がり、そして何度も失敗した。

その度に激しい弾圧を受けた。

もしもこのシレジア王国が前世ポーランドと同じだったら、シレジアも滅亡するのではないか。

いや、既に滅亡しかけている。初級学校でも習うことだ。

ふむ。

滅亡するとわかっているのに、ただ指をくわえて見てるのは癪《しゃく》だな。

それに俺は前世のゲームとマンガその他諸々の知識を持っている。それを使えばなんとかなるんじゃないかな！

「母さん、父さん」

「どうしたのユゼフ？」

「また、具合でも悪いのか？」

目指せ！　前世の記憶でチート英雄！

「俺、将軍になりたいんだ」

時に、大陸暦６３１年9月1日。

俺は、シレジア王国唯一の「王立士官学校」へ入学した。

第1章『士官学校』

「オレがお前を呼び出した理由がなんだかわかるか？」

「……わかります」

王立士官学校、第1学年第3組の教室。

俺が今いるところだ。

「そうだよなぁ、これ見て何も思わない奴いないもんなァ？」

「……はい」

入学試験は簡単だった。

なんてったって初級学校の内容＋体力テストしかなかった。農家出身ということもあって軍人に必要な最低限度の体力はあったし、初級学校じゃそれなりに成績は良かったし。

でも問題は入学してからの成績だ。

「なんなんだこの成績は！」

ボコッ。

担任の先生渾身の右ストレート。良い音がしたと同時に俺は数メートル吹っ飛んだ。

口の中が切れたせいかちょっと血が出た。痛いですよ先生。

「こんな酷い成績の生徒はオレも初めてだぞ」

「すみません」

どうやら俺は想像以上にバカだったらしい。士官学校では初級学校の成績は当てにならないようである。当たり前と言えば当たり前だけど。

俺の手元にはたった今先生から渡された上半期中間試験の成績表がある。

だいたいこんな感じだ。

剣術　28点
弓術　5点
魔術　53点
馬術　14点
算術　85点
戦術　96点
戦略　93点
戦史　89点

HAHAHAHAHAHA。

うん、我ながら素晴らしい点数だ。特に弓術の点数なんて見ただけで涙が出てくる。

当然だけど全部100点満点だ。赤点は60点未満。

座学じゃ良い点取ってるんだよな俺。魔術53点のうち40点くらいは魔術理論だし。残りの13点が魔術実技だ。前世世界に魔術なんてものはなかったのに結構頑張ってる方なのよ？

問題は実技しかない剣・弓・馬だ。

まぁ、前世じゃ剣も弓も馬も扱える人間なんて殆《ほとん》どいないから仕方ない。そういうことにしてくれ。

「お前、このままだと第1学年上半期で退学だぞ？」

「……はい」

そうなんだよなぁ。

ここ、王立士官学校は授業料無料の高級学校だ。

国から授業料全額扶助がされる高級学校は、このご時世じゃここだけだ。

ただし、原則卒業後10年間は軍務につかなければならない。でなければ授業料を請求される。

そしてそれは退学になっても同じだ。

……はぁ。鬱だ。

「期末までになんとかしろ。以上」

「はい」

「声が小さい！」

「はい！」

「うむ。着席してよろしい」

退学になったら親に申し訳ない。裕福とは言えない農家じゃ、授業料は結構な負担になるはずだ。我が儘《まま》言った分、ここで頑張らないとな。前世の記憶があると言っても、親は親だ。

……問題は弓術の点数どうやって55点も上げるかだ。袖の下渡した方が早い気がする。

「ユゼフって結構貧弱よね。知ってたけど」

「うるせー」

隣の席の女子が話しかけてきた。もう死んでもいい。

「サラもバカじゃないか。戦術何点だっけ？」

「……18点」

「戦略は？」

「25点」

戦史は……、と言いかけたところで拳が飛んできた。

「うっさい！　殴るわよ！」

「殴ってから言うなよ!?」

まぁ、そんなコントのようなことをやっていたら当然教官からはこんな言葉が放たれる。

「五月蠅《うるさ》いのはお前ら2人だ！　邪魔だから廊下に立ってろ!!」

さて、俺の隣でバケツを持って突っ立ってるのはサラ・マリノフスカ。

赤髪のロング、吊り目、口より先に拳、場合によっては剣を抜く暴力女子。得意科目は剣術・弓術・馬術で苦手科目が座学。早い話が脳筋だ。

「これじゃあ２人仲良く上半期で退学ね」

「そうだなー」

誰か剣術馬術弓術指南してくれないかなー？　チラッ。

あっ。

「……ふんっ」

「……」

やばい。目が合った。

「ねぇ」

「なぁ」

かぶった。

やばい、恥ずかしいなこれ。

とりあえずお先にどうぞジェスチャーしてみる。

「勉強教えて。実技は私が教えるから」

気が合うね。俺も君に同じことを言おうかと思ってた。

◇　◆　◇　◆　◇　◆　◇

サラ・マリノフスカ。

それが私の名前。

士官学校の学生は、７割が貴族だ。公爵家の子息、閣僚の息子……なんて珍しい話じゃない。

私もそうだ。

と言ってもそんなに偉い身分じゃない。貴族の中では底辺に位置する騎士《カヴァレル》階級の娘。

仮にも騎士《カヴァレル》というだけあって、幼い頃から戦闘訓練はしてきた。騎士《カヴァレル》は、この国の未来を守るためにいる。そう思って、日々訓練に励んでいた。

父から習ったのは、剣術と弓術、そして馬術。

残念ながら魔術は父の専門外だったため、初級学校で習う程度の魔法しか使えない。

そしてある日のこと、父は私に「士官学校に行け」と命じた。

その日の食べ物にも困るような貧乏貴族だったから、娘を出世させて楽な暮らしをしよう、そんな打算的な理由もあっただろう。

でも私はそれを知りつつ、父の言うことに従った。

それが騎士《カヴァレル》階級に生まれた者の役目だと思って。

入学試験は問題なかった。父から教わった武術の得点が高かったからだろう。中級魔術は扱えなかったが、それは士官学校に入ってから学べばいいと言われた。

今思えば、先生から「期待の新入生」だと評価されていたのかもしれない。自分で言うのもなんだけど、確かに周りの人間よりは武術と言うものが出来た。

そして士官学校に入学した。座学が足を引っ張って入学時の席次は中の上に落ち着いたけど、それでもまずは満足すべき結果だったと思う。

でも、入学したばかりの頃は漠然とした不安があったことも確かだ。

それは当然かもしれない。まだ12歳の身で、「国を守る」だとか「騎士の役目《カヴァレル》」を語るなんて。

その不安をある程度打ち消してくれたのが、教室で私の隣の席に座る、ユゼフ・ワレサという名の男子だった。

彼はこの士官学校では割と珍しい、農民出身の士官候補生。私とは真逆のタイプで、武術が圧倒的にダメで、反面座学が得意。

第3組の中では早くも「頭から下は不要な男」と呼ばれている。

上半期中間試験の結果が発表された後、私とユゼフは互いに協力して試験の点数を上げ、退学回避のために勤しむことになった。彼は私に座学を教えて、私は彼に武術を教える。

この日は士官学校の敷地内にある馬術教練場で、馬術の居残り授業だ。

「サラって馬術何点だっけ？」

「99点よ」

「……残りの1点ってなんなんだ」

「さぁ？　実技の加点方法って結構適当だし、100点にするのが嫌だったんでしょ」

「んー……まぁ、確かにサラ相手に100点つけるのは癪《しゃく》だろうなー」

「どういう意味よ……」

馬術14点のくせに、偉そうなことを言う奴だ。

その後もユゼフは、ぎこちない動きをしながらぶちぶちと不満を垂れ流した。

「なんで馬になんて乗らなきゃいけないんだ……」

「馬に乗れない士官なんて聞いたことないわよ」

ユゼフは農家出身なんだから、馬くらいそれなりに操れると思うんだけど。

「そんなんでひぃひぃ言ってたら下半期になったらもっと大変よ。剣とか槍とか持って戦闘実技するんだから」

「……ホント？」

「私は嘘吐《っ》くの嫌いなの」

ユゼフは馬の上でわたわたしながら手綱を握っている。これではまるで、初めて馬に乗った5歳児と変わらない。……なんでこいつ士官学校に入れたんだろう。いくら試験が簡単だとは言ってもここまで酷いと入学できない気がする。


人生と言うものは、何が起きるかわからない。

その言葉を実感させてくれたのが、このユゼフ・ワレサという人間だ。

私とユゼフが初めて出会ったのはおよそ3ヶ月前、士官学校入学式の日。

こんな出来損ないの士官候補生《ユゼフ》に、私は助けられたのだ。

俺がまだ悲しい現実を知らずに「前世でやったゲームとマンガ知識でチート英雄になってやるぜ！」と思っていた時の話をしよう。

◇◆◇◆◇◆◇

シレジア王国王立士官学校。

王国中部の地方都市プウォツク近郊にある軍学校だ。敷地面積は校舎や練兵場などの施設を全て足し合わせると「広大」の一言に尽きる。射程の長い魔術を全力でぶっ放しても余裕があるほどには広いからね。たぶん東京ドーム○個分という表現より、東京ドームがある文京区○個分って言った方が分かり易いと思う。

士官学校は10歳から入学可能だが、上限はない。極端な話60歳超えても入学できる。まぁ俺みたいに10歳で入学する奴は少数派だ。士官学校は入学試験は簡単でも日々の訓練や試験のハードルが高いため、入学できても授業についていけず退学、というのは頻繁にある。そのため数年間は自主練や自主勉強して入学するか、あるいは他の高級学校に行ってから士官学校に入学すると言う奴の方が多数派だろう。故にこの学校では同学年でも年齢はバラバラだ。軍隊に行けば同年齢＝同階級とは限らないし、学校時代から慣れろってことなのだろう。

まぁ、俺は前世知識があるから余裕のよっちゃんですよ！　ワーハッハッハッハ！

閑話休題《それはさておき》。基本的には5年間、寮で暮らしつつ戦闘について学び、卒業後は軍隊に入る。成績が普通なら准尉、優秀なら少尉スタートらしい。士官学校に通わなかった軍人や徴兵された人達は少尉になるのも夢のまた夢と言われる中で少尉スタートっていうのは、結構すごいことなのだ。

王国各地から士官学校に入学した約１８０名が、今日ここに集まった。

校長が「君らは祖国を守るべく」云々かんぬん言ってたがどうでもよろしい。はよ、俺に魔術指南はよ！

隕石降下《メテオストライク》とか大津波《タイダルウエイブ》が俺を待っている！　そんな魔法あるかはともかく。

長ったらしい式典終了後、俺は士官学校内を散策していた。これから最低でも5年間はここに住み続けることになる。校舎の配置とかよく覚えなきゃね。

適当に歩いていたら、上級生と思わしき人たちが訓練に励んでいるのが見えた。当たり前だけど馬も相当数がいる。俺は馬には乗ったことがない。前世でも今世でも。生まれ故郷の村にも馬はいたけど乗せてもらえなかった。なんか幼い時に馬で事故ったことがあるから、らしい。俺は覚えていないのだが。

「ちょっと！　それ返しなさいよ！」

「なんだと!?　小娘が調子に乗りやがって！」

「触らないで！」

エロいことするつもりでしょ！　ネット小説みたいに！　ネット小説みたいに！

と、冗談を言ってる場合じゃないか。

声のする方向を見てみると、赤い髪の女の子が複数の男に囲まれてる。ジリジリと壁際に追い詰められているな。このままじゃ薄い本みたいな展開にゲフンゲフン、包囲殲滅されるな。

んー、助けるべきかなー？

でも俺、剣術も護身術もなにもできない。魔術も初級……。よし、見なかったことにしよう。士官学校入学初日に喧嘩して学校を追われて入学金だけ請求されるのも嫌だ。

……でもあの子可愛いな。少し凶暴そうな顔つきだけど、デレたらきっとすごいに違いない。

それに今助けたら俺の評価うなぎ上りだろうな。ここから始まるエロゲストーリー。

『ドキッ☆美少女ばかりの士官学校　～ポロリもあるよ～』

……うん。ポロリが首になりそうだな。軍隊だし。

と俺がやや邪《よこしま》な事を考えていたところ、女の子の状況は更に悪くなっていた。見たところ彼女自身、それなりに武芸の心得がある様だが多勢に無勢。壁に追い詰められ胸倉を掴まれている。どう見ても女性に対する扱いではない。

さらに、如何《いか》にも三下の雰囲気を醸し出している男が、

「へっ、ちょっとこれは『お仕置き』をする必要があるみたいだなぁ？」

三下君は遠くから見てもわかるほど下衆《げす》な目をしていた。目の前の女の子のことを性的な目で見てるし、なんか興奮して舌なめずりベロベロである。分かり易く言うと、凄い気持ち悪い。

あんなのが将来、准尉とか少尉とかになって兵を率いる人間になるのかと思うと、この国の未来は絶望的だなぁ……。

一方の女の子の方はと言うと、

「くっ……」

殺せ……！

いや「殺せ」とは言ってないけどそんな目をしていた。

おそらくこのまま放っておけば彼女は、取り囲んでいる彼らの性的欲求の捌《は》け口として利用される羽目になるのだろう。それに見て見ぬフリをできるほど、俺は肝が据わっちゃいない。それに、母の言葉もある。「悪いことはダメ」ってね。今あの女の子を見捨てるのは、悪いことに決まっている。あと俺は「ＮＴＲ」とか「強姦もの」の薄い本は苦手なんでね。

ま、やるだけやってみるか。ダメだったら改めていい手を考えればいい。一瞬でも彼女に逃げる隙ができればいいわけだし。

……よし。

さて、寡兵でもって大軍を打ち破る方法というのは、古今東西ふたつの方法が有力だ。たぶんこの世界でもそうだ。

そのひとつが奇襲、即ち不意打ちである。

俺は意識を集中させ、手の上に水の球を作り出そうとする。「水球《ウォーターボール》」という、この世界の人間なら誰でも扱える水系初級魔術である。この「水球《ウォーターボール》」はバスケットボール程度の大きさの水の塊を生成し、そして掌から勢いよく射出することができる。威力は弱いものの、至近距離から当てると死ぬほど痛い。当たり所が悪いと気絶することもあるが死ぬことはない。

あの不良集団に向け視界外からの攻撃をすることで敵集団を混乱させる。その間にあの女の子が逃げれば俺の勝ちだ。

火系初級魔術の「火球《ファイアボール》」でもよかったけど、誤射して女の子に当たったらまずい。

水なら少し死ぬ程痛いだけで濡れるだけだし、それにもし男がやんごとなき身分のお方だったら俺が社会的に死ぬ。

俺はリーダーっぽいハゲに照準を合わせて掌を突きだし、そして思い切り叫んだ。いや別に叫んだところで威力が上がるわけでもないのだが。ま、陽動だから派手にやる必要はあるか。

「水球《ウォーターボール》!!」

掌から生成されたバスケットボール大の水塊が勢いよく射出され、高速で直進する。

「いだっ!?」

そしてそれはどうやら運よく狙った通りのハゲ男に当たった。水も滴るいいハゲ男っていう奴だな。もしかしたら水球《ウォーターボール》が命中した衝撃で数少ない毛根も絶命したかもしれないが。

当然俺の存在に気付いたハゲ男とその仲間たちが一斉に振り返って睨みつけてきた。

「……てめえ、何しやがる」

怖い。ハゲと言うこともあってマフィアみたいな雰囲気が漂ってる。何も知らないフリした方が良かったかもしれない。でもやってしまったもんは仕方ない。「鳴らした教会の鐘の音は戻っては来ない」とも言うしね。

「いいえ、1人の女性を複数で壁際に追い詰めるという未開の野蛮人みたいなことをしている輩を見かけたので、つい」

とりあえず挑発して注意をひきつけてみたのだが「ブチッ」というハゲ男の脳の血管が切れた音がした。もうだめかもしれんね。てか気が短すぎやしませんか。

「おい、お前。俺様に喧嘩売ったこと後悔させてや……」

だがそのハゲ男の脅し文句は最後まで発せられることはなかった。なぜなら突如自分の頭が燃え上がったからだ。

「……えっ？」

ハゲ男は、一瞬何が起こったのかを理解できていないようだった。呆《ほう》けるだけで、燃え上がる自分の頭をどうにかしようと動くこともなかった。

そしてハゲ男が混乱しているとき、さらに事態があらぬ方向へと転がった。

「えっ？」

「あ？」

仲間の男たちの頭もなぜか燃えていたのである。俺は何もしてないよ。

「死ねぇ!!」

と、そう叫んだのは囲まれていた女の子だった。どうやら彼女が至近距離から火球《ファイアボール》をぶっ放したようだ。ひでぇことしやがる。ありゃ今後数年は新しい髪の毛生えてこないよ。

男たちは狂乱状態になりながらその場で火を消そうと暴れ回っている。水球《ウオーターボール》を頭からかぶればいいと思うが、こんな状態じゃ魔術どころじゃないか。

そして気づけば、その赤髪の女の子は離脱に成功したようだ。……とりあえず追いかけてみよう。

事情知りたいし、あとついでに住所とかL○NEのIDとかも教えてほしい。

◇◆◇◆◇◆◇

……撒いたかな?

うん、どうやら撒いたらしい。よかった。一時はどうなるかと思った。

誰だか知らないけど、あの男子のおかげでここまで逃げ切れた。

さて、さっさと女子寮に行ってこのことイアダに報告しなきゃ。あの男子へのお礼は明日以降でも構わないはず。そもそも誰か知らないし。

よし、じゃあ早く……。

「おーい、待ってくれー。おーい」

……どうやら追手が来たらしい。意外と立ち直りが早い。もう一度頭を燃やしてやる。

まずは気づかないふりをする。

初級魔術は連射が利く分、精度があまり良くない。だから必中距離に近づくまで撃つのは待つ。

追手はどんどん私に近づいてくる。

あと10歩、9、8……。

あぁ、もう我慢できない! 当たれ!

私は思い切り叫んだ。叫ぶ必要はないが、心なしか威力が増す気がするのだ。丸焦げにしてやる。

「火球《ファイアボール》!!」

「え、ちょ、待っ。う、うわあああああああああああ!?」

◇◆◇◆◇◆◇

「ごめんなさい!」

「あ、いや、良いんだよ。当たらなかったし」

赤い髪の毛の女の子を追いかけたら赤い火の玉が飛んできた。

ギリギリのところで回避したからよかったものの、もし当たっていれば30歳になるまで髪の毛が生えてくることはなかったかもしれない。うん、ホントによかった。

赤髪の女子は腰を直角に曲げて謝ってきている。見かけによらないな。こういう女子って謝らないと思ってた。

「で、それで、さっきのはなんだったの?」

どっちが悪いだのの話で堂々巡りする前に話題を変えよう。いつまでも美少女に謝らせるのは良心の呵責が……ないかな。興奮する。おっと、今はそんなことはどうでもよろしい。時々忘れそうになるが俺はまだ10歳だ。発情するには3、4年早い。

「さっきの……?」

「ほら、なんか男に囲まれてて『ぐへへお嬢ちゃんちょっと良い事しようじゃねーかぁ?』『くっ、殺せ……』『ほう、そんな強気に言ってもこっちは正直だぜぇ？』とかやってたじゃない？」

「やってませんけど……？」

いかんいかん。つい妄想が口に出てしまった。彼女ドン引きしてるじゃないか。そういうのは二次元だけでいい。

「失敬。で、さっきのは？」

「あぁ、えっと、これのことで揉めて……」

彼女が見せてきたのは木箱だ。特に何も装飾はされていない普通の木箱。

「えーっと、これ中身見ちゃ……」

「駄目です」

だよね。

「でもこの箱がどうしたの？」

「えーっとそれは……」

彼女は説明下手だったので俺が要約しよう。

彼女は木箱を紛失した。木箱の中身は言えないが、今日のために用意した大切な物らしい。なんでそんなものを紛失するんだか。

それはともかく、なくした箱はどこかで見つけたのか拾ったのか、あのハゲ男が持ってた。

彼女はそれを自分の持ち物だと主張して男に返還を求めたが、あのハゲの傍に居た三下が性的な見返りを求めてきたという。そして野郎どもに囲まれていたところに俺が来た、ということだ。

ふむふむ。……あれ？　非常にまずい展開かもしれないねこれ。

「あのー？」

彼女が心配そうにのぞきこんできた。

うん、かわいいんだけどね。それどころじゃない気がするんだ。

あ、そう言えば。

「そう言えば自己紹介まだだったね。俺はユゼフ・ワレサ。第1学年第3組、10歳です」

「……あ、年下」

「えっ？」

「……コホン。私の名前はサラ・マリノフスカ。第1学年第3組、12歳よ！」

……え？　年上？

「なによ。どうしたの？」

「い、いえ。なんでもございません」

俺が年下だと分かった瞬間高慢になった。そういうの嫌いじゃない。

「ま、それはともかくさっきはありがと。助かったわ」

「そりゃどういたしまして」

本当に感謝してるのかどうか怪しいもんだ。まぁいいや。

「じゃ、私は女子寮に戻るわ。同じ組みたいだし、また明日ね」

「……戻らない方が良いと思うよ？」

「は？」

いや本当に。今戻ったら薄い本がどうのこうのどころの騒ぎじゃなくなると思う。

王立士官学校の学生は全員寮生だ。当たり前だけど男子は男子寮、女子は女子寮。貴族・王族とそれ以外の平民で寮を分けることはしない。戦場じゃみんな公平に死ぬから、という理由らしいが予算がないという理由もありそう。

そして学生の男女比は４：１で圧倒的に男子が多い。そりゃそうだ。軍人になろうっていう女子がそんなに多いとは思えない。

そのため、男子寮と女子寮の数も違う。女子寮はひとつだけだが、男子寮は４つある。

もう一度言おう。女子寮はひとつだけ。サラ・マリノフスカはそこに行かなければならない。

彼女が持っている物をハゲ野郎共《あいつら》がまだ取り戻そうとしてるなら、あるいは彼女自身を捕らえたいのなら、女子寮の入り口前で待ち伏せすればいい。

入り口の前じゃなくてもいいな。俺だったら女子寮へ向かう道に張り込むよ。

彼女はそこを通らざるを得ない。相手《ハゲ》もそれはわかってるだろう。

「というわけです。理解しましたか？」

「わからないわ」

「端的に言うと危機《ピンチ》ってこと」

彼女はあいつらの頭燃やしたからね。たぶん怒ってる。激おこぷんぷん丸だ。彼女はすっきりしただろうが状況は悪い。何が何でも復讐しようとするだろう。そして彼女の……いやもしかすると俺の頭髪も燃やそうとするかも。30までハゲになるのは俺は嫌だ。

今すぐ戻ればまだ間に合う？　いや、もう遅いな。彼女が適当に逃げたおかげで、現在位置は女子寮とは反対側だ。

つまるところ、彼女はあいつらに「頭の火を消して女子寮への道を塞ぐまでの時間的余裕を与えてしまった」のである。

さて、どうしたものか。

見捨てる、という選択肢はない。ここまで事情を聞いといて「そうですかじゃあ頑張ってください」と言えるほど勇敢じゃないし。そんなことしたら罪悪感で死ねる。

つまりやることは「女子寮への道を強行突破し、サラ・マリノフスカを女子寮まで送り届け、そして自分も撤退する」ということだ。単純で良いね。

戦力は俺とサラ・マリノフスカの2人。

「相手は何人で誰なんです？」

「5人よ。ハゲ以外の男は知らないわ」

「ハゲは誰なんですか？」

「……あなた知らないの？」

はて、有名人なのだろうか。

「第5学年のセンプ・タルノフスキ。法務尚書プラヴォ・タルノフスキ伯爵の四男よ」

「……マジで？」

「私は嘘吐くの嫌いなの」

マリノフスカさんは、そうハッキリと言った。

尚書というのは、前世世界で言うところの大臣に相当する。あいつの親父は法務大臣、ってことだ。……おいおい、俺らそんな奴に水やら火やらを投げつけたのかよ。

「ま、あんまり気にしなくてもいいわよ。所詮奴は四男。余程のことがない限り爵位を継がないだろうし、尚書なんて器じゃない。それに士官学校じゃ殴る蹴る魔術の投げ合いは日常茶飯事、伯爵もそのことは知ってるはず。毛根が燃え尽きたところでせいぜい『訓練中の不幸な事故』ってことになるだけよ」

その「訓練中の不幸な事故」とやらを起こした責任を問われそうな気もするんだけど。

「詳しいね。もしかしてマリノフスカさんってお嬢様?」

「……お嬢様って程じゃないわ。ただの騎士《カヴァレル》の娘だもの」

「ふーん?」

まぁ、深く聞くのはよそう。貴族の問題に平民の俺が首突っ込むのは色々アカンしな。

「で、私達は結局どうすればいいのよ」

「そうだなー。とりあえず、女子寮通りがどうなってるか、偵察でもしてみますか」

敵と戦う前には敵の情勢を知ることが基本だしね。

◇　　◇

「敵部隊発見。1時方向、距離100……ってとこかな」

「5人揃ってるわね」

「1人か2人を周囲に配置して索敵させたりしてなかったのは幸運かな」

女子寮に続く並木道を偵察してみた結果、敵は今俺たちの居る場所と女子寮のちょうど中間地点に陣取っている。カーブが所々あるために外からは見えにくく女子寮からも発見されない絶妙な位置取りだ。でも敵からは見えやすいってわけじゃないだろうし、それに油断してるようだ。

ま、当たり前か。入学したばっかの女子相手に本気になる奴の方が変だよな。これぐらいやっときゃ大丈夫だろう、という慢心もあるだろう。

にしてもここから見た感じ目立ったケ毛《け》ガないな。すぐに火を消せたのか、もしくは治癒魔術が使える人がいるのか。

「で、どうする？　燃やす？」

「……やめたほうがいいと思う」

さっきも言ったが、この通りは並木道だ。流れ弾が木に当たったら下手すりゃ大火事になる。さすがにそうなったら退学は免れないだろう。

水球《ウオーターボール》ならせいぜい枝が折れるくらいで済むけど、100メートルも離れてたら当たらないだろう。威嚇ならともかくこの場合は当てなきゃ意味がない。あ、そうそう。言い忘れてたけどこの世界の度量衡も「メートル法」だったよ。わかりやすくていいね。

「とりあえず下がって作戦を練りますか。日暮れまでまだ余裕があるし」

「わかったわ」

そう言って俺らはあの伯爵《ハ》のご子息《ゲ》殿の集団から見えない位置、並木道の終端にある広場まで後退した。

「で、どうするのよ」

彼女は例の木箱を脇に抱えつつ、やや高圧的な態度で聞いてくる。イライラを隠せない様子だな。

「マリノフスカさんって何ができます？」

「え？　剣と弓と馬はそれなりにできるわよ。魔術は初級学校で習ったやつだけ」

うーむ。これじゃ走って正面突破は無理かな。彼女がチートじみた能力を持ってるなら話は別だったけど、白兵戦能力がそれなりってだけだとさすがに5対2はきつい。しかも相手は上級生だからそれなりに剣の心得はあるだろう。

質でも量でも相手が上か……こりゃ結構きついぞ？

……んー、あの手で行けばうまくいくかもしれないけど……些《いささ》かハイリスクだな。

でも他に選択肢が思いつかない。やるしかないか。

「マリノフスカさん」

「なに？」

「作戦を思いつきました。私の言う通りに行動してください」

彼女は訝しげな視線を俺に突き刺した。まぁ会ったばかりの人間を信用する方が可笑《おか》しいか。

「わかったわ。はやく説明して」

「えっ？」

信用しちゃうの？　こんなにあっさり。

俺が困惑していると、彼女はちょっとイラついた表情をしていた。「なんでさっさと説明しないのか」と言いたげな顔だ。

「なによその反応」

「あー、いやー……。信用してくれるの？　会ったばかりだよね？」

「そうだけど、それが何か問題でもあるの？」

「大ありだと思いますけど……」

だって会ったばかりだよ？　名前以外何も知らないと言っても良い、他人だ。それをアッサリ信じる、と彼女は言っているのだ。

マリノフスカさん本人は「信用して当然だろう」という顔をしている。むしろ「なんでそんなことも分からないの？」と言いたげな目も向けてきた。

そして彼女は少し溜め息を吐くと、俺を信じる理由を話してくれた。

「私はあなたを信用するわ。確かにパッと見は貧弱そうだし、時々言動が変だけど、本当に信用できない人ならここまでついてこないでしょ」

「そう……なのかな？」

突然裏切って身柄引き渡しとかしちゃうかもよ？

「それに、今はあなたを信じることが最善手。私にとっても、あなたにとっても。違う?」

「……違わない、かな」

「ハッキリしなさいよ」

信用してくれるのか。うん、なんか嬉しいな。

こういうのは両親以外じゃ初めてかもしれない。前世含めて。

よし、じゃあ行くか。

「作戦を説明するよ」

「ええ、聞いてあげるわ!」

◇◆◇◆◇◆◇

「にしても全然来ねーな。もしかしてもう女子寮にいんじゃね?」

オレの仲間でパシリの1人が、欠伸《あくび》を嚙み殺しながらそう言った。相変わらずこいつは緊張感がない。そんなんだからいつまでたっても剣術の成績が上がらないんだろう。

「さっきも親分が説明したろ。あいつは女子寮とは反対方向に逃げた。まだ奴は女子寮にはいないはずだ。どうせそこらへんで油売ってんだろ」

雑用係がそれに反論する。こいつは優秀ではないが無能でもない。ただオレに対してやけに媚びてくる。だいたい「親分」なんて呼ぶんじゃねぇよ。まるでオレが不良みてーじゃねーか。

「ま、1人でノコノコ帰ってきたところを甚振りましょう。なんなら輪姦《まわ》しますか？」

「んなことしねーよ。万一バレたら面倒なことになる」

　こいつは見た目こそ眉目秀麗だが、それに反してあくどいことを平気で言う奴だ。オレらの中で一番の悪役はこいつだろうな。

　そんなことをしても、法務尚書を父に持つオレが刑事罰を受けることはないだろう。親父ならなんとか揉み消すことはできる。だが妙な噂を立てられては貴族社会じゃ何かと不便になる可能性があるし、第一オレが親父にいろいろ言われて面倒だ。

「ま、多少のお仕置きとやらをしなきゃならねーけどな。それが上級生の義務ってやつだ」

「タルノの言う通りだな。あの小娘に礼儀というものを教えてやろう」

　タルノ、というのはオレのあだ名だ。この国には「〇〇スキ」だの「〇〇スカ」って姓の奴が多くて面倒だからな。

　そうだな。2、3発蹴り入れないと気が済まん。小娘だけじゃなく後ろから水かけやがったあの小僧にも礼儀を教えんと……。

「タルノ！　右正面！」

「ん？」

　言われた方向を見てみる。あれは……。

「水球《ウオーターボール》だ！　2つ来るぞ！」

　速度はあるが、どうやら遠くから撃ってきたようだ。避ける時間は十分にあった。水球《ウオーターボール》は2つ。

初級魔術は割と連射ができるが、1回につき1発しか撃てない。

つまり、敵は2人だ。おそらくあの赤髪の小娘と、騎士気取りの小僧だろうな。

「どうやらビビッて撃ってきたようだな。そんなんじゃ当たらねぇぜ！」

「ウサギ狩りだ。一気に距離を詰めて袋叩きにするぞ！」

「おう！」

◇◆◇◆◇◆◇

「意外とはえーなあのハゲ！」

見た目に騙された！　恰幅が良いから太ってると思ったけど、あれプロレスラーの恰幅の良さだよ！　こえーよ！

レスラーが全力疾走しながら仲間と交代で水球《ウォーターボール》を連射してくる姿は下手なホラー映画より怖い。

へ、へるぷみー！

だが残念ながら助けはない。今は当たらないよう神に祈りながら逃げるだけだ。

「母なる大洋の神よ！　彼の者に其の力の片鱗を見せ給え！」

後ろから詠唱が聞こえてきた。……詠唱？　あ、それってまさか！

「死ねェ！　水砲弾《アクアキャノン》！」

中級魔術だこれ!?　まずい！　てかガチギレじゃねーか！

中級魔術「水砲弾《アクアキャノン》」。

初級魔術「水球《ウォーターボール》」の正統進化魔術。水球《ウォーターボール》がバスケットボール程度の大きさの水弾を射出するのに対して、水砲弾《アクアキャノン》は1メートル程の大きさの水の塊を高速で撃つ魔術……らしい。実物を見るのは今が初めてなのだ。

まぁわかりやすく言うと水でできた軽トラが敵目がけて突っ込むイメージ。相手は死ぬ。

俺は咄嗟にその場で伏せる。この手の魔術は掌から射出する関係上、地面すれすれの場所に隙間ができるのだ。

その判断が功を奏したのか、水塊は俺の上を通り越し、通りの木を2、3本薙ぎ倒した。すげー威力だ。上級生ともなれば中級魔術程度は誰でも使えるってことか。

だが、伏せたおかげで敵に距離を縮められてしまった。もう30メートルもない。相手の表情どころか黒目がハッキリ視認できる距離だ。

とりあえず俺は後ろに向かってたまに水球《ウォーターボール》を撃って敵を牽制しつつ、全力で逃げる。足には自信がないが、あとちょっとで目的地に着く。

いくつかのカーブを曲がった後、視界が急に開けた。通りを抜け、さっきまで作戦会議していた広場に到達した。俺のすぐ後ろから追いかけてきたハゲ男たちも続々と広場に到着した。敵は合わせて5人。

よし。うまくいった。

俺たちの勝ちだ。

◇◆◇◆◇◆◇

「うーん……随分派手にやってるわね……」

目の前で繰り広げられている幼稚とも言える追いかけっこと薙ぎ倒される木々に唖然としつつも、私は茂みに隠れながら息を潜める。

……息を潜める必要はないんじゃないか、ってくらいあちらは大変なことになっているが。

でももし万が一ばれたらユゼフ・ナントカの毛根が燃え尽きるかもしれない。

別にあいつの毛根の生死なんて興味はないが、自分のせいでケガをされたら困る。

だから今の所は静かにしてよう。

私は足音を立てないよう慎重に、事前に言われた通りに行動する。

◇◆◇◆◇◆◇

「あぁ？　お前1人か？」

「私が2人以上に見えますか？」

「チッ。てめぇは囮か。女は今頃女子寮ってことか」

うーん、意外とこのハゲ男頭回るね。いささか短慮すぎる気もするけど、そこはさすが5年生ってことかな。

「お前のその勇気に免じてやる」

「逃がしてくれるんですか？」

お、優しい。紳士だね。

「いや、20発くらい殴らせろ」

「あ、ですよね」

殺す、と言わないあたり社会的な風聞を気にしてるのかな。四男とは言え、伯爵の息子って大変ですね。

はてさて、マリノフスカさんは上手くいったかな。

一方あのハゲ——名前なんだっけ？　タルタルソースさんだっけ？——はゴキゴキと指を鳴らしながら子分と共にこちらに近づいてきている。うーむ、任侠映画のワンシーンみたいだ。

……ふむ。彼らとの距離はおよそ20メートルってとこかな。

「お前の負けだ。せいぜいあの世で後悔するんだな」

殺す気満々じゃねーか。

「お言葉ですが先輩、私は負けを認めていませんし、無論死ぬつもりなんてありませんよ」

15メートル。

「あぁ？　何言ってるんだ」

10メートル。

「先輩の方こそ、寮に戻って反省会でもすべきです」

5メートル。

「何言ってるんだお前？　オレのどこに反省する要素があるんだ？」

タル以下略先輩がゲラゲラと笑いながらそう質問してくる。

「それは勿論」

1メートル。

「信用できる仲間がいなかったこと、ですよ」

「あ？」

タルなんとか先輩は俺に何かを言う前に、悲鳴を上げた。

◇◆◇◆◇◆◇

——15分前。

「作戦を説明するよ」

「えぇ、聞いてあげるわ！」

何かいい手を思いついたらしいナントカの目が輝いていた。心なしか彼の顔も活き活きしているし、おそらく考えるのが好きなのだろう。

「まずは、敵から150メートルくらい離れた場所から水球《ウォーターボール》を俺とマリノフスカさんで同時に撃つよ」

……はい？

「でもそこから撃っても当たらないと思うわよ？」

「当てなくてもいいよ。あいつらが俺らに気付いて追いかけてきてもらわなきゃいけないから」

何を言ってるんだこいつ？　もしかして私って信用されてないの？

「あー……、まぁ、そういう反応するのも無理はないね。順を追って説明するよ」

「ええ、ちゃんと、わかりやすく頼むわね」

そうでないと頭に入らない。

「えーっと、まず水球《ウオーターボール》を撃ったらマリノフスカさんは適当な場所……通りの脇の茂みにでも隠れてほしい」

「あんたは？」

「俺は囮になってあいつらを女子寮から引き離す」

……ブチッ。

私の頭の中で何かが切れた音がした。

「つまりあんたが囮になって走ってる間に、私は女子寮に逃げ込め、ってことね？」

はぁ、何を言い出すかと思えばこれか。これだから男は困る。自己を犠牲にして女を守るのが最上級の正義だと思ってるのだ。

確かにそれで男に惚れる甘っちょろい女はいるだろうが、私は守ってもらうのは嫌だ。なんのために、この学校にいると思ってる。

イライラする。よし、ここは数発殴って……。

「いや、それだと困る」

握りかけた拳が空中で止まった。

え？　どういうこと？

「君が逃げたら、せっかくの勝機も逃げてしまうよ」

うまいこと言ったつもりか。

「じゃあどうすればいいのよ？」

「簡単さ。あいつらの背後からこっそり近づいて欲しい」

えーっと、それってつまり……？

「つまり、さっきとは立ち位置を変えるってこと」

◇◆◇◆◇◆◇

タル先輩の背後には、どこで拾ったのかは知らないが木刀程の大きさの木の棒を持った赤髪の少女が立っていた。

彼女は先輩の背後から首の後ろを思い切り殴ったのだ。うん、凄い痛そう。

タル先輩は多少よろめきながらも振り返り、彼女の姿を確認する。

「てっ、めぇ……！」

後ろからだからどんな顔してるかわからないが、口調から察するに怒り6割、困惑4割と言ったところだろう。他の面々も唐突な来客に驚き、振り返ってしまった。つまり俺に対して背を向けたのだ。

彼女の方は特に何も言うこともなく、ハゲに向かってさらなる攻撃を加える。

先輩がまだよろめいている隙に、彼女はまず鳩尾《みぞおち》を一突き。前傾姿勢になったところで、棒を振りかざし後頭部にさらなる一撃。意識朦朧となってふらつく先輩に、トドメと言わんばかりに股間を思いっ切り蹴り上げた。

……なぜだろう。俺が蹴られたわけじゃないのに股間が縮こまっている。

このわずか数秒でリーダー格のタル先輩は完全にノックアウト。その場で蹲《うずくま》り、動かなくなってしまった。死んではいないと思うが、死ぬほど痛い思いをしてるだろう。

周りの取り巻きも状況を全く呑み込めずにいるようだ。俺の事なんてたぶん頭にないな。

仕方ない先輩たちだ。思い出させてやろう。

俺はハゲの右隣にいる、いかにも下っ端雰囲気を醸し出してる男の後頭部に至近距離で水球《ウォーターボール》を放った。命中の瞬間「ドゴン」と綺麗な音がした。これだけ近いと威力が凄まじいので脳震盪起こして失神するだろう。最悪頭蓋骨が割れてるかもしれないが、その程度なら医務室に行きゃ治るでしょ。この世界の治癒魔術がどの程度のものか知らないけど。

「後ろにも気を配った方が良いですよ！」

俺がそう言うと、残りの敵の注意が一斉にこちらに向いた。混乱してるってのもあるだろうけど、単純だなお前ら。

「こっちも気をつけなさい！」

さらにマリノフスカさんが声を荒らげる。その声に反応した割とイケメンの1人がマリノフスカさんに向き直……れなかった。

振り向いてる最中に彼女が棒を野球のバットみたいにフルスイングしたのである。おかげでその男は顔面に攻撃を受けてしまった。ほら、アレだよ。顔面セーフだ問題ない。

戦闘開始十数秒にして決着はついた。リーダー格のハゲとその仲間たち2人が戦闘不能になり、残りの2人はビビッてどっかに逃げてしまった。

マリノフスカさんは追撃しようとしたが、止めておいた。これ以上は過剰防衛だし、逆撃を食らってしまう可能性もある。

俺が制止すると、彼女は一瞬不満気な表情をしたものの、納得したのか足元で顔面を両手で覆って呻き声を上げている男の腹を蹴った。容赦ないな。

ともあれ、俺らは勝ったのだ。上手くいってよかった。

◇　◇

「釣り野伏《のぶせ》」という戦法がある。日本の戦国武将島津義弘が使用した戦法だ。

まずある部隊が敵の前面に躍り出て攻撃、その後負けたふりして逃げる。勝った気になった敵は追撃戦を開始し、前進する。そして敵を自軍にとって優位な地点にまで誘い込み、そこで隠れていた兵と共に敵を包囲殲滅する……という戦法だ。

今回はこの戦法を使ってみた。

最初に水球《ウォーターボール》で挑発する。この時マリノフスカさんと一緒に攻撃し、彼女だけ一時的に隠れ、俺が全力で逃げる。

こうすることによって敵は「あいつらは2人で逃げてる」と錯覚しやすくなる。それにガチギレして周りが見えなくなってる集団だったから、錯覚しやすくなった……と思う。

あとは広場でマリノフスカさんと俺で不意打ちを繰り返し、3人を戦闘不能にした。こちらの被害はなし。完全勝利と言ってもいいだろう。

そんなようなことを、女子寮へ向かう道中で彼女に説明した。

「ふーん……。こうして聞いてみると結構単純な作戦なのね」

まったくもってその通り。考えるとバカバカしくなってしまうくらい幼稚な戦法なのだ。

この戦法、説明するのは簡単だけど実行するとなるととても大変である。

仮に、敵が周囲を偵察する人間を配置していたら？　敵に状況を冷静に判断できる人間がいたら？　俺が逃げるよりも速い人間がいたら？

もしそうだったらこの作戦は失敗してた。20回殴られた後毛根を燃やし尽くされただろう。

今回はたまたま相手が「そんなエサに釣られクマー！」な人間たちだったから、そして信頼できる味方がいたから理想的な釣り野伏《のぶせ》ができたのだ。

「それで、もう1つ聞きたいことがあるんだけど」

「なんでございましょう？」

「私たち、なんでコレ運んでるわけ？」

コレ、というのは今俺たちが引き摺りながら運んでいる気絶した人《ハゲ》のことである。

「まぁ、これからの事もあるしね」

「これから？」

こんな怒りっぽい人、あの場で放っておいたらどうなるか。絶対に復讐しようとするに決まってる。さらに厄介な仲間を集めるかもしれない。法務尚書の息子として厄介な圧力をかけてくるかもしれない。

というわけで、そんな事をされる前に手を打つ。

なんだかんだと会話しているうちに女子寮の入り口前についた。男が来れるのはここまでだ。これ以上先に進めるのは女性だけ、という校則があったはず。

あー、でも俺今日入学したばっかの10歳児だからそんなこと知らないやー。

「ち、ちょっと！　何勝手に入ってるのよ！　あんた変態なの!?」

マリノフスカさんが必死に止めてくる。止める前にこの人《ハゲ》運ぶの手伝ってくれませんかね。1人じゃさすがに無理だ。

「変態ではありません。仮にそうだとしても変態と言う名の紳士《へんたい》です」

「意味が分からないわよ！」

駄目か。いや俺は疚《やま》しい気持ちがあって女子寮に侵入したんじゃない。女子寮に夜這いを仕掛けるのはもっと後にしたい。

「マリノフスカさん、縄か何かありますか？　この人を暫く拘束できるのを」

「……えっ？　変態だと思ったらもしかしてそっちの趣味だったの？」

「いい加減変態から離れてください」

俺はホモでもサディストでもない。

マリノフスカさんは訝しげな視線を俺に投げつつも、縄をどこからか持ってきてくれた。

「で、どういうことなの？」

「いえ、この人を暫く女子寮に放置しておこうかと思って」

「はい？」

うん、わかってくれないか。

「わかりやすく言うとこの人には変態になってもらいます」

「変態ってならせられるものなの？」

出来るんじゃない？　薄い本じゃよくある展開だ。

それはさておき。

「もうちょっとわかりやすく言ってくれない？」

「あぁ、それはですね。この人はなんと！　か弱い女子を襲う目的で女子寮に侵入したんですよ！

とんでもない変態ですね！」

「……ハァ!?」

つまりはこういうことである。

この人《ハゲ》は放っておくと面倒な存在だ。復讐するために変なことされたら無力な俺らはたちまち潰される。じゃあ潰される前に潰すしかないじゃないか。

と言う訳でこの人には女子寮侵入という規則違反をした変態として学校中で噂になってもらいたい。上手くいけばそのまま退学してくれる。

お父さんが法務尚書だと刑事罰はいくらでも揉み消すことができそうだけど、風聞とかそういうのは消すのは難しいからね。

……うん、良心の呵責がないわけじゃないんだ。けどそれ以外方法が思いつかない。それにこいつ自身に非がないわけじゃない。

か弱い女子《暴力女子》を複数の男で壁際に追い詰めていじめてたのだし。広場にいた残りの面子はどうしようか、とも思ったけど2人で運べるのはこのハゲ1人が限界だ。見せしめに1人が変態、もとい人柱になれば大人しくなるだろ、ってことで。

「……」

もう一方の当事者であるマリノフスカさんは面白い顔をしていた。こういうのなんていうんだったけな。あ、そうそう。

「鳩が豆食ってポーみたいな顔してますね」

「……あ?」

あれ?　違ったっけ?　まぁいいや。

さて、こいつはもう縄で縛ったし、俺も変態と勘違いされる前に自分の寮に戻るかな。

「あとのことはマリノフスカさんにお任せします。また明日、教室でお会いしましょう」

「……」

「あのー?」

なぜか彼女からの返事がなかった。もしかして怒ってるのかな?　なんか顔が真っ赤だし。

「……え」

「はい?」

「名前!」

「名前?　間違ってました?」

「そうじゃなくて、いい加減その『マリノフスカさん』って言うの禁止!」

「……なぜです?」

「気に入らないからよ!」

はぁ……。よくわからん奴だ。

「じゃあなんとお呼びすれば?」

「普通にサラって呼んで。あとその気持ち悪い敬語も禁止で」

「禁止が多すぎませんか」

「禁止」

「あのー、マリノ」

「禁止」

痛い痛い痛い肩そんなに摑まないで折れるから！

「わかったわかったマ……サラさん離して！　骨が折れる！」

「さん付けも禁止！」

「また禁止!?」

「いいから！」

「サラ！」

「よろしい」

彼女はそう言うと、やっと俺の肩を解放してくれた。骨にヒビ入ったかもしれない……。

「じゃ、私はあんたのことユゼフって呼ぶから」

「どうぞごじゆうに……」

ここで文句言ったら本当に骨を折られそうだ。

「じゃ、明日からよろしくね。ユゼフ」

「うん……よろしく、サラ」

◇　◆　◇　◆　◇　◆　◇

「おーい、サラー？　サラさーん？　生きてるー？」

……ハッ。いけないいけないいけない。何やってたっけ私？

「サラさーん？」

とりあえず隣にいる馬に乗るのが下手な奴は殴っとこう。

「だから、さん付けは禁止って言ってるでしょ！」

ボコッ、と癖になりそうなくらい良い音が鳴った。


2つの意味で、私はユゼフに救われた。

上級生からの集団暴行の危機にあった状況から救い出されたのが1つ。

そして、漠然とした不安に苛《さいな》まれていた状況から救い出されたのが、もう1つだ。

たぶんこの時に初めて、私は大切な人の為に戦うという事を知ったのだと思う。

第２章『斜陽』

かつてこの大陸は、ひとつの帝国によって統治されていた。その国家の名は「大陸帝国」。

単純すぎない？　もうちょっといい名前なかったの？

でも、この直球な名前の帝国の実力はとてつもないものだった。

大陸帝国登場以前のこの大陸は、１００以上の国と地域に分かれており、そして戦乱に明け暮れていた。

大陸帝国の初代皇帝ボリス・ロマノフは、自身の類稀なる軍事的センスによって大陸に存在した１００以上ある国をすべて滅ぼしたのである。やばい。

さらにこのチートじみた力を持つ国家は、国を滅ぼすだけでは満足しなかった。

大陸にあった１００以上の言語や方言を、絶滅させたのである。どんだけだよ。

無論反発もあった。

だが、反乱が起きるたびに強大な軍事力と経済力で押しつぶした。

結果、大陸統一後１００年で殆《ほとん》どの言語絶滅を達成し、大陸の言語は大陸帝国の公用語である「帝国語」に統一された。無論、今の俺もこの「帝国語」を使っている。

……ただ完全なる言語絶滅は成し遂げられず、一部の言語は細々と伝承され続け、今でも少しだけ使われている。例えば個人の名前とかちょっとした言い回しとかね。

さて、大陸帝国は大陸を統一し、言語を統一した。それだけでは飽き足らず、宗教の統一、統一度量衡「メートル法」の作成、統一の暦である「大陸暦」を採用するなど、様々な同化政策が行われていった。

ちなみに大陸暦元年は帝国による大陸統一時……ではなく、第20代皇帝の即位年だそうだ。なんでも第19代皇帝が子供に暦をプレゼントしたいと考えたからだとか。

こうした統一政策の成果が挙がったのか、大陸帝国内の内情は安定する。黄金時代の到来だ。戦争もなく、大した災害もなく、飢饉もなく、人々は平和に暮らしたとされる。

しかしそんな黄金時代に1つの小さな影が落ちた。第32代皇帝……の子供の問題である。

第32代皇帝アレクサンドル・ロマノフは、3人の子供を儲けた。しかも3つ子で。3人の子供の名前は生まれた順に、長女オリガ、長男マリュータ、次男ゲオルギ。

そして、帝位継承権問題で揉めに揉めた。一応生まれた順番で帝位継承権が付与されたものの、宮廷内闘争の火種となった。

理由としては、大陸帝国には女帝というものが今までいなかったからである。

皇帝は男子でなければならない、という規定はなかった。だが女帝という前例はなかった。

無論これまでにも女子が長子だったことはある。だがこの世界でも男尊女卑的な考えはあったため、長子である女子が「帝位継ぐのって男系男子だよね？」っていう周囲の認識に負けてしまったのである。弟に帝位継承権を譲ったり、または他の貴族と結婚してロマノフの姓を捨てたりするのが普通だったのだ。

でも長女オリガは違った。帝位継承権第一位の座を弟のマリューータに頑として譲らず、皇帝に相応しくなろうと必死に勉強したのである。そう言った努力の甲斐あってか、「オリガが帝国初の女帝でもいいかも」と思い始めた貴族も多くなった。

でもそれを快く思わない者もいる。その筆頭がマリューータだった。そのため長女オリガと長男マリューータは非常に仲が悪かったとされる。

この事態を憂慮した皇帝アレクサンドルは老獪《ろうかい》な方法でこれを解消しようと考えた。

まず我が子の帝位継承権をいったん剝奪し、そしてこう述べた。

「今からお前らに役職を与える。そして優秀だと判断した者から順番に帝位継承権を与える。期間は大陸暦290年1月1日から299年12月31日までだ。文句を言うことは許さん」

だいたいこんな感じ。本当はもっと古めかしくて長ったらしい言葉だったらしいけど。

長女オリガは、大陸西端の辺境地域の総督を任せられた。

長男マリューータは、帝国の国務大臣に任命された。

そして帝位継承する気がさらさらなかった次男ゲオルギは、大陸南部の地域の総督を任せられたのである。

1人だけ総督じゃなくて大臣になった理由はわからん。文句言うことは許さんってお父さん言ってたし。

で、だ。

この3人は帝位継承権を巡って競うかのように内政改革を行った。

長女オリガは、単なる辺境だった大陸西端地域を開拓し、そこを帝国でも随一の経済力を持つ領地にさせた。

長男マリュータは、平和な時代の中で腐敗しきっていた軍の綱紀を粛正し、軍政改革を行い、大陸帝国軍を、初代皇帝ボリス・ロマノフ時代のような精強な軍へと若返らせた。

次男ゲオルギは、魔術の研究に力を入れ、今日《こんにち》使われている魔術理論の礎を作った。

3人の子供のおかげで、帝国は新たな黄金時代を迎えようとしていた……かに見えた。

大陸暦299年12月9日。

大陸帝国の帝都ツァーリグラードでちょっとした事故が起きた。とある老人が落馬して死亡したのだ。落馬事故そのものはこの大陸では日常茶飯事だ。珍しい話じゃない。

死亡した老人の名前がアレクサンドル・ロマノフという点以外は。

皇帝アレクサンドルは後継者を決めぬまま崩御した。

その結果、後継者問題が再び噴出したのである。

しかも帝位継承権を持つ者は、皇帝崩御時点では誰もいなかった。

宮廷内は、荒れに荒れた。有力貴族が突如原因不明の病に冒されたり、謎の事故によって死亡するなどの事態が相次いだ。また皇帝が長期間不在となったことにより、国政が混乱した。

3人の皇女と皇子の仲の悪さが、これらの悲劇に拍車をかけた。

大陸暦300年8月、国務大臣マリュータ・ロマノフは、オリガ・ロマノワとゲオルギ・ロマノフの総督職を剝奪し、即時帝都帰還命令を布告した。

当然、オリガとゲオルギの暗殺を目論んだマリュータの策略なのだが、こんなバレバレな策に乗っかるバカな奴はいなかった。

オリガは、マリュータを宮廷内で多発する暗殺事件の首謀者として告発した。

ゲオルギは、オリガの不正を暴露し「彼女は皇帝たる人格的資格がない」と発言した。

それを機に3人が互いを非難し合った。大陸帝国全土を巻き込んだ口喧嘩の開始である。すげぇ迷惑な話だ。

無論、どれが本当なのかは今となってはわからない。全部本当だったかもしれないし、あるいは全部嘘だったかもしれない。

こうして3人の皇子皇女の分裂は決定的となり、それが大陸帝国初の内戦へと発展したのである。

◇　◇

「と言うのが東にあるでっかいお隣さんの黒歴史なんだけど、わかった？」

「長くてよくわかんなかったわ」

「……サラならそう言うと思ったよ」

年頃の女の子と2人きりでお勉強会。心躍るものがある。

ただしエロい意味はない。

「で、結局その壮大な兄弟喧嘩はどうなったのよ」

俺とサラは放課後に自主練・勉強会をするのが日課になっている。

1日ずつ交替で、昨日はサラが馬術を教えてくれた。

今日は俺の担当、戦史の授業。しかし、サラは基本的な大陸史すら理解してなかったようなのでそっから教えている。初級学校でお前は何を習ったんだ。

今回は俺らが住むシレジア王国ができる前、大陸帝国時代の歴史のおさらい。大陸帝国末期時代は戦史的にも文化的にも重要な時代だ。

「んー、まずは大陸帝国を名乗る国が3つできたね。自分こそが正統な第33代皇帝だ！　とかなんとか言って」

「3つとも同じ国なんて紛らわしいわね」

「そうだね。だからそれぞれ『西大陸帝国』『東大陸帝国』『南大陸帝国』って当時から呼び分けてたみたい」

西大陸帝国は前世で言う所のイベリア半島＋フランス、南大陸帝国はアナトリア半島＋中東に位置していた。東大陸帝国はそれ以外全部。でかい。

「その3つの国は戦争したの？」

「したと言えばしたかな」

「は？」

ここら辺の事情は割と複雑だからなぁ。サラにもわかりやすく説明するのは大変だ。

「まず、3人の皇帝はそれぞれ他の皇帝に対して非難声明を出したよね?」

「えぇ。確か……マナントカが姉と弟を召還しようとして、それに対して姉が『お前が暗殺犯だー!』とかなんとか言って……んで、末っ子が不正を告発したんだっけ?」

「そう。でもその後、末っ子は姉に対する不正告発を撤回してるんだ」

「……仲直りでもしたの?」

「いいや。相変わらず仲悪かった」

「???」

わからないか。

まぁわからないよな。俺も最初意味わかんなかったし。

ゲオルギ・ロマノフが統治する南大陸帝国は、非常に短い期間だけ存在した短命国家である。

3人の皇帝が互いを非難しあったのは大陸暦300年8月。その時に南大陸帝国が誕生したと仮定すると、滅亡したのはその僅か半年後の301年2月だ。

「ゲオルギは大陸帝国皇帝の座を捨てて、独立宣言をしたんだよ」

「……それに何の意味があるのよ」

「西大陸帝国と共同戦線……要は同盟が組める」

「?」

つまり、3人が3人とも大陸帝国皇帝を名乗ったんじゃ政治的妥協なんてものはできない。しかし分裂時点では東大陸帝国が圧倒的に経済力も軍事力も上だったから、西南大陸帝国が手を結んで共同で対処しないといけない……とゲオルギは考えたそうだ。

そもそもゲオルギは皇帝にはなりたくなかったみたいだしね。魔術研究に力を入れていたみたいだし、研究家になりたかったのかも。あくまで想像だけど。

だけどそういうこともあってか、西大陸帝国皇帝オリガはこの独立宣言を承認し来たる脅威に対して共同で対処すると約束した。

ただし条件付きで。

「条件って？」

「改名すること」

「何を？」

「国の名前と、ゲオルギの姓名」

いつまでも大陸帝国って名乗られても困るし、お前はもう私の弟じゃねぇ！　って意味だ。

ゲオルギはその条件を受け入れ、改名する。

新国家「キリス第二帝国」の誕生である。初代皇帝の名はゲオルギオス・アナトリコン。

「聞いたことあるわ！」

「聞いたことないと困るんだけど」

今でもこの国あるしな。

「ていうか『第二』って何？　第一があるの？」

「勿論。大陸帝国が大陸を統一する前に存在してた国のひとつさ」

と言っても領土は都市国家レベルの小ささだったらしいが。

ちなみにゲオルギオスというのはゲオルギの古代キリス語読みで、アナトリコンは地域名だ。

「で、ついに戦争？」

「うん。最初に戦端を開いたのはキリス第二帝国だね」

時に大陸暦３０２年、キリスは東大陸帝国に対して先制攻撃を仕掛けた。ゲオルギオスの基礎魔術研究の成果か、キリスの魔術兵集団は東大陸帝国のそれより精強だったらしい。

この戦争に対し、西大陸帝国は人員や物資を提供し、キリスの進撃を支えた。それと同時に、ある工作もした。

「西大陸帝国は、東大陸帝国内各地にいる反動分子や不平派を糾合して反乱を起こさせたんだ」

西大陸帝国はオリガの内政改革と経済政策のおかげで、かなりの経済力があった。それを東大陸帝国の反政府組織にばら撒いたのだ。

これ、戦略的にはかなりえげつない方法だ。

「どういう意味があるの？」

「まず、各地の反乱を鎮圧するために軍を動員せざるを得なくなる。国内全土にね」

キリスの進撃を必死で支えてる間に背後からゲリラ組織が近づいて突き殺す、なんて東大陸帝国軍にとっちゃ悪夢だ。

そのゲリラ鎮圧のために軍を使えば前線を支える部隊に補充ができなくなる。困ったことに鎮圧部隊が丸ごと反乱を起こす時もあった。

ゲリラを鎮圧するために鎮圧部隊を送ったらその鎮圧部隊が反乱を起こし、その鎮圧部隊を鎮圧するために前線から兵を抽出し鎮圧させようとしたら、キリス軍の攻勢作戦が始まり戦線が崩壊した。なんて笑うに笑えないコントみたいな事件も起きている。

そしてさらに軍を混乱させることが起きる。

「いくつかの貴族領が、独立を宣言したんだよ」

「もしかして、シレジア王国もそのひとつ？」

「正解。東大陸帝国から独立した最後の国だけどね」

思い出してほしい。キリス第二帝国の宣戦布告は大陸暦３０２年、そしてシレジア王国が独立したのは大陸暦４５２年だ。

つまり１５０年の間、東大陸帝国は反乱、ゲリラ、パルチザン、独立戦争祭りだったのである。

悪夢だ。

おかげで数百年間の黄金時代の貯金を、この１５０年の暗黒時代にすべて使い切ってしまった。それどころか借金もした。軍事力も経済力もゴッソリと削られて、国は困窮した。

そしてそんな貧乏国を見限って独立運動やら亡命やらが相次ぎ、さらに衰退した。

「なんだか可哀そうになってくるわね……」

東大陸帝国民には同情の念を禁じ得ない。皇帝はどうでもいい。

「安心して、この東大陸帝国破滅の時代はもう終息し始めてるから」

「え？　そうなの？」

誰にとっての不幸かは知らないが、東大陸帝国の内情は安定しつつあるらしい。無論反乱はまだあるが、以前と比べたら全然マシになった。

東大陸帝国第55代皇帝パーヴェルⅢ世の内政改革と外交政策が成功したからだ。

「何をしたの？」

「農政改革と産業振興、それと独立の承認かな」

「独立承認って単なる敗北宣言だと思うんだけど……」

「まぁ、そう思われても無理はない。でもちゃんと意味のあることだよ」

独立を承認して、長い内戦を終わらせた。

独立国家との関係回復によって経済交流を活発化させ、それによって経済復興を成し遂げたのである。

この「独立を承認して貿易した方が良いんじゃね？」という案はパーヴェルⅢ世以前の皇帝も考えなかったわけじゃない。

ただ、事実上の敗北宣言であるところの独立承認という決断をする勇気がなかったのだ。

結果的に、貿易によって経済振興を成し遂げて国民が飢えることはなくなった。今でも裕福な暮らしをしているとは言えないが、帝国にとって最悪の時期に比べてたら全然マシなのである。

「うーん……」

「どうしたの？」

「頭が混乱してきた」

ふむ、少し長く喋りすぎたか。サラの脳内容量も限界のようだし、今日はこれまでにするか。

「じゃ、今日は解散だね」

「そうね。明日は剣術の授業よ。ビシバシと鍛えてやるわ」

「お手柔らかに」

「するわけないでしょ。今日の仕返ししてやるんだからね！」

……明後日からはもうちょっとハードル下げた方がいいみたいだ。

◇◆◇◆◇◆◇

シレジア王国の東隣に位置するのは「東大陸帝国」と言う名の超大国。

大陸帝国を正当に継承した国家（自称）であり、現在は第59代皇帝イヴァンⅦ世が統治している。

大陸の中で随一の人口を誇り、故に軍隊の規模も相当大きい。いざ戦争となれば、兵士が津波のように押し寄せてくる。

東大陸帝国は、周辺国にとってかなりの脅威なのである。

◇　◇

「失礼します。皇帝官房長閣下がお見えになっています」

「ベンケンドルフ伯が？　私に何の用かね？」

「いえ。ただ『例の件でお話がある』と」

「ふーむ……。わかった、通せ」

「ハッ！」

ここは帝国軍事大臣執務室。その執務机に座っているのは、軍事大臣アレクセイ・レディゲル侯爵である。

レディゲル侯は軍務大臣であると同時に、帝国軍大将の地位にある。

「軍事大臣閣下、ご機嫌麗しゅう」

来客の名は、モデスト・ベンケンドルフ伯爵。皇帝直属の行政機関である皇帝官房の長官であり、そして……、

「面倒な挨拶はどうでもいい。話とは何かな、皇帝官房治安維持局長殿」

皇帝官房治安維持局、それは東大陸帝国に存在する唯一の政治秘密警察である。

「はい。実は閣下のお耳に入れたいお話があります」

「なんだね？」

「……」

レディゲルがそう問うと、ベンケンドルフは懐からある書簡を提出した。

「いかがですかな？」

その書簡には、ある隣国のある情報が記載されていた。

「興味深い情報だが……これは確かかね？」

「まず、間違いはございません」

レディゲルは熟考した。この情報が本当であれば、東大陸帝国に小さくない影響が出る。その影響が、将来帝国にとって悪い状況を生み出す可能性もあった。

「何らかの対策をしなければならんな」

「はい。しかし、軍事介入が出来ないのは閣下もご存じの通りです」

現在の東大陸帝国内は少し混乱している。昨年に起きた飢饉と、それによって生じた各地の反乱でかなりのダメージがある。とてもじゃないが外征をする余裕がない。

「だが、このまま放置もできんだろう」

「ええ。ですから閣下にご提案がございます」

ベンケンドルフの出した提案を、レディゲルは熟慮の上で承認した。無論、他の部署には内密にである。この事実を知るのは、皇帝陛下と軍事大臣、そして治安維持局の人間だけである。

「それでは、失礼します」

「あぁ、ご苦労だった皇帝官房長官殿。また会おう」

ベンケンドルフが退出した後、レディゲルは立ち上がり窓の外を眺めた。

軍事省庁舎は、帝都ツァーリグラードの中心地にある。帝国の中でも裕福な人間が住む土地だ。

しかし、それでも浮浪者の姿が目立つ。

豪奢な貴族の馬車が通り過ぎる脇に、物乞いの子供の姿が見えた。

「……ふんっ」

軍事大臣はカーテンを閉め、執務を再開した。

◇
◆
◇
◆
◇
◆
◇

「女みたいに立たないで気持ち悪い！　右足角度つけ過ぎ！　それじゃ蟹股《がにまた》じゃないの！」

「あ、あのー、サラさん？　もうちょっと手加減し」

「さん付けするな！」

サラは俺が間違いをするたびに（そしてさん付けするたびに）手に持ってる練習用の木剣で殴りつけてくる。それだけで済めばまだ良い方で、たまに火球《ファイアボール》も飛んでくる。怖い。

今服脱いだら俺の体は痣《あざ》だらけになってることだろうな。金属剣じゃないところがまだ優しい、と思うべきなのだろうか。

「ったく、そんなんじゃそこらへんの雑兵にも勝てないわよ。ホント、あんたって貧弱ね」

ぐぬぬ。戦史や戦術の居残り授業じゃひぃひぃ言ってたくせに……。よし決めた。明日の戦術の勉強会は手加減しない。ついでに鞭でも持って行くか。

「まぁいいわ。15分休憩。終わったらまた基本の型の練習ね」

やっと休憩が貰えた。１時間程の訓練だったが、体感的には10分くらいしか経過していないような気がする。そして早くもあちこちで筋肉痛が起きてる。15分と言わず15時間くらい休憩くれないかしら。

「……で、今これなにやってんの」

俺とサラは練兵場の端で体育座りをして休んでいた。隣り合わせで。なんだろう……この胸の高鳴りは……？　もしかして、心不全!?

んなわけねーです。緊張してます。サラさん近いです。

「なにって、決まってるでしょ。稽古」

「いや、そういう意味じゃなくて、なんのための型なわけこれ？」

さっきからミッチリ基本型を教わっているのだが、一体全体これがなんの役に立つのだろうか。

いや、基本が大事なのはわかるけど……やけに古風な構えが多い気がする。剣術を知ってるわけじゃないから何とも言えんけど。

「あぁ、そういう意味。……言ってなかったっけ？」

「とりあえず俺は聞いてない」

俺が聞いてないから言ってないのと同じだ。

「今は、剣による一対一の決闘で使える型を練習してるわ」

……なんと古風な。俺は文字通り、開いた口が塞がらないといった顔をしていた。

「まぁ、言いたいことはわかってるつもりよ。実際の戦場で決闘なんて起きないから無意味って言いたいんでしょ」

よくお分かりで。戦場で指揮官が決闘挑まれた時点でいろいろ終わってる。

「でも問題ないわ。私を信じて頂戴」

「信じる前に説明してくれるとありがたいんだけど……」

まぁ信じてるけどさ。間違ったことしてないって。

「説明……うん、説明ね……。説明は苦手だわ……」

「知ってる。大丈夫だ翻訳するから」

「翻訳って……まぁいいわ。頑張って説明する」

俺も頑張って翻訳します。ちなみにこの大陸は帝国語以外の言語が死滅したため「翻訳」なんて言葉は殆ど死語になっている。

「えーっと、今やってるのは決闘の練習なのよ」

「その心は?」

「剣術の期末試験が決闘方式なの」

ふむ。なるほど。

中間試験は型を見せて先生と軽く手合わせする程度だったからな。

「決闘で一本取れれば合格?」

「まぁね。一本取れなくても基礎ができてれば60点以上は取れるわ」

なるほど、そのための練習か。

「それでね。第5学年剣兵科の下半期末の試験、つまり卒業試験は決闘相手が3人いるのよ」

剣兵科、というのはこの士官学校に設置されてる学科である。２年になったら学生は学科を好きに選んでいい。詳しい話は後日の事としといて、今は卒業試験の話だ。

「３人？　１人は先生として、あと２人は？」

「１人は、酔っぱらった先生」

……えっ？

「冗談だろ？」

「私は嘘吐《つ》くの嫌いなの」

ってことは本当ってことなの？　え、マジで？　先生ったら試験中にも飲みたいほど酒が好きなの？　依存症か何かかしら。

はよ、説明はよ！　とりあえず目で訴えてみる。

「そんなにぐいぐい来なくても教えるわよ……。えーとね、確か酔っぱらうのは、戦場に立って興奮状態になって色々見境がつかなくなってる敵兵を再現するためなの」

「ふむ？　つまり？」

「戦場で正気を保ってられる人は少ないわ。特に徴兵された農民はね」

「その正気を失って錯乱状態になってる兵士を倒す試験ってこと？」

「そういうこと。錯乱した兵士は攻撃一辺倒で、死を恐れずに突撃してくる。そういう相手をうまくいなしてこそ一流の剣士になれる……ってお父さんが言ってたわ」

「ちなみにお父さんは一流の剣士だったの？」

「父親としては二流だったわ」

さいですか。

サラは、喉が疲れたのか咳き込んだ。思い出してみれば彼女がこんなにも長く喋ってるのを初めて見る気がする。しかも内容が割と真面目だ。こいつは本当にサラなのか。中身だけ別人になっていても驚かないぞ。

「で、最後の３人目の試験官は？」

「死刑囚よ」

……はい？

「死刑囚を、殺すのよ」

えっ？

「え、ちょ、あの、えっ？　本当に？」

「言ったでしょ。私は嘘が嫌いなの」

……それは、何というか、突拍子もないというか。

「私も最初聞いた時はびっくりしたわ。でもね、すぐに納得したの」

「どうして？」

「だって、ここは士官学校よ？　人殺し養成機関なのよ？」

人殺し養成機関は語弊があると思うが……、でも言わんとすることはわかる。

「私たちは卒業したら、軍人になる。指揮官として戦場に立つ。その時、敵兵を殺すのを躊躇《ため》らうことは許されない。なぜなら、部下を死なせてしまうかもしれないから」

部下を1人でも多く生きて故郷に帰すのが、指揮官の仕事だ。だからこそ、躊躇ってはいけないのだと。

そして軍隊の中で自分の手で直接人を、目の前で殺すことが多いのは剣兵だ。

「勿論、この試験で実際に死刑囚を殺せる生徒は少ないわ。大抵の生徒は良心の呵責から殺すことはできない。たとえ相手が極悪人の死刑囚であっても。だって、今まで人を殺したことがない人ばかりだもの」

彼女の口調はとても穏やかだったが、同時に切なさを感じさせた。なにが哀しいのかは、今はわからない。

「もし殺さなかったら、どうなるの？」

「どうもならないわ。3人目の試験官は、試験官であると同時に、教科書でもある。これはね、精神鍛錬なのよ」

死刑囚を実際に殺すことが、精神鍛錬になるとは思えなかった。

でも、ここで人殺しに耐えられず精神を病んでしまうような奴は、戦場では役に立たない。

つまりは、そういうことなのだろう。

「私は剣兵科に進むわ」

「……」

知ってる。それは今まで何度も聞いたことだ。

でも今はそれを応援することができなかった。

「ユゼフは、どうするの？」

俺は、戦術研究科に行く。

でも、言えなかった。

代わりに言ったのは、こんなことだ。

「サラを死なせないよう、頑張ってみるよ」

誤魔化した。今の卒業試験の話を聞いてたら、思ってたことを言えない。

でもこれは、本心だ。チート英雄だなんだって現実を見ずに士官学校に入った。それは無理だと思ったけど、今はこうして友人ができた。

なら、俺はその数少ない友人の為に頑張ろう。……友人だよね？　俺だけ勘違いしてるってオチじゃないよね？　大丈夫だよね？

「……そう」

彼女は俺から視線を外し、正面を見た。

地平線に沈もうとしている太陽の方向を見た。

すると彼女は立ち上がって歩き出した。そして再び俺の方を向いて、

「ありがとね」

笑いながら、そんなことを言った。

「……って、もう15分経ってるじゃん！　さっさと稽古の続きするわよ！　いつまでボサッとして

んのよ！」

途端に彼女はいつも通りのサラになった。

もうちょっと余韻と言うものをだな……。

「ほら、立って！　構えて」

「はいはい」

「はいは1回でよろしい！　あと声小さい！」

「はい！」

とりあえず今は、彼女を守る努力をしよう。

◇　◇

しんみりした話の後に容赦なく俺をボコボコにできる切り替えの良さは見習いたいところである。

誰の事かは言うまい。

寮に戻り服を脱いでみると、案の定体中が痣だらけだった。俺はまだ10歳だし完全に児童虐待、もしくはいじめである。女子が相手じゃなかったら訴えてた。

「なんだその痣？」

体中の痣の数を数えていたら、同室の奴が話しかけてきた。

名前はラスドワフ・ノヴァク。通称ラデック。16歳、イケメン。以上。

「居残り授業だよ」

「なんの居残り授業をしたらこうなるんだ？」

まじまじと見るな。男に見られても嬉しくないぞ。……触るな！　痣に触るな痛いだろ!?

「剣術の稽古つけてもらったんだよ。そしたらこうなった」

「ほほーん。マリノフスカ嬢も容赦ねぇなぁ……」

「待て、誰もサ……マリノフスカさんの事だとは言ってない」

誰にも放課後のアレのことは教えてないのに。てか嬢ってなんだ嬢って。あいつはそんなお上品な奴じゃないぞ？

「あ？　有名だぞ？」

「え、そうなの？」

「そりゃばれるだろ。毎日毎日、いちゃいちゃしやがって」

「マジか……って、いちゃいちゃはしてないぞ？」

俺の知っているいちゃいちゃで痣はできません。

「そうかぁ？　だってお前ら結構親密そうじゃねーか」

「そうでもないよ」

「嘘つけ。名前で呼び合ってるくせに。なにが『マリノフスカさん』だ。教室じゃ割と大声で『サラ』って呼んでただろ羨ましい！」

それもそうでした。てへ。

うーん、しかし疾《やま》しいことは何もしてないとは言え、少し恥ずかしいな。

「ま、お前の恋路を邪魔するつもりはないから安心しろ。なんだったら俺が手ほどきを」

「いらないし第一そんなんじゃないって」

くそっ、今から学生課行って部屋替えてもらうことできないかな。こいつと関わるのはもう御免だ。……と言っても数少ない男友達だ、無下にもできまい。

6歳も年上ってだけあって、ラデックは結構親身に相談に乗ってくれるし。前世分加算すると俺の方がダブルスコアになって勝ってるけど。

「そういやラデックって2年になったら科はどうするんだ？」

「んー？　俺は……ぶっちゃけどこでもいい。戦術研究科以外ならな」

「なんでそれ省いたし」

「戦術云々はお前に任せた方が良いって知ってるからさ」

「そらどーも」

士官学校の科は全部で10個ある。学生自身が得意分野や興味のある分野を選択するのが普通だが、教官が推薦する場合もある。

剣術は剣兵科。

弓術は弓兵科。

馬術は騎兵科。

魔術は魔術兵科、もしくは魔術研究科。そして治癒魔術専門の医務科が独立して存在する。

戦略・戦術は戦術研究科。

算術・兵站《へいたん》・通信・工兵等の後方支援は輜重《しちょう》兵科。

法律は警務科。いわゆる憲兵さん。

そして最後に情報戦のプロを養成する諜報科がある。

その科を無事卒業できれば、科に対応した部隊の士官として配属されるのが基本だ。

サラは剣兵科。

俺は戦術研究科。

ラデックはどうでもいい。一番人気がない輜重《しちょう》兵科にでも行けばいいんじゃないかな。

「マリノフスカ嬢はどこだって？　馬が似合いそうだから騎兵かな？」

「彼女は剣兵だってさ」

「ほーん、剣兵ね。そりゃ大変そうだ」

どの科も大変なのは変わらないが、剣兵科は特に大変と言われている。だが名誉ある兵科でもあるため人気も高い。

「んで、どうしたんだ急に。兵科の話なんて」

この察しの良さ見習いたいね。きっとコミュニケーションが円滑になる。

「ん？　あぁ、実はさ……」

さっき聞いた卒業試験の話をラデックに聞かせる。所々恥ずかしいところがあるので、そこは適当にぼかしながら説明した。

彼はうんうんと真剣に聞いてくれて……るよね？　適当に頷いてないよね？

「だいたいわかった」

「ほほう？　何が？」

「お前って意外とモテるよなって」

うわこいつ絶対話聞いてない。

「まぁ全部言うのも無粋だから、俺が言うのはひとつだけだ」

はいはいなんでしょうか聞いてあげますよー。

「お前とマリノフスカ嬢は、シテイカンケーみたいなもんなのさ」

「は？」

意味がわからなかったから追及しようとしたが、彼は何も答えてくれなかった。

師弟関係？　そりゃまぁ彼女は俺にいろいろ教えてくれるけど、俺も教えてるんだぜ？

……ぶえっくしゅ。

うー。そう言えば服脱ぎっぱなしだったな。部屋の中とは言え冬に上半身裸はきつい。

とりあえず服着よう。

◇◆◇◆◇◆◇

カールスバート共和国。

シレジア王国の南隣に位置している人口そこそこ経済そこそこの中堅国家。前世においてチェコと呼ばれたところにある。

名前の通り民主共和政の国家で、現大統領はヴォイチェフ・クリーゲル。クリーゲル大統領は穏健派として知られ、平和国家カールスバート共和国の建設を目指していた。

「弱者を踏み躙《にじ》る政権を倒せ！」

「クリーゲル大統領の不正を許すなァ！」

「強きカールスバート共和国を取り戻せ！」

首都ソコロフ。その大統領府周辺では現在、大規模なデモが続いている。

昨年の東大陸帝国で起きた飢饉の波が、ここカールスバートにも直撃したのが原因だった。

そこにどこからの情報か知らないが、クリーゲル大統領の不正が明らかになった。曰く、税金の一部を着服し愛人に貢いでいた、その愛人も大統領の権力で無理矢理拵《こしら》えた……とかなんとか。

真偽の程は不明だが、長引く不況と不正の暴露によって国民の怒りが爆発したのは確かだ。

大統領自身はこの不正を否定している。だが必死に否定しても「逃げる気か！」と国民に言われてしまってはどうにもならない。

大統領の進退問題について、この国の人間全員が注目していた。

だが渦中のクリーゲル大統領は今、自分は関係ないと言った風で大統領執務室にて政務に没頭している。彼は何かをする時それなりの騒音があった方が集中できる人間だったので、むしろこの大規模デモはありがたい事だった。

しかし彼が仕事をしている最中、大統領執務室に突然の来客があった。

「……なんだね？　軍人とは礼儀も知らん野蛮人なのか？」

「あなたに礼儀を教わるつもりはない。ただ用があっただけです」

来客の名はカールスバート共和国軍作戦本部長エドヴァルト・ハーハ大将。そして数人の護衛かけ付き人が剣を持ったままハーハの後ろに立っている。

「どういうことかね？」

と、大統領が問うと、

「こういうことです」

と、ハーハは短く答えた。

その瞬間、クリーゲル大統領の首から鮮血が噴き出した。頸動脈を切られ、心臓が鼓動を繰り返すたびに血が執務室を赤く染めた。そして暫くするとその噴血は収まり、クリーゲル大統領はただの死体となった。

「……諸君、クリーゲル大統領は苦心の末自殺された。事態が落ち着くまで、私が一時的に大統領となる」

「閣下、お願いします」

大陸暦632年1月8日、カールスバート共和政がここに倒れた。

「クリーゲル大統領を倒せー！」

大陸の歴史は、人々の否応も無く歩み続けている。

◇◆◇◆◇◆◇

それは、カールスバート政変が起きる10日前のお話。

「殿下！　準備をなさってください！」

「嫌です。行きたくありません」

「そう仰られては困ります！　どうか言う事を聞いてください」

「私は王宮から出たくありません」

シレジア王国の王都シロンスク、その中心には代々の王家が住む「賢人宮《フィロゾフパレツ》」と呼ばれる宮殿がある。湖の畔《ほとり》に建てられたその宮殿は、シレジア王国がまだ大陸で一、二を争う強国だった頃に建てられた。

しかし現在ではその広大な土地をすべて管理するだけの財政的余裕がなく、宮殿の三分の一が閉鎖されている。

さて、そんな宮殿のとある一室に、この我が儘な彼女は住んでいる。

彼女の名はエミリア・シレジア。現シレジア国王であるフランツ・シレジアの直系の娘にして、王位継承権第一位の持ち主だ。年齢は10歳。だが幼い頃から王族として育てられてきたためか、年齢以上の風格が溢れている。いや、溢れていた。

「私が今ソコロフに行ってもどうにもならないでしょうに」

「いえ、これは重要なことなのです。どうか御仕度をなさってください」

エミリア我が儘王女様は近侍《メイド》と彼此《かれこれ》1時間は押し問答をしている。こうしている間にも近侍《メイド》達の給料が発生しているため、はやく王女に決断してもらわねば国家財政が破綻する、と部屋の外で待機している財務尚書が心配していた。

「今からソコロフに行って何をすると言うの。どうせつまらない老人の戯言《たわごと》を聞くためだけに披露宴に出席せねばならないのでしょう？　私は嫌です」

「いえ、この式典に参加してこそ両国の絆がより深まるわけないでしょう。そんなことしたって」

さて、この2人が揉めている問題とはカールスバート共和国への親善訪問である。

カールスバート共和国は、かつて反シレジア同盟に参加し、シレジア王国と戦争していた国である。そんな旧敵国に行きたくない王女の気持ちはわからないでもないだろう。だが、大事な式典があるのも確かなのだ。

その式典こそが、シレジア＝カールスバート相互不可侵条約締結記念式典である。名前が長いのは仕方ない。

この不可侵条約はこの1年間秘密裏に交渉が続けられており、1ヶ月後の記念式典で初めて大陸中に明かされる条約である。この不可侵条約を踏み台にしてさらに深い関係……つまるところの同盟関係を目指す動きもあり、両国にとって重大なイベントなのである。

と言う訳でそんなイベントに出席してほしい、と国王が王女に言った。

王女が式典中ストレスで死んでしまうんじゃないかと近侍《メイド》たちは心配していたのだが、その前にそもそも式典に行くのが嫌と言う想定はしてなかったらしい。式場で王女を励ます言葉を100個近く用意していたのに、これでは無駄になってしまう。だから近侍《メイド》たちも必死に彼女を説得しているのだ。

「エミリア、あまり我が儘を言わないでくれ。お前そんな子じゃなかっただろう」

「……叔父様」

近侍《メイド》達の間を掻き分けて彼女に話しかけてきたこの人は、彼女の叔父、つまり現国王の弟であるカロル・シレジア大公。王位継承権は第二位。35歳。年齢に似合わない髭が特徴的である。

「この式典はとても大事なものだ。場合によっては、国民の命に関わる問題なのだ」

「わかっております、ですが……」

わかっているけど心情的には行きたくない。無理もない。彼女はまだ10歳なのだから。

「これも王族の務めなのだ。我慢してくれ」

「はい……」

この王女、カロル大公には弱い。なぜかは言わないでおこう。

「私もこの式典には同行する。エミリアは落ち着いていれば平気さ」

「……わかりました」

こうして、エミリア王女（とカロル大公）のカールスバート行きは決定した。

表向きはシレジア辺境領土の視察である。

◇　◆　◇　◆　◇　◆　◇

大陸暦632年1月11日、王立士官学校教務課近くに貼り出されている壁新聞の前に俺を含めて多くの士官候補生たちがたむろしていた。

そして候補生のほぼ全員が、その壁新聞を凝視している。曰く、

『カールスバートで政変　軍事政権発足』

である。隣国カールスバート共和国で起きた軍事クーデターについて、現在手に入っている情報が事細かに記載されていた。

「これ、大変な事なの？」

いつの間にかサラが隣にいた。うん、サラに新聞って似合わないな。

「やばいと思うよ」

「具体的には？」

「軍事政権ってところがやばい」

もうやばいのなんの。軍事政権なんて弾圧と侵略が好きな人がやるイメージしかない。

カールスバートは現在、共和国軍大将エドヴァルト・ハーハが議会からの指名によって暫定大統領の地位についている。

ハーハ大統領は即日全土に戒厳令を発した。同時に憲法を停止し、司法・立法・行政の全権を軍部に委譲させ、議会を無期限解散させたようだ。

鮮やかすぎるほどに素早い行動だと思うね。こりゃ事前準備相当大変だっただろうな。

表向きは前大統領の自殺による国政の混乱を一時的に治めるための措置だそうだが……前大統領は絶対殺されたんだろうなー。議会からの指名も、どうせ議員の首筋に剣を突き付けて脅迫したんだろう。

「これ、シレジアも大変なことになるのかしら」

「今はまだ何とも言えないけど、とりあえず状況は悪いよ」

「カールスバートは反シレジア同盟参加国だったし、来ないと考える方が不自然だ。

「カールスバート共和国軍の戦力ってどんくらいだっけ？」

気付けばもう1人隣人が来た。俺と同級同室のラデックだ。

「どうしたラデック。藪から棒に」

「いや、ただうちと戦争になったらどうなるんかなって」

戦争になるの確実だと思うけどね。ここら辺で手頃に抹殺できる国ってシレジアくらいだし。

「詳しい数は忘れたけど、人口も経済力も中堅だったね」

「んじゃうちと同じくらいか？」

「たぶん」

「となると平時で10～15個師団ってとこかな」

ちなみに1個師団は約1万人と考えていい。そして人口や経済、周辺国の状況によって軍隊の規模はだいたい想像できる。ただしこれは常備戦力ということであって、戦争始まって予備役を動員したり徴兵したりするとぶくぶくと膨れ上がったりするのだが。

「軍事政権だから相当動員できると思うよ。たぶん倍くらいにはなる」

「でもさ、攻撃3倍の法則っていうじゃん」

「なによそれ」

ふむ。今日の放課後授業は戦術の予定だったからな。ここでやっちまおう。

「攻撃3ば」

「攻撃3倍の法則ってーのは、敵の拠点を攻め落とすには攻撃側は防衛側の3倍の戦力を用意しないとダメ、っていう法則さ」

台詞取られた。ぐすん。まぁラデックの説明はだいたいあってる。でも合格点じゃない。

「ラデック。それだけだと戦術の試験赤点になるぞ」

「え、マジで?」

マジです。

「俗に言う攻撃3倍の法則っていうのは、戦術的な意味であって戦略的な意味ではないからね」

「もうちょっとわかりやすく言って」

「お前はもう少し物事をわかりやすく説明する癖つけた方が良い」

あ、はい、ごめんなさい。

えーっとだな。

まずは戦術的な意味での攻撃3倍の法則について。

まぁ、これはなんとなくわかってくれると思う。防御側っていうのは防御陣地作ったり地形を利用したりして防御力を上げることができる。その周到に用意されている拠点を攻め落とすには戦力が3倍くらいないと無理ポ、ていう法則。

でもこの法則は数学的、もしくは統計的に裏付けされたものじゃない。ただの経験則だ。ちゃんとしたのは「ランチェスターの法則」ってのが別にある。この世界にはまだないみたいだけどね。

で、戦略的な意味について。

防衛側が堅固に作った要塞や拠点を、攻撃側がわざわざ攻撃しなきゃいけない、なんて決まりはない。落とすのに苦労しそうな拠点があれば迂回すればいいじゃない！　ってなるだけだ。

実際にそうなってしまった例が前世世界でもちらほらある。急がば回れと言う奴だな。

攻撃側はどこを攻撃するか自由に決められる。一方の防御側は攻撃側がどこに攻めてくるかわからない。そのため防御側は長い国境線に戦力を分散させるか、国境から少し引いた地点に敵をおびき寄せて迎撃するしかない。

攻撃3倍の法則とは、戦術的には正しいかもしれないのだけど戦略的には微妙な法則なのだ。

「わかった？」

「わかるわけないじゃない」

拳が飛んできた。痛い。でも、嫌いじゃない。

「で、結局私たちどうすればいいわけ?」

「どうにもできないよ。祈るくらいしか」

俺たちはまだ士官学校入学したてのガキンチョだしね。

と、その時、頭の中で声が響いた。

『……全校生徒に達する。こちら校長だ』

通信魔術だ。

通信魔術は一定の範囲内にいる人全員にテレパシーを送れる魔法。受信は誰にでもできるが送信は凄い難しい上に、特定の人にだけ狙い撃ちでテレパシーを送れないのが難点だ。通信と言うより拡声器みたいなもんだな。

『隣国の政変について知ってる諸君も多いと思う。状況次第では、君たちにも召集がかかる可能性がある。各員、いかなる事態にも対処できるよう準備せよ。以上、通信終了』

やれやれ、出動待機命令とはね。いよいよやばいかな?

「おい、なんだか面倒なことになったな」

「これって、私たちも戦場に行くかもしれないってこと?」

「マジかよ。童貞のまま死にたくねーなー」

「どう……?　え?」

とりあえずラデックは殴って黙らせておくとして。

「サラ、今日の戦術の居残り授業はやめよう」

「え？　サボり？」

「違う」

なんでそうなるのさ。こんなにも日々真面目に生きているのに！

「どういう事態になっても対処できるように、って言ってたでしょ。だから、最前線にいきなり立たされても生き残れるように稽古つけて欲しいんだ」

「ふーん？　ならいいわ。あんたが無様に死ぬのは見たくないし。とりあえず今日は剣術ね」

持つべきものは白兵戦が得意な友達だね。

「そ、その居残り授業、俺も参加していいかな……」

ゾンビのように立ち上がったラデックが死にそうになりながらもそんなことを言った。

うーむ、２人きりの授業という心躍るイベントを野郎に邪魔されるのは癪だな……。ま、事態が事態だ。仕方ない。

「サラは大丈夫？」

「……」

「おーい？　サラさーん？」

「聞いてるわよ！　あと何度も言ってるけどさん付けは禁止！」

また殴られた。

うん、よかった生きてた。

「まぁいいわ。手加減しないからね」

戦場に立つ前に剣術の稽古で死ぬ予感がするのは気のせいかしら？

◇　◆　◇　◆　◇　◆　◇

大陸暦632年1月11日。

シレジアとカールスバートの国境付近では重々しい空気が流れていた。

「大佐……これは」

「あぁ、あいつら国境を越えたくてうずうずしてるって感じだな。少尉、住民の避難状況は？」

「いえ、少し手こずっております。まだ7割ほどです」

「急がせるんだ。奴らが国境を越えて来たら、どうなるかわからんぞ」

「了解です」

この辺鄙な田舎町に、総勢十数万人の招かれざる客が来ようとしていた。

◇　◆　◇　◆　◇　◆　◇

4年生と5年生に召集がかけられた。校長から出動待機命令が発せられた10日後の、大陸暦632年1月21日のことである。

同時に「状況によっては3年生以下の生徒にも召集があるかもしれない」とも告げられた。

そのこともあってか、俺の所属する1年3組の雰囲気は重かった。

召集を嫌がって退学を検討する貴族の息子がいた。遺書を書く者もいた。もうなにをしてもだめだと、諦めた奴もいた。

俺？　結構落ち着いてたよ。

いつも通り授業を受けて、いつも通りサラに殴られて、いつも通りサラに鞭打たれて、いつも通り寮に帰る毎日。戦場よりサラが怖い毎日を送ってたせいでその辺の危機感が薄れたんだと思う。

「ねぇ、今日も私の居残り授業でいいの？」

「いいよ」

あの日以降、毎日サラに稽古をつけてもらっている。剣術馬術が中心。弓術はいいや。魔術は教えてくれる人いない。

サラのおかげで剣に振り回されることはなくなり、馬に振り落とされることもなくなった。ついでに痛みにも慣れたし動体視力も良くなった気がする。サラーズブートキャンプさすがやで。

さて今日の授業は剣術と馬術どっちなのかなー、と考えていたら我ら1年3組の担当教官が教室にやってきた。

「今から名前を呼ばれた者はすぐに教務課に来るように」

……召集かな？　そうだろうな。それ以外考えられない。

「えー……、アントニ・コロバ。フィリプ・ジューレック。レフ・ビゴス。ハンナ・ヴィニエフスカ……」

先生は大した感情も籠めず、淡々と名簿を読み上げる。名前を呼ばれた者を見てみると、みんな絶望的な表情をしていた。死刑宣告をされた囚人のような顔だ。

「……シモン・カミンスキ。ラスドワフ・ノヴァク。サラ・マリノフスカ。ユゼフ・ワレサ。以上16名だ」

……サラと俺は顔を見合わせた。今呼ばれたよね俺？　来たの？　赤紙来たの？

「……今日の授業は中止しなきゃだめかもしれないね」

「もしかしたら、もうしなくてもいいのかも」

冗談じゃない。ここで死んだら転生した意味がないじゃないか。

「とりあえず、教務課に行くか」

「そうね」

サラにそう言って教室を出た。その時ふと気になって振り返ってみると、そこには歓喜の渦があった。とりあえず今を生き延びることができた。そんな顔をしていた。

俺は今どんな顔をしてるだろうか。

◇　◇

「手短に言おう。諸君らは明日の午前11時を以って南部国境方面軍第3師団第33特設連隊に配属されることになった。詳細は追って知らせる。諸君らの無事を祈る」

今日の日付は1月22日。昨日4、5年生を召集したばかりなのだがまだ足りなかったらしい。3年生以下の成績優秀者にも召集がかかった。

あーあ。俺も遺書でも書くかな。死んでも次の転生ライフが待ってるなら潔く死ねるのだが、次も転生できるとは限らない。

第一、俺はまだ童貞だ。誰かの言葉じゃないが、童貞で死ぬつもりはない。

……ってか俺、成績優秀者でいいの？　実技壊滅だったよ？　それに座学壊滅のサラも召集されたし。どういう基準だ。もしかしてみんな予想以上にバカだったの？

「諸君らは明日以降の授業には出なくても構わない。単位の心配もしなくていい。無事ここに帰ってくるのが試験だ。いいな」

先生の口調はひどく落ち着いていたが、同時にすごく申し訳なさそうな顔をしていた。俺なんか10歳だし、こんな子供を戦場に……という良心の呵責からなのか。

先生たちを責めるつもりはない。召集メンバーを決める権限は先生にはないし、それに何人かの先生にも召集がかけられていた。いつ死ぬかわからないのはお互い様だ。

「……微力を尽くします」

俺はそう言って、先生に敬礼をする。サラやラデック、他のみんなも同じく敬礼した。

習ったばかりで、どれもこれも不恰好な敬礼だったが、先生は何も言わず答礼してくれた。

◇　◇

大陸暦６３２年１月28日。この日、カールスバート共和国軍はついに国境を越えた。
後世、シレジア＝カールスバート戦争と呼ばれる戦争が幕を上げた瞬間である。

第3章『シレジア＝カールスバート戦争』

2月2日、俺ら士官候補生は国境地帯に到着した。

「……ふん、女子供ばかりではないか。役に立つはずもなかろうに」

そして配属早々に第3師団の師団長にそう言われたのである。そう思うのも無理はないかもしれないけどさ、わざわざそれを口に出さなくてもいいだろうに。

「まぁいい。せいぜい頑張って忠義の程を示してもらおうか平民共」

師団長とやらは選民思想の塊だった。こりゃたぶん早死にするタイプだね。とりあえず物語の中で「女のくせに」とか「ガキのくせに」とか舐めくさったこと言った奴が最後まで生き残ったためしがない。

でも階級が少将だったので致し方なく黙って聞いてる。師団長さん、頑張って二階級特進《名誉の戦死》を遂げてください。応援してます。そうすれば大将だから。

「タルノフスキ中尉！　ガキのお守りは貴様に委任する！　煮るなり焼くなり盾にするなり自由にしろ！」

いやだよ。んなことされたら敵前逃亡するぞ。

……って、タルノフスキ？　どっかで聞いたような？

「君らが士官学校からの派遣部隊か？」

「はい！」

「私は、ザモヴィーニ・タルノフスキ中尉。諸君らが配属されることになる第7歩兵小隊の隊長だ」

ふむ。精悍な顔つきだな。第一印象からして有能オーラが漂っているし、年齢もそこまで行っていない。たぶん20歳前後だろう。こんなイケメンが無能なはずがない。

「ねぇ……タルノフスキって、もしかしてあのハゲじゃ……」

「あっ」

あ、やべ。今思い出したわ。

タルノフスキって法務尚書タルノフスキ伯爵の息子のハゲのことじゃん。

どうしよう！　弟さん、弟？　いやあのハゲがこいつの兄なわけないな。……っていやいやそうじゃなくて、弟を自主退学に追い込んだの俺たちなんですけど!?　絶対これ肉盾にされるよ!?

「そこ、私語は慎みたまえ」

「は、はい！」

ばれませんようにばれませんようにばれませんように。

「ふむ。君たちはどうやらタルノフスキと言う姓を知ってるようだし、詳しい自己紹介はしなくても良いみたいだな。諸君らの兵舎は街の北東にある。とりあえず今日はゆっくりしてくれ。任務は明日与える。以上」

……隊変えてもらいたいです中尉。

「タルノフスキって誰？」

俺たち3人の中で唯一事情を知らないラデックが首を傾げていた。鬱すぎて説明したくねぇよ。

◇　◇

第3師団が駐屯しているのは、シレジア＝カールスバート国境の近くにあるコバリという小さな町だ。

今は冬だから何もないが、小麦畑が多いため収穫期になると一面黄金色になる、らしい。そう教えてくれたのはラデックだった。

「なんでお前そんなこと知ってんの？」

「あれ？　言ってないっけ？　俺は商家の次男坊だからな、国内の地理には詳しいんだよ」

「初耳だよ」

こいつ商売人の息子だったのか。意外と言えば意外だな。ホストかと思ったよ。童貞らしいけど。

その後もこの童貞ラデックから細かい地理を教えてもらった。意外と頭いいなお前。

このコバリから少し南に行けば国境だ。山岳地帯に国境線が引かれ、そこにカールスバートの要塞線が存在している。その山の麓でドンパチやってるようで、実際爆音やら魔術による光やらが断続的に続いている。

休めって言われたけどこの状況じゃゆっくり休めそうにもない。一応ここは最前線で、いつ戦線が突破されるかわからないからな。

「にしてもなんでお前が召集されたんだろうな。白兵戦が得意なマリノフスカ嬢ならともかく、お前って役立たずだろ?」

「……役立たずについては否定しないけど、ラデックの方はどうなんだ」

「俺はいいの。一応中間試験は赤点なかったから。80点以上もなかったけど」

いい……のか? まぁ弓術5点の俺よりマシか。

「頭より下は不要なユゼフくん、なんでこんなとこに来たのかなー?」

「おうラデックくんちょっと面貸《つら》せや」

2、3発殴らせろ。

まぁ、それはともかく。

「どういう基準で選んだかはだいたい想像がつくよ」

「お、マジで?」

「うん。さっき師団長が口滑らせてたしね」

「そうだっけ?」

「そうだよ。『平民共』ってね」

もしあそこに男爵家以上の子息がいて「平民共」なんて言ったら最悪師団長の首が飛ぶ。サラは騎士《カヴアレル》の娘だけど、騎士《カヴアレル》は名ばかり貴族って感じの人が大半だしね。

「つまり階級で選ばれたってこと？」

「そういうこと。やんごとなき身分の方を召集する勇気を持つ人が、軍務省人事局にはいなかったということだろう」

もしかしたら圧力もあったかもね。

ったく、国が滅亡するかもしれないって時にも面倒なことしやがって。これだから貴族は嫌いなんだよ。貴族の義務《ノブレス・オブリージュ》はどこに行った！

「んなことで悩んだって仕方ないだろ？　とりあえず今日はゆっくり休もうぜ？」

俺が頭抱えていたらラデックに慰められた。

「お前は良いのか、こういうの。結構腹立つんだけど」

「良いんだよ俺は。親父も商売の最中に貴族連中に良いところだけ横取りされたことがあったからな。この程度の事じゃビックリしねーよ」

「お、おう」

どうやら、この国の内情は思った以上にひどいらしい。


翌日。俺たちに任務が与えられた。

「我々、第7歩兵小隊はとある要人を王都まで護衛することとなった」

「要人ですか」

「あぁ、要人については機密事項につき子細は語れないが、やんごとなき身分のお方であることは確かだ。失礼のないようにな」

要人の護衛か。しかも前線から離れての後方任務とは、これなら死ななくて済む。なに、期末試験までには帰れるさ。

「出発は昼の12時。各自それまでに準備をしておくように。以上だ」

タルノフスキ中尉が去ったところで、隣にいたサラが話しかけてきた。

「こんな緊張した情勢で国境に近づいたバカな要人って誰かしら」

「観戦しようとしたけど途中でビビッて帰るのかもね」

こちらとしてはそのまま死んでしまっても構わんのだが。

「とりあえず準備しようか」

◇　◇

「で、そのやんごとなきご身分のお方とやらはどんな奴なんだろうな?」

王都に向かう道中、ラデックは暇そうにそんなことを言う。

実際暇だから仕方ないのだが、護衛の最中に気を抜くのは死亡フラグだぞ。一応国内だけど。

「知らないよ。ただ徹底して機密にしてるから結構なご身分だと思うよ。公爵くらいじゃないの?」

「女よ」

サラが突然言った。なんで知ってるの。

「中尉が私たち女子にだけ言ったのよ。護衛対象は女性だからその辺の気遣いもするように、ってね」

「ほほーん」

性欲盛んな士官候補生が間違い犯したら大変だもんね。気遣いとか配慮とかそういうのだろう。

ふむ。

「護衛対象が女ってのは、やる気が出てくるなワレサ兵長殿」

「同感だよラデック兵長殿」

ちなみに俺たちは兵長待遇らしい。下っ端だね。

「………………」

あの、サラさん？　なんでそんなに睨んでくるんですか？　そう思った直後、

「ふんっ！」

ゴリッ。

「いっ!?」

足の甲を全力で踏まれた。半端なく痛い。

「ここにも女がいたなユゼフ」

「あいつは女でいいのか？」

そこら辺の男より男らしいと思う。

2月3日20時。コバリを発ってから8時間が経過した。

戦場は既に遠く、時々見える光が地平線の向こうに見えるだけだ。

現在護衛対象は休憩中。馬車の中でも体力は消耗するし、狭い馬車だと精神的な疲労が地味に溜まるしね。

護衛部隊は総勢30名、1個小隊の歩兵。半分が士官候補生の剣兵で、残りが徴用された農民による槍兵だ。普通は1つの兵科に纏めるけど、急な戦争に急な任務だったたから編成もゴチャゴチャになってしまったのだろう。

護衛対象は貴族用馬車に乗っているやんごとなきお方、ついでに何かを運んでいる幌馬車。何運んでるかは知らん。もしかしたら金銀財宝でも積んでるのかな。

俺たち護衛部隊は順番に周囲の哨戒をしている。いかに国内とはいえまだ戦場近くだし、それに盗賊の類がいないわけではない。護衛対象にケガひとつ、いや毛が1本でも抜き取られたら責任問題になる。

「ふぁぁぁ」

……失敗したらこの緊張感のないラデックに全責任を押し付けるとしよう。

「……」

一方、剣術の師であるサラ先生は不気味な程静かにしている。

こういう時の彼女は頼りになるが、もうちょっとこう殴る蹴るがないと不安と言うかなんと言うか。だが殴る蹴るがない代わり、彼女はボソッと静かに言った。

「ねぇ、聞こえない？」

「何が？」

どこから何が聞こえるのか、という言い方をしないのが実に彼女らしいところである。

「馬よ。馬の足音」

「馬？」

騎兵隊と言う事か？　国境へ向かう増援部隊だろうか。

「……どこから聞こえるの？」

「ここから、東……ちょっと南よりの方向からね」

と言うことは東南東ってことか。でも、おかしいな。王都は北だし、東はただの平原と畑で街道も何もない。馬で踏み荒らすだけになって……。

「サラ、それは確か？」

「私は嘘は吐《つ》かないわ」

「そうか。じゃこれは敵だ」

「は、敵？」

「そうだよ。敵。敵襲！　サラ、上空に火球《ファイアボール》を撃って！」

「なんだかよくわかんないけどわかったわ！」

哨戒部隊が火球《ファイアボール》を撃つことは緊急事態を知らせる信号弾の役目を果たす。盗賊か？　それとも共和国軍？　いずれにしても護衛の任務を果たさなければならない。

サラが上空に火球《ファイアボール》を打ち上げた。夜だし結構目立つだろう。タルノフスキ中尉の目にも映ったはずだ。無論、敵の目にもね。

「とりあえず3人じゃどうにもならない。本隊と合流しよう」

「わかったわ」

「了解！」

◇◆◇◆◇◆◇

「隊長、敵の哨戒網にかかったようです！」

「国内だから油断しているだろうと思ったが、想定外だったな。それに随分耳が良いようだ」

「どうします？　追撃しますか？」

「構うな。私たちの仕事は兎狩りじゃなくて白鷲を捕えることだ。あんな雑魚に構わず、このまま隊列を整えつつ敵本隊に突っ込め！」

「了解！」

◇◆◇◆◇◆◇

敵が騎兵で俺たちは歩兵。本来なら向こうの方が先に本隊に着くのだが、サラが早く気づいてくれたおかげでかなりの距離差があったらしく、間一髪俺たちの方が先に本隊に着いた。運がいいね。

「状況報告！」

到着早々、小隊長殿が報告を求めてきた。周りを見回してみると他の哨戒部隊も全力で本隊に戻ってきたようで、１個小隊全員が揃っていた。

「報告します。東南東より所属不明の騎兵集団。総数は遺憾ながら不明！」

「敵か？」

「十中八九敵だと思います。国内で味方が街道を外れて行軍する理由がありません。盗賊か、共和国軍かはわかりませんでしたが」

「それだけわかれば十分だ。総員戦闘配置！　君らは護衛対象の傍につき護衛を。残りの者は東側に展開！　敵を迎撃するぞ！」

「はい！」

小隊長殿の命令によって、休んでいた小隊員が一斉に動き出した。そして小隊長殿は全員が集まっていたことを確認すると、敵騎兵がやってくると思われる東南東の方向に行軍していく。

そして俺とサラとラデックはここで待機。場合によっては、３人の初陣となる。

◇◆◇◆◇◆◇

「来たぞ！　正面から剣騎兵！　魔術斉射用意！」

タルノフスキ中尉は冷静だった。冷静故に、劣勢を悟っていた。

相手は10騎程の騎兵部隊。おそらく共和国軍の精鋭。

対するこちらは1個小隊約30人の歩兵。しかもその半数は徴兵されたばかりの農民、残り半数は士官学校に入学したばかりの士官候補生。言わばそれは寄せ集めの部隊であった。

ハッキリ言えば、タルノフスキは逃げ出したかった。

しかし逃げることはできない。後方には守るべき人がいるし、周りには守るべき部下がいる。

それに相手は騎兵。隊列を乱せばそれこそ敵の思う壺だ。ここは横陣に展開し、魔術の斉射で敵を牽制しその突撃力を弱める。戦術の教科書通りの、定石通りの戦い方、というより唯一の選択肢。

「総員、斉射ァー！」

周囲になにもない平原で、戦端が開かれた。

◇◆◇◆◇◆◇

「ユゼフ、戦況をわかりやすく説明して」

「やばい」

「具体的に」

「突撃してくる騎兵相手に少数の歩兵で迎え撃つなんて自殺行為さ。俺ならすっ飛んで逃げる」

「じゃ、この荷物はどうするの」

この荷物、つまりは護衛対象のことだ。個人的には置いていきたいのだが……。

「そう言う訳にはいかない、だろ?」

ラデックの言う通り、士官候補生である俺たちが逃げたら退学になっちまう。

「いずれにせよ何騎かは突破して来ると思う。迎撃の準備をしないと」

「私たちだけで?」

「他にいる?」

「いないわ。みんな全力で東に行ってる」

ひとたび魔術戦が始まれば護衛対象を巻き込むかもしれない。だから離れた場所で迎撃する。その判断は正しいけど、相手が悪すぎる。

敵は騎兵。

文字通り馬に乗った兵。長所は何と言っても馬の突撃力だ。馬の体重はおよそ500キロ、そして「馬力」という言葉に代表されるように、馬の力は絶大である。馬が走ってくる音だけで普通の人間はビビるし、その突撃力は半端な兵力じゃ太刀打ちできない。

そして何より速い。車やバイクが高速で突っ込んでくる。そんな感じだ。

騎兵に対する防御は、槍歩兵を大量に使うことが定石だ。人間もそうだが、あらゆる動物は尖った物が苦手だからだ。そのため槍の壁を以ってして馬を怯ませ、速度を落とさせる。怯んだところを馬刺しにする。あるいは魔術や弓矢をぶっ放して徹底したアウトレンジ攻撃を行うことだけど、全部倒せなかったら地獄だ。

だが残念なことにここには槍がない。そもそも騎兵突撃を想定してなかったからね。それにあったとしても、3人じゃどうしようもないだろう。

「参謀、どうするよ？」

いつの間にか俺は参謀になったらしい。別にいいけど。それしか取り柄ないし。

「とりあえず、サラ、護衛対象に報告。馬車から降ろそう。これじゃ目立ちすぎる」

「別にいいけど、なんで私？」

「馬車の中でナニしてたら俺じゃ対応できない」

「ナニ……って何よ」

ナニはナニだよ。

「とりあえずよろしく」

「わかったわ」

そう言うとサラは馬車に戻り、報告しに行った。そう言えばあいつ礼儀とかそういうのわかるのかな。一応貴族の端くれだけど。

「んで、男の俺たちはどうする？」

「んー……近くに隠れられそうな場所ってある？」

「ないよ。物の見事に大平原だ。それに冬だから草は全然生えてない。ついでに寒い」

ふむ。それじゃ物陰でやり過ごす、ってのは無理そうだな。

と、早くもサラが馬車から戻ってきた。意外と仕事が早いな。

「連れてきたわよ」

「あぁ、サラ、ありが……」

サラの後ろにいたのは、酷寒のシレジアでも大丈夫なように厚手の外套を着た金髪ロリだった。

「……火急の折の非礼、失礼いたします。ご尊名をお伺いしても宜しいでしょうか」

最大限の敬意を以って対応してみた。この敬語が正しいか些《いささ》か不安だが、農民出身だから許せ。膝もちゃんと地につけてるし。

「大丈夫です。今は緊急の折、そのような礼儀は不要です。面《おもて》を上げてください」

そう言われたので改めてその少女の顔を見てみる。

どう見てもロリ。金髪ショートカットの美少女ロリ。10歳くらいだろうか。あ、てことは今の俺とは同い年か。

「私の名はエミリア・シレジア。現国王フランツは我が父です」

……どうやら、俺たちは公爵よりもど偉い方を護衛していたようだ。

「エミリア殿下。お話ししたいことは多々ありますが緊急事態です。この場は私の指示に従ってくれないでしょうか」

俺たちが助かるだけなら殿下への指示は必要ないんだけどね。でも殿下に何かあると俺の首が飛ぶ。物理的に。

「……」

「殿下？」

生きてます？　目を開けて立ったまま寝てるとか言いませんよね？

「あなた、爵位は？」

……うわ、面倒なことになりそう。

「いえ、私は平民の出なので……」

「では貴方の言うことを聞く必要は私にはありません。なぜ王族がたかだか一兵卒の命令を聞かねばならぬのです」

このアマ……！

と、いかんいかん。「このアマ」はだいたい死亡フラグだ。

「殿下がどう思うかは自由です。しかしこのままでは明日の朝日を拝むことはできなくなるでしょう。どうか御寛恕あって、私の指示に従ってくれますでしょうか」

今はメンツより命だ。

「嫌です」

殴ってもいい？

「殿下」

と、ここでサラが膝を地面につけた。

「殿下は我が国、我が国民にとって大切な存在です。どうかここは、この無礼者の平民の助言を聞いてくれますでしょうか」

無礼者の平民って俺の事ですか？

「あなたは、確か騎士《カヴァレル》の子……でしたね」

「はい。サラ・マリノフスカと申します。殿下」

「あなたは、私に忠誠を誓いますか？」

「未熟な身なれど、命に代えてでも殿下をお守りいたす所存です」

すごい！　サラが本物の騎士《カヴァレル》みたいだ！　かっこいい！

あ、ごめんなさいサラさんそんなに睨まないで頭下げますから。

「いいでしょう。私もあなたの忠誠心を信用します。あなたの助言を聞きましょう」

「殿下の御配慮、感謝に堪えません」

うん。まぁ、あれだね。

王族ってめんどくさいね。

「で、私はどのようにすればいいですか。平民さん」

「私の名はユゼフ・ワレサと申します、殿下」

「覚えておきましょう」

こういう政治体制では王族に名前を覚えられることは大変な名誉らしい。が、今は無駄になる可能性の方が高いので喜べない。

「その前に、殿下は武術、魔術の心得は？」

「ありません。魔術も初級が扱える程度です」

ふむ。じゃあ実質戦力外か。

まぁ剣術ができる！　と言われてもホイホイと戦わせるわけにもいかない状況だが。

「あの幌馬車には、何か役に立ちそうなものはありますか？」

「いいえ、カールスバートに献上する予定だった我が国の郷土品などの一部の物資があるだけのようです」

うーん、それでなんとかならないかなぁ……。

「おいユゼフ。のんびりしてる暇はないみたいだぜ」

「どうしたラデック」

「東側で何か光った。たぶん火球《ファイアボール》だろう」

いよいよ戦端が開かれたか。

「……時間がありませんね」

生き残る自信は、あんまりない。

◇◆◇◆◇◆◇

「隊長、正面に目標！」

「よし！　２班と３班は歩兵の足止めを、１班は私に続け！」

私の気分は最高だった。

情報通り敵は寡兵で、しかも訓練が行き届いてない素人集団。負けるわけがなかった。あの程度の敵なら8騎で充分足止めできる。

残るは白鷲の護衛……おそらく数人だけだろう。それさえ片づけてしまえば白鷲の生殺与奪は思うが儘。

だが本国からの指令は「生きて捕えよ」なので、それに従うとしよう。

「隊長、妙です！」

「どうした？」

目標がいると思われる馬車に辿りついたが、そこには誰もいなかった。放置された馬車が2台あるだけだ。

もしかして全員が東の防衛線にいるのか？　好都合だが警戒は怠ってはならない。伏兵という可能性もある。

「プロハスカとシュルホフは馬車を調べろ。私とスークは周囲の索敵をする」

「了解」

「了解です」

この部下たちは共和国軍の中でも精鋭の兵だ。たとえ数人の兵が馬車に隠れていても返り討ちにできるほどの実力がある。

「しかし隊長、何か臭いませんか？」

「何がかね？」

罠ということか？　確かに不自然ではあるが……。

「いえ、比喩ではなく、こう酒の臭いがするような気がして……」

「酒？」

言われてみれば酒の臭いがする。さっきまであいつらが飲んでいたということか？

……まさか。

「おい！　馬車から離れろ！」

私は咄嗟にそう指示したが、時すでに遅かった。

どこからか飛んできた火球《ファイアボール》が、あたり一面を燃やし尽くした。

◇◆◇◆◇◆◇

前世世界のポーランド。その国の名産品に「スピリタス」というお酒がある。

別名「世界最強の酒」。

アルコール度数は驚異の96度。市販されている希釈用アルコールと大差なく、アルコールランプに使われるエタノールより濃度が高いという酒のような別の何か。

当然引火しやすく、扱いには注意が必要な代物なのである。良い子のみんなはタバコ吸いながらスピリタス飲んじゃ駄目だゾ。

……で、馬車に積まれていた「この国の郷土品」とやらのひとつにこのスピリタスがあった。名前は違ったけど、商家の息子が「これ滅茶苦茶強い酒だぜ！」って言ってたから間違いない。カールスバートの迎賓館に放火しに行くつもりだったんだろうかこの王女殿下。

と言う訳で俺はこのスピリタスの生まれ変わりを馬車の東側にばら撒いて、俺たちは敵騎兵の死角に潜んで着火のタイミングを待っていた。

博打が過ぎると自分でも思うけど、他に案が思いつかなかったんだ。ごめんなさい。

作戦は上手くいったようで、突然地面が炎上したことで馬がびっくりして兵を振り落とし、落ちた兵は火達磨になった。冬と言うこともあってあたりが乾燥しており、次々と枯葉が燃え上がっていた。気づけば3人ほど燃えている。

……やりすぎたかなこれ。

うん、まぁとりあえず決まり文句を。

「派手にやるじゃねェか！」

はいだらー、はいだらー。

「やったのあんたでしょ」

あ、はい。ごめんなさい。

「ユゼフさんよ。火を着けるのはいいんだけどよ、火の消し方はちゃんと考えてあるよな？」

「………………」

この後無茶苦茶消火した。

◇　◇

無事朝日を拝むことができた。南無南無。

「何があったか報告せよ」

そしてタルノフスキ小隊長殿が戻ってきた瞬間これである。

まぁ、あたり一面真っ黒だしね。ちなみに燃えてた敵兵とか隊長っぽい人とかは撤退したようで、死体は残ってなかった。あの状況で生き残れたのは凄いな。

でも感心してばかりはいられない。敵兵を逃したのは痛い。

とりあえず報告。かくかくしかじか。

王女様の正体知ってしまったこととか王女様との会話は省く。

「……護衛対象を守り抜いたことに免じて、高級酒をばら撒いたことは不問に付す」

「アレはそんなに高級だったのですか」

「あぁ、あの酒瓶1本は私の給与1年分に相当する」

なにそれ怖い。どうしよう、樽ごとひっくり返しちゃったじゃん。

「それで小隊長殿、歩兵隊の損害は如何《いか》ほどだったのでしょうか」

「……戦死4名、負傷7名。その内、士官候補生は1名が戦死、3名が負傷だ」

「そう、ですか」

大して仲の良い人が居たわけじゃないが……、ちょっと心に来る。知り合いが死んだっていうのはね。

「気持ちはわかるが、我々に悲しんでる暇はない。敵騎兵はおそらく再度攻撃してくるだろう」

「……わかっています」

そうだ。まだ戦いは終わっていないのだ。

タルノフスキ中尉はどうやら敵騎兵を数騎倒し、馬を1頭鹵獲《ろかく》していた。その馬を使い第3師団司令部に護衛の増援及び道中の警戒強化を具申した。敵が国内にいてゲリラ的に我が軍の補給線を断とうとしているのでは、という考えだ。

国境付近の攻防戦は拮抗状態が続いている。お互い決め手を欠き、じわじわと消耗している。この状態が長く続くことは好ましくない。勝つにせよ負けるにせよ、人的損害がバカにならなくなるからだ。だから敵は補給線を断とうとしたのか……。

でも腑に落ちない点がいくつかある。

敵は、明らかに我が軍の補給線の破壊が主任務じゃない。もしそうなら、俺たちはここにいない。騎兵十数騎を使って輸送部隊を急襲し、壊滅せしめた後そのままの勢いで撤退する。それがセオリーだろう。一応ここはシレジア国内、長居をすれば増援が来てしまう。

でも敵の騎兵隊の隊長は「馬車を調べろ」と言っていた。少しでも遅れれば敵が来るかもしれないかと言う状況で、悠長に馬車を調べるだろうか？

鹵獲しようとしたのか？　とも考えたが馬車に近づいたのは4騎だけだ。それでは鹵獲できる量は限られている。

もしかしたら、敵はこの輸送隊に王女様がいることを最初から知っていたのでは……？

……どうも、嫌な予感がする。というより、嫌な推測をしてしまった。

「小隊長殿、少しお聞きしたいことがあります」

「なんだね？」

「今回の任務について、です」

ハッキリさせないといけないことがある。

「……聞こうか。だがあまり時間はない、手短に頼む」

「わかりました」

手短に終わればいいけどね。

「聞きたいのは、護衛対象が何の用でカールスバートに行こうとしたかです」

「なに？」

「昨夜、護衛対象が口を滑らせていました。『馬車の中の荷物はカールスバートへの献上品だ』と」

「……ワレサ兵長。君はあの方をどこまで知っている」

「……大変格式の高いお方だと」

明言は避けておく。軍機漏洩だなんだとか貴族抗争がどうのこうのされると面倒だし。

「そうか。君はあの方がエミリア王女殿下だと知っていたか」

え、言っちゃっていいの？

「このことについては私の裁量で公開してもいいことになっている。君が心配する必要はないさ」

マジすか。俺の配慮不要でしたか。ちょっと恥ずかしい。

ま、まぁ、それはともかく。

「え、えーと。殿下はカールスバートに行く予定でした。でも政変が起き、それができなかった。そうですよね？」

「あぁ」

「何の用でカールスバートに行こうとしたかは知りません。でも、王女のカールスバート入りと政変の時期が余りにも揃いすぎています」

カールスバート政変の時期、そして王女が出発した時期、国境付近に到着した時期、総合的に考えると、どうも出来過ぎている気がする。

カールスバートの軍部は、王女を捕えようとしたのではないか。

でもそれにはシレジア側にも協力者が必要だ。そうだとすれば、何か悍《おぞ》ましいことが裏で動いている可能性がある。そう思ったのだ。

それを、タルノフスキ中尉に言おうか迷っていた。

彼は法務尚書タルノフスキ伯爵の息子。伯爵が宮廷内でどういう地位にいるかわからない以上、こういうことを無闇に言うのはまずいかもしれない。

と言っても、これは全部推測の域を出ない。もしかしたら俺の痛々しい妄想という可能性もあるのだ。物証があるわけじゃないし。

「どうやら君はただの10歳ではないらしいな。30歳だと言われても、私は信じてしまうかもしれない」

「私はれっきとした10歳児ですよ」

より正確に言ったら10歳と２４９ヶ月くらい。

「ワレサ兵長、君に提案がある」

「提案ですか？」

「あぁ。私は君の質問に、知ってる限り答えよう。その代わり、君の考えを私に余すことなく教えてほしい」

「……よろしいのですか？」

「よろしいとは？」

「いえ、そんなに簡単に教えてしまってよろしいのかと……」

間違ったら小隊長殿の責任問題になるんじゃないか？　軍機も含まれてるだろうし。

「いいんだよ。君は英雄的な活躍をした。哨戒部隊としていち早く敵を見つけ、そして王女殿下の命の危機を救ったんだ。これだけで信用に足ると思うが？」

うーん……いいのかな……。それに敵を見つけたのサラだしなぁ。

「それに」

小隊長殿は思い出したかのように付け加えた。

「私はあの師団長は嫌いでね。あいつに秘密にしろと言われてしまうと喋りたくなってしまうのさ」

なるほど。納得したわ。

「私もあの師団長のことは、好きになれそうもありませんね」

「ふっ。気が合うな」

「ええ、本当に」

タルノフスキ中尉のことは好きになれそうだな。

……弟さんのことといつ教えてあげればいいだろうか。

◇　◇

現在、シレジアの王位継承権を持つ者は2人いる。

1人は、今回の任務の護衛対象であるエミリア王女殿下。

1人は、現国王の弟であるカロル大公殿下。

王位継承権第一位は現国王フランツの直系の子であるエミリア殿下が持っているが、彼女はまだ10歳だ。しかも我が儘らしく、近侍達《メイド》を困らせることに定評があるらしい。これといった能力もない、良く言えば普通の女子、悪く言えば王族らしからぬ女子。

一方、カロル大公殿下は35歳。大公にして王国宰相、文武両道で人望も篤く100年に1人の名君になると目されている。とりあえず表向きは。

……さて、こんな対照的な2人が同時に存在していて、貴族たちはいったいどっちが次期シレジア国王に相応しいと考えるだろうか。

言うまでもない。カロル大公だ。

シレジア王宮内では次期国王を巡る闘争が水面下で行われている。

てかフランツ国王ってまだ42歳だろ。あと20年は死なないんだから今から闘争する意味ないと思うんだけど。

そんなある日、カールスバートである式典が執り行われることになった。その式典とは、シレジアとカールスバートの間に結ばれる不可侵条約締結の記念式典。その式典に、王族を代表してエミリア王女とカロル大公、そして外務尚書などの一部閣僚が出席する予定だった。

しかしカールスバートで政変が発生、式典は当然中止、条約もパァになった。しかも誠に不運なことにエミリア王女がカールスバート領に入った直後に政変が起きたということで、それはもう大変だったらしい。

そんな経緯を、タルノフスキ中尉は10歳の俺にもわかりやすく教えてくれた。

「ちなみに、小隊長殿のお父上はどちら派なのですか？」

「父は派閥争いを好まないが……強いて言うならエミリア王女派だ。父は法務尚書で公明正大な人だからな、継承権一位を持つ者から王になるべきだと思っているだろう」

ふむふむ。んじゃ中尉はとりあえず俺の味方かな。我が儘《まま》とは言え金髪ロリの王女様を手に掛ける奴は死ねばいいのにって思ってるから。

さて、なぜこんな話をしているのかと言えば、俺の考えを中尉に喋ったからだ。無論、シレジア国内にいる敵の協力者に関することは遠回しに言ってね。

そしたら中尉が盛大な独り言を呟き出した。法務尚書の父からの情報と、師団長から伝えられた情報、それと自身の推測を交えて。まったく不用心な人だなー、誰かに聞かれたら大変じゃないかー、ハハハ。

「今回の任務、というより襲撃ですかね。関係あると思いますか？」

「私はそう思っている。君もそうじゃないか？」

うん、そう思う。シレジアがちょっと嫌いになった。

今回の任務でおかしな点をいくつかあげよう。

・王女がカールスバート国内に入った直後に政変が起きたこと。

・仮にも王女である人間を護衛するのが素人集団の歩兵1個小隊のみ。普通は近衛《プロ》の仕事だ。

・敵騎兵がシレジア国内深くに侵入。

・極秘にされるべき王女護衛隊が初日にあっさり敵に見つかる。

そしてもうひとつ、中尉が面白い事を教えてくれた。

「これは噂なのだが、カロル大公もカールスバートに行こうとしてたらしい。だが道中、馬車の故障か何かで数日到着が遅れた。でもその数日のおかげで、政変時にはまだシレジア王国内にいたそうだ」

この噂が本当だったらカロル大公結構な極悪人ってことになるな。

姫がカールスバートで必死に逃げてる間、自分はシレジアでのんびりしてたってことだし。そして十分な護衛の下、王都に帰還ですかそうですか。

これ完全に謀殺しようとしてるよね？

「さて、独り言はこれまでにしておこう。さもないと年寄りだと思われてしまうよ」

「そうですね。10歳でお爺さんと呼ばれたくはありませんし」

うん。いろいろ聞けて面白かった。３割くらい後悔してるけど。

「私たちがやるべきことは真犯人探しではない。王女殿下を護衛することだ」

「わかっております」

これが一番の問題な気もする。

今俺たちがいるのはコバリの町から馬車で8時間の場所だ。

8時間と言っても2時間ごとに十数分の休憩は挟んでいたし、街道に沿って進んだため直線距離で表すとまだそんなに進んでいないのだ。

馬車だけなら速いだろうけど、歩兵の護衛をつけてるし王女殿下の体力の問題もあるからゆっくりせざるを得ないんだよね。ここから馬車だけ急行するのも手だけど、道中また襲われる危険もあるしなぁ……。

最寄の、軍隊や警備隊等を持つ大きな都市は東に約半日の距離にある。そこに行けば何とかなるかもしれないが、残念なことに敵騎兵が来たのは東の方向だ。うーん……。

「いっそ、護衛は諦めるべきかもしれませんね」

「なに？」

無論、任務を放棄するつもりはない。

ほら、昔からよく言うでしょ？

「攻撃は最大の防御、ですよ」

防御に徹することが難しいのなら、こちらから攻撃に出て、敵騎兵が拠点としている地点を叩けばいい。というのが俺の提案だ。

ゲリラ的な戦いができる騎兵とは言え、兵士の休息ができる拠点は必要だ。この辺でそういう拠点を設営できる場所はそう多いとは思えないし、それに敵国に深く侵入してる以上、発見される可能性が高い昼間は迂闊に行動できないだろう。

「小隊長殿、この辺りの地図はありますか」

「あぁ、あるよ」

タルノフスキ中尉は少し大きめの地図を持ってきた。国境の町コバリや、東にある地方都市ヴロツワフが一面に収まるくらいの大きさだ。

現在地はコバリとヴロツワフの間にあるレグニーツァ平原のどこか……。街道の位置やコバリから歩いた時間からすると……おおよその現在地を地図に書き込んでみる。

「敵は東南東からだったな」

「そうですね。しかし東に行きすぎるとヴロツワフがあります。街道から外れてるとはいえ見つかる可能性が高い都市周辺は避けるでしょう」

既に拠点を引き払っている可能性も考えたが、その可能性はそんなに高くないだろう。西に拠点を移す訳ないし、東にはヴロツワフが、南にはシュフィドニッツァという町がある。

ヴロツワフはこの辺りで一番大きな都市で人口も多い。交易も活発で人通りも多いはずだ。

シュフィドニッツァは町レベルで小さいが、それなりに人はいる。発見されたら厄介だ。

つまり敵騎兵部隊の拠点は、ここから東の位置にあって、ヴロツワフやシュフィドニッツァ、そしてそれらの町から延びる街道から離れていて、なおかつ兵と馬の休息ができそうで、できれば死角が多い場所ということ……。

このあたりだと、拠点になりそうな場所はひとつしか見当たらなかった。

タルノフスキ中尉も同じ結論に至ったようで、大きく頷いた。

「敵の拠点は、ミエトコフスキ湖周辺だろう。あそこには林がある」

これで敵の居場所はわかった。

だが、敵拠点に逆撃を加えるにあたって障害になるものが1つある。王女様だ。

ここに放置するわけにもいかないし、かと言って護衛と攻撃で戦力を分散するのは心細い。一緒に連れて行くか？　とも思ったが王女様の行軍速度なんてたかがしれてるし、それにケガでもされたら困る。

うーん……仕方ない、一度最寄りの農村に行ってそこで匿ってもらうか。ついでに重傷の兵も幌馬車に乗せて移動。王女様が物凄く嫌そうな顔してたけど、緊急事態だから、ね？　それに貴族用馬車には乗せてないからいいでしょ？

村は湖とは反対方向の5キロ先にあった。その分敵から離れるのはいいんだけど、その代わり俺たちの歩行距離が往復10キロばかし延びる。うげえ。

……あの王女様がこの田舎の貧しい村で一時的にせよ滞在することができるのか、村民と問題を起こさないかが心配だなぁ。

「1人では心細いので、何人か残してくれると助かります」

王女様は意外にも空気を読んだ。この一連の流れで我が儘を言うべきではないと学んだのかもしれない。意外と聡いね。

なので世話役兼護衛として士官候補生の女子2人を王女様の傍に置くことにした。個人的にはサラにも王女護衛役として残ってほしかったのだが……。

「私はユゼフと一緒に行くわ」

「え、いやでもサラって剣術得意だし王女様に何かあっても対処しやすいでしょ」

「剣術が得意だからこそ、この攻撃に参加しなくちゃダメでしょ」

「あー、うー……でもなぁサラに何かあったら」

「弟子に何かあったら私も嫌だからあんたがここに残れば」

どうにも言うことを聞いてくれないので結局俺とサラは攻撃参加組になった。ラデック？　あいつは強制参加だよ。ケガもないし男だし本人は行く気満々だし。

村人には「もし彼女が無事でいられたら国からそれなりの『お気持ち』が出ますよ」とでも言っておけば村総出で守ってくれそうだ。

後は王女殿下の身分を伯爵令嬢くらいにしておけば大丈夫。かも。

ついでに村には負傷兵を残しておいた。迷惑かもしれない、とも思ったが村人たちは献身的に負傷兵たちの介護をしてくれた。曰く、

「私たちを一生懸命守ってくれた方を無下にはできないですから」

と、いうことらしい。列強に囲まれた落ち目の国家故か、こういう小さな村にも愛国心というか愛郷心というものがあるのだろうか。つい先ほど、シレジアの暗部を聞かされた自分とはずいぶん対照的である。

それはともかく、負傷兵の問題は何とかなりそうだ。

問題は遺体の方だ。知り合いの士官候補生を含め、敵味方の遺体はあの場所に放置してある。運ぶ余裕がなかったからとはいえ、申し訳ない。

でも、いつまでも物思いに耽る暇も、遺体に謝る暇もなかった。

「敵の拠点があると思われる湖はここから東南東にあるが時間がない。日暮れまでに敵の拠点を発見、攻撃しこれを撃滅する」

現在時刻はだいたい午前11時。日の入りはだいたい午後5時頃なので、タイムリミットは6時間か。農村から敵拠点までの距離を計算すると……だいたい片道4時間くらいだ。結構きついっす。

「では、行くぞ！」

「はい！」

こちらの戦力は、素人歩兵僅か17人。

◇◆◇◆◇◆◇

「隊長、どうしましょうか」

一度目の襲撃で成功させる予定だった。そのために正確な情報を渡され、工作で護衛は弱体化させておいた。

なのに失敗した。とんだ大失態だ。このままでは本国に帰還できない。

「隊長」

「聞こえている」

我々はどうするべきか。ここで後退してしまえば、おそらく白鷺、もといあの幼い王女は我々の手の届かない場所まで離れてしまう。

では再攻撃すべきか？　危険は大きいが、それしかない。

おそらく敵は今回の襲撃のせいで損耗、疲弊しているはず。王女の気を落ち着かせるために近くの村に寄っている可能性が高い。

それを確かめるために偵察を出したい……が、敵の護衛隊の抵抗が思ったよりも激しかった。

歩兵隊を足止めしていた2班と3班は合わせて4騎を失い、私と一緒に馬車を調べた1班は3人が、つまり私以外が重傷を負った。応急治癒魔術は施したが、もはや戦える状態ではない。つまり我々には偵察する余裕がないのだ。

私と、2班と3班の残存戦力、そして拠点に残していた居残り部隊合わせて9騎。

これでは昼に襲撃は無理だ。再び夜襲するしかない。

「今夜、村を襲撃する。準備を怠るな」

「ハッ！」

これが、最後の機会だ。

もし、それが失敗したら……。

「た、隊長……て、敵襲！」

「なんだと!?」

敵の護衛隊が、襲ってきたのである。

◇◆◇◆◇◆◇

湖周辺は、タルノフスキ中尉の言う通り林があり、外部からは非常に見えにくかった。そのため敵拠点を見つけるのに時間がかかってしまった。

だが林で見にくいのは敵も一緒。それにどうやら警戒を怠ってるようだ。俺たちが湖近くに来てることに気付いていていない。昨夜の襲撃で疲弊しているのか……。うん、そうだろうな。夜に襲撃したら昼には眠くなる。

留守番組がいるとしても数はそう多くないだろうし、警備もザルなんだろう。

「サラ、何人いる？」

「見えにくいけど……立ってるのは2人だけね」

2人か……つまり残りは座ってるか寝ているかしてるわけだ。この隙を狙えれば……。

「サラ、戻って小隊長殿に報告しよう。静かにね」

「わかってるわ」

偵察を終えた俺らは、タルノフスキ中尉が待機している場所に戻る。敵に気付かれないよう、何も装備せず、一応足音が鳴らないように裸足で歩いて。

小隊長殿は俺らの偵察報告を聞き終えると、早速部下全員に命令した。

「よし、部隊を3つに分け拠点を包囲する。1班は東から、2班は北から、3班は西から。敵を包囲撃滅するか、湖に追い落とす。1人も生かして帰すな」

「……わかりました」

俺とサラとラデック、そして農民兵3人、合わせて6人が1班だ。中尉は2班、北から。

……ついに人を殺すのか。卒業試験を早めに受けることになってしまったな。

「よし、では各々配置につけ。くれぐれも見つかるなよ」

10分後、この長閑《のどか》な湖の畔《ほとり》で戦闘が開始された。

俺たちが拠点に殴り込みをかけた時、敵騎兵の大半は座っているか、寝ているかだった。

敵は剣を抜く暇もなく、次々と血を噴き出し倒れて行った。

ある者は敵に襲われていることに気が付かないまま、永遠の眠りについた。

戦闘と呼べるものではなく、一方的な虐殺に近かった。

自分が何人殺したかなんて、覚えていない。

ただ、自分が人を殺したと言う事実だけ覚えている。

手にはまだ、人に剣を突き刺したリアルな感覚が残っていた。

戦闘は物の数分で終了した。

◇　◇

敵兵の遺体を火球《ファイアボール》で焼却していると、サラがどこからか近づいてきた。

「ユゼフ、大丈夫？」

「……うん」

大丈夫……ではないな。でも意外に冷静になれてる自分にひどく驚いていた。人を殺したのに。

「……本当に？」

今日のサラは心配性だな。普段の彼女らしくもない。

普段の彼女なら、今の俺を殴る蹴るして強制的に立ち直らせるだろうに。

「大丈夫だよ」

今は少し、疲れているだけだ。

◇◆◇◆◇◆◇

「人を殺すと言うことは、意外と慣れてしまう事なのだ。人としてやってはいけない禁忌なのに、慣れるのは早い」

「小隊長殿も早々に慣れてしまったんですか？」

「あぁ。10人から先は覚えていない。それより、ノヴァク兵長……だったかな？　君は大丈夫なのか？」

「大丈夫とは？」

「君も人を殺めただろう。平気なのか？」

「俺は、人殺しは初めてじゃないんで」

「ほほう。面白い冗談を言うな君は」

「冗談じゃないですけどね」

「……そうか。まぁ、世の中にはそういう子供もいるのだろう」

「ええ、ビックリですよね」

◇◆◇◆◇◆◇

俺が殺した、敵騎兵隊の隊長と思わしき人物が持っていた剣が手元にある。持ち帰ろうと思う。

俺が初めて殺した、名も知らぬ敵兵の事を忘れないために、この気持ちを忘れないために。

俺たちは敵拠点だった湖で休息を取り、翌日には村に帰還した。

拠点襲撃での味方の被害は、戦死1名、負傷3名。戦果は敵騎兵隊の壊滅。

これで、王女と補給線の安全は守れただろう。

王女の居る農村に戻る最中、俺は手にしている敵騎兵隊長の剣を眺めていた。だが10分ほど眺めていたら、違和感に気付いた。

違和感の正体は、すぐに判明した。

……小隊長に報告した方がいいかもしれない。

「小隊長、よろしいですか」

「ん？　あぁ、平気だ。君の方は、体調は大丈夫かね？」

「万全ではありませんが、まぁ、大丈夫です」

嘘ではない。ちょっと心に来てるだけだ。

「それで、何の用だ」

「これを見てほしいのです」

俺はタルノフスキ中尉に剣を渡す。

「これは先ほどの騎兵隊の隊長と思われる人物が持っていた剣です」

「これがどうした？　確かに装飾から見るに隊長格の剣だが……」

「見てほしいのは、鍔の部分です」

「鍔……？」

この世界の剣には――いや、もしかしたら前世でもそうだったのかもしれないが――鍔の部分に製造国の紋様が刻まれているのだ。例えばシレジア王国の場合、国章である白鷲を模した紋様がある。カールスバートの場合は確か銀色のライオンだ。

しかし、この剣にはなぜか紋様がなかった。

無論、製造効率を重視して紋様や剣の装飾を省く場合もある。でもこの剣の装飾は、中尉の言う通り隊長格級の、それなりに豪華な装飾がされていた。

この剣には、装飾だけあって紋様がないという妙な部分があったのだ。

「鍔の紋様がない……か。確かにこれは変だな。装飾も紋様も省略してあるのは珍しくないし、作るのに手間のかかる装飾がなくて紋様だけあるのもそれなりにある。だが装飾があって紋様がないのは変だ」

紋様がない理由。答えはひとつしか思いつかなかった。

「この剣はカールスバート製ではなく、第三国で作られたものなのでしょう」

「……だとすると、とんでもないことだな」

とんでもないことだ。第三国の剣を、王女襲撃を任務としていた騎兵隊長が持っていた。

「あの騎兵隊、少なくとも騎兵隊長はカールスバートの軍人ではなく、その第三国の人間だったのではないでしょうか」

第三国の軍人が、カールスバート軍と協力して任務を遂行した。

もしかしたら、政変の段階でこの第三国とやらが関わっていた可能性も出てきた。

◇　◇

2月5日。俺ら王女護衛隊は敵拠点があった湖から、王女や負傷兵らを匿わせていた農村に戻ってきた。そして王女護衛任務再開……はしなかった。王都から護衛の増援があったのだ。

増援として駆けつけたのは近衛師団第3騎兵連隊だった。タルノフスキ中尉曰く「エミリア王女専門の護衛部隊」で、とりあえず第3師団の連中よりは信用できるらしい。

「ザモヴィーニ・タルノフスキ中尉、護衛感謝致します」

「いえ、王国軍人として当然のことをしたまでです。それに、部下にも恵まれました」

やっと王女殿下の護衛も終わりか。ひとつの任務を無事に終えられて喜ぶべきか、それとも金髪ロリに別れを告げることになって悲しむべきか。

「ワレサさん、でしたね」

「は、はい。そうであります殿下！」

急に話しかけないでびっくりするから！

「聞くところによると、貴方は私と同い年だそうですね」

「はい。今年で11歳になります、殿下」

11歳だよね？　時々自分の年齢忘れそうになるけどあってるよね？

「……私と同い年なのに、ご立派です」

「い、いえ。私1人の成果ではありません」

サラがいなかったら騎兵に気付けなかったし、ラデックがいなかったらスピリタスの存在に気付かなかった。もしこの2人が居なければ、俺らは仲良くあの世行きだったかもしれない。今回は運が良かっただけだ。

「それに、エミリア殿下もご立派であらせられます」

「……私が、ですか？」

「ええ」

確かに多少我が儘なところがあったけど、道中泣き言は言わなかったし、毅然とした態度だったよ。あと20年もすれば立派な女王様になる素養はあるんじゃないかな。あと絶対美女になる。

「殿下、そろそろお時間です」

「あ、はいそうですね。ではタルノフスキ中尉、マリノフスカさん、ワレサさん。この度は護衛、心より感謝いたします。あなた達の名は忘れません。それでは、またお会いしましょう」

そう言って彼女は近衛隊の馬車に乗り込み、発って行った。

うむ。金髪ロリ、もとい王女殿下に名前を覚えられた。大変名誉なことだ。

「ところでユゼフさんや」

「なんだいラデックさん」

「エミリア殿下は俺の名前覚えてくれたのかね？」

「………………」

「なんか言え」

◇◆◇◆◇◆◇

シレジア王国とカールスバートの国境線は東西に長く、約350キロ程ある。にも拘らず、両軍が衝突している地点は西部のコバリと、東部のカルビナという町付近だけである。

理由は、国境にズデーテン山脈と呼ばれる長大な山脈があり、大軍が通行することは困難であること。そして両国を繋ぐ街道がコバリとカルビナの2ヶ所にしかないということが挙げられる。

さらに言えば、カルビナは国境の東端にあるため戦略上軽視されている町でもある。一方コバリは両国の首都に直通する街道の中間地点に位置していた。

そのためコバリが激戦の地になるのは明らかだった。

「現在我が軍はここコバリに3個師団、2万9千余名の将兵を展開しております。一方、敵軍は国境のズデーテン山脈の麓におよそ5個師団を展開している模様です」

「数の上では完全に不利だな」

「はい。しかもズデーテン山脈には敵の要塞があるため、不用意に近づけば要塞からの強大な魔術攻撃を受け、甚大なる被害が予想されます」

「ふーむ……」

コバリ方面戦線は完全に膠着状態にあった。

かつて国境にあった長閑な町は戦闘によって完全にその面影をなくし、単なる地理的概念へと成り果てている。

シレジア王国軍はカールスバート共和国軍の攻勢を支えるため、王都や他の国境から戦力を抽出し、それを適宜戦線に投入し維持していた。唐突に始まった故ある程度は仕方ない事だったが、王国軍は兵力の逐次投入と言う戦術上の愚行をしていた。そればかりか、王国軍は兵力に劣り、地勢でも負けているために、兵力の損耗は軍上層部の予想を遥かに超えていた。

レグニーツァ平原まで後退するべきではないか、と南部国境方面軍の総司令官であるジグムント・ラクス大将はそう考えていた。だが、無闇に後退すれば共和国軍の全面攻勢を呼び、それが戦線崩壊へと至るのではないかとの懸念があった。無事レグニーツァ平原まで後退できたとしても、ここらでは一番大きい都市であるヴロツワフに近すぎて非戦闘員に無用な被害が出る可能性もあった。

ラクス大将は熟慮の上、後退しないことを決断し、現在の防衛線の維持に専念することにした。

大陸暦632年2月11日、シレジア王国軍の戦死者は1万人に達しようとしていた。

◇◆◇◆◇◆◇

「まああって所ですな」

「あぁ。だが、正直ここまでとは思わなかったよ」

ここは、東大陸帝国の帝都ツァーリグラード、その中心部にある軍事省庁舎内の大臣執務室。

部屋には、軍事大臣レディゲル侯爵と皇帝官房治安維持局長ベンケンドルフ伯爵の姿があった。

「卿の提案を呑んだ甲斐があったということだ。我々は士官1人の命と引き換えに、カールスバートをこちら側に引き込み、シレジアに楔を打ち込むことができた」

ベンケンドルフ伯爵の提案、それはシレジアとカールスバートの間に締結されようとしていた不可侵条約の締結阻止について。

東大陸帝国と比べ国力が大きく劣る国が、同盟関係を結んでも帝国には対抗できない。だがシレジアの戦力が増強されてしまえば、近い将来起きるであろう「戦争」の障害となりうる可能性がある。カールスバートが東大陸帝国の影響下から離れ、そして同盟に便乗した周辺国が第三勢力を築こうとする動きがあったのも見過ごすわけにはいかなかった。

その解決策として、伯爵が提案したのがカールスバートに政変を起こすことである。

クリーゲル政権の軍縮政策に不満を持っていた共和国軍大将ハーハを担ぎ上げ、不況に喘ぐ国民を煽動し、条約締結記念式典の直前に政変を起こさせた。

その結果、今やカールスバートは東大陸帝国の属国に成り下がったのである。

そして、シレジア王宮内の一部の人間にこの情報を流した。

特殊任務を実行すべく、帝国軍士官を1人送り込んだ。

「まぁ、それについては失敗したと言う事かな伯爵」

「いえいえ。我々の警告がシレジア王宮に届いた。それだけで十分です。今の所はですが」

「ふん、そうだな」

レディゲル侯爵は、ベンケンドルフ伯爵の言い様に少し不満気だった。だがそれを目の前の男に悟られないようにするため、レディゲルは話題を変えた。

「皇帝官房長官殿はこの戦い、どのように決着をつけるつもりですかな？」

「決着ですか？」

「そうだ。もはやこの戦争、我々の目的は既に果たされた。あとはどう決着をつけるか、だ」

東大陸帝国はこの戦争に大規模介入してるわけではない。彼らがやったことは、火の気のない森の木を1本だけ燃やしただけで、あとは両国が勝手に焚き付けて大火災にさせたのだ。

「私としてはどちらでもよろしいですがね。シレジア人がいくら天国へと片道旅行しようと、私の関知するところではありません」

「だろうな」

ベンケンドルフのこの言い様に、レディゲルは不快感を覚えつつも特に感想を述べなかった。ベンケンドルフという人物は、火を着けるのは得意でも火を消すのが苦手で、それは彼をよく知る者の中では有名だった。

「私としては、そろそろ停戦の仲介をしてもいいと思うのだがね」

「おや、花火見物は飽きたのですかな」

「別にそういう訳ではない」

レディゲル自身は高見の見物と決め込んでも構わなかった。だがあまりにも戦争の災禍が燃え上がって他の反シレジア同盟参加国に便乗参戦されては、東大陸帝国が享受できたはずの利権を横取りされる可能性がある。

最大の受益国家が我が国でないと、今まで努力した甲斐がない。レディゲルはそう考え、今回の戦争を早めに切り上げようとしたのである。

「それに、カールスバート共和国軍とやらも随分苦戦しているようだ。過日、コバリの攻勢作戦に失敗し2000余名の将兵を無為に死なせたそうではないか」

「ですがカールスバートに派遣した我が国の観戦武官からの情報によれば、王国軍も1万の将兵を失っているようです」

両軍決め手を欠いたまま、第三国の仲介によって停戦する。タイミングとしては絶好だろう。

「皇帝官房長官殿はどう思う?」

「そうですな。確かに閣下の仰る通り、陛下に助言を申し上げるべきですかな」

「ふむ。ではそちらについては官房長官殿に任せよう。国務大臣には、私から提案しておく」

こうして大陸暦632年2月27日、東大陸帝国皇帝イヴァンⅦ世の仲介によって、シレジア＝カールスバート戦争は互いに決め手を欠いたまま両者引き分けの形で停戦した。

王国軍の死者は1万521名、共和国軍の死者は7944名。

両国がこの戦争で得たものは、国境付近に積み上げられた大量の死体のみであった。

◇◆◇◆◇◆◇

護衛任務終了後、俺たちの小隊はコバリに戻った。

だけど別段戦闘に参加したわけではなかった。護衛任務でかなりの損害を出していたし、そうでなくても素人集団だったから戦力外だったのだ。

結局俺らは後方支援任務だの現地の事務処理の手伝い……要は雑用にこき使われた。

ただ王国軍が頑張って戦線を支えていたおかげで戦火に巻き込まれることなく、2月末に俺たちは停戦の日を迎えた。

「結局、何のための戦争だったのかしら」

まったくだ。

この戦争で一番得した奴は誰だろうか。政変に加担した第三国だろうか。

「とりあえず、俺はサラとラデックと一緒に士官学校に戻れることが嬉しいよ」

生き残った。

それだけでも良しとしよう。

「……そうね」

サラはそう、短く答えた。

「君たちとも、ここでお別れだな」

いつの間にかタルノフスキ小隊長殿が後ろに立っていた。

「少し寂しいですね」

「あぁ。非常に短い間だったが、1年くらい一緒にいた気分だ」

そうそう、タルノフスキ小隊長殿は大尉に昇進したらしい。

王女護衛の任務を少ない戦力で成功させ、さらには国内にあった敵騎兵隊の拠点を壊滅させた。昇進しない方が変だ。勲章も授与される、って噂もある。

「君たちにも、いずれこの武勲が評価される時が来るだろう。今はまだ終戦直後でもたついているから、先の話になるとは思うが」

「それは、楽しみです」

でも士官学校に戻ったらどう評価されるんだろうか。単位まけてくれるのかね？

「では、また会おう」

こうして、俺たちの戦争は終結した。

◇◆◇◆◇◆◇

自分が特別な人間であると、彼女は生まれた時から、いや生まれる前から知っていた。

いずれ父から譲り受けられるだろうその地位を、彼女は漫然とした生活をしながら待ち続けていた。

父から、そして叔父から、帝王学の何たるかを教わった。

しかし彼女が駄々をこねれば、7割方思い通りになった。

そんな生活を10年続けていた。

だが、彼女の人生を一変させる出来事が10歳の誕生日を数ヶ月程すぎた時に起きた。

隣国の式典に参加するために、彼女は慣れ親しんだ王宮を一時的に離れた。

しかし、式典は中止され、彼女は国賓という立場から懸賞金が懸けられた指名手配犯という身分にまで落ちた。

敵国の中での逃避行は決して楽なものではなかった。近侍達《メイド》が目の前で、自分の盾になって死ぬ姿を何度も見た。

その度に、彼女の心の中で何かが砕けていった。

ようやく一行が国境を越えた時には、人員が出発時の半数にまで減っていた。

自分が特別な立場の人間であったがために、多くの人間が道半ばにして倒れていく。何の能力も持たぬ子供が特別な立場の人間だったがために、周りの人たちが死んでいく。

その様を目の前で見せられた彼女は、王族という立場を忌み嫌った。

そんな時、彼女はある一行に出会った。

いかにも寄せ集めという雰囲気を醸し出していた護衛隊だった。

国内でも彼女は襲撃に遭い、兵を死なせてしまった。

あげくには無礼な平民に「指示を聞け」などと言われ、幼い矜持《きょうじ》を傷つけられた。

しかしそんな時、その平民の傍に立っていた騎士《カヴァレル》が跪《ひざまず》きつつこう言った。

「殿下は我が国、我が国民にとって大切な存在です」

重要な存在、と幼き頃から言われていた。

だが、大切な存在だと言われたのはこの時が初めてだったと思う。

今まで倒れていった近侍達《メイド》、そして目の前で跪《ひざまず》くこの少女達。

命令ではなく、彼女が大切な存在だから、こうして忠誠を尽くしてくれるのだと。

「あなたは、私に忠誠を誓いますか?」

「未熟な身なれど、命に代えてでも殿下をお守りいたす所存です」

彼女にとって「忠誠」とは、臣下が自分を出世のための踏み台として使っている、という意味でしかなかった。

しかし、一連の出来事によって、彼女の頭の中にある辞書の「忠誠」の意味が書き換えられることとなったのだ。

そして、彼女は見た。

自分と同じ歳の人間が死地に立ち、その年齢に相応しくない能力を遺憾なく発揮し、今日を精一杯生きる姿を見た時、彼女の中で形容しがたい感情が生まれた。

彼女にとってそれは初めての経験であり、同時にどこか納得いく感情であった。

「王宮に戻ったら、お父様に相談せねばなりませんね」

それが王冠を受け継ぐ者としての義務だと彼女が確信したのは、この時が初めてである。

彼女の名はエミリア・シレジア。

シレジア王国現国王フランツ・シレジアの娘にして、王位継承権第一位の持ち主である。

間章『ある近侍《メイド》の日常』

私の名前はイダ・トカルスカ。シレジア王国現国王フランツ・シレジアの娘にして第一王女であるエミリア・シレジア殿下にお仕えする近侍《メイド》です。

我が主君であるエミリア殿下はそれはそれは大変可愛らしい。黄金に輝く髪と、どこか大人びた顔つき。そして何より少し我が儘《まま》でその時の表情がもう可愛いのなんのってもう王族じゃなかったら誘拐して自分の娘に、いやお嫁さんにしたいくらいです。せめて型を取って等身大の人形にしたいですぅ！

……ハッ。いけない。つい妄想が過ぎてしまいました。お見苦しい所を見せてしまい申し訳ありません。

コホン。

私と殿下が出会ったのは5年4ヶ月と18日と7時間19分前の事です。

当時私はまだ18歳……あ、いえ今でも18歳ですが、とにかく私は仕事を探していました。それまで勤めていた伯爵家が断絶し、仕事がなくなっていたのです。そこを、宮中で働く方に「王女の世話役として来ないか」と誘われたのです。無論、即行で受けました。伯爵家の近侍《メイド》から王族の近侍《メイド》に出世できる良い機会でしたから。

筆記試験に身体検査、マナーの考査を経て、家族関係、さらには私の初めての相手や付き合っていた男性を含めた交友関係を徹底的に調べられました。まぁ私にはそういった付き合いは全くなかったので問題はありませんでしたが。

……別に泣いてはいませんよ。目にゴミが入っただけですから。

こうした苦難を乗り越え、私は宮中で働くことが許されました。王女の近侍《メイド》として。

そして私は、まだ幼い殿下と出会いました。その時からそれはもう可愛らしく、たなびく髪は黄金色に輝き、目の色はまるで海のように青く綺麗でした。

私はその時に、エミリア殿下に惚れてしまったのでしょう。まだ5歳の女児に、です。でも、歳の差や身分の差なぞ大したことではありません！　がんばれ私！

私は近侍《メイド》として殿下の身の回りのお世話をし、殿下が安心して暮らしていけるように最大限の配慮をしました。

大変ではありましたが、殿下の笑顔を見ると疲れなんて吹き飛びます。殿下が幸せになる事こそ、私の喜びなのですから。

さて、殿下は近々出立の御予定があります。隣国カールスバート共和国で開催される条約締結記念式典に参加するそうです。殿下は嫌がっておりました。当然です。殿下にとって初めての外遊なのですから、いろいろ不安もありますでしょう。

もしかしたら式典の最中、ストレスを感じて倒れてしまうかもしれません。そうなったら大変です。私は殿下のお世話をしつつ、殿下が式典の最中ストレスを感じないようどうお声をかけるべきかを考え続けていました。ウィットに富んだ愉快な冗談から、共和国の偉大なるハゲことクリーゲル大統領閣下の陰口まで、５００個くらい考えました。これで完璧です。

「嫌です。行きたくありません」

エミリア殿下は相変わらず我が儘です。でもそれが可愛いんです。この気持ち誰かわかりませんか？　わかりませんか。でもいいです。私だけわかってればいいんですから。

「そう仰られては困ります！　どうか言う事を聞いてください」

「私は王宮から出たくありません」

同僚の近侍《メイド》が必死に説得していますが、殿下は頑なに拒否しております。ジト目で近侍《メイド》の提案を悉《ことごと》く蹴るお姿……あぁ、この表情を永遠に保存できる道具があればいいのに。

エミリア殿下の可愛らしいお姿を見ることができ、ついでにお給料も発生する。これほど恵まれたお仕事は王国中どこを探しても見つかりません。私は幸せ者です。

「エミリア、あまり我が儘を言わないでくれ。お前そんな子じゃなかっただろう」

「……叔父様」

チッ。私の至福の時間を悉く邪魔するヒゲ、もといカロル大公殿下が来てしまった。帰れ帰れ！　エミリア殿下は私の物です！

結局エミリア殿下はカロル大公殿下の説得によって渋々カールスバート行きを決断しました。そんなエミリア殿下はどこか悲しげな表情をしています。あぁ、でもまたそれが美しい。

ちなみに私もカールスバート行きに同行します。当然です。式典で綺麗な衣装を着ながらガチガチに緊張するエミリア殿下を支えたいと思うのは近侍《メイド》として普通の事ですから。

カールスバートに向かう馬車の中、私の隣に座るエミリア殿下が唐突に話しかけてくださいました。死んでもいいです。

「ねぇ、イダ。あなたが来てからもう何年になるのかしら」

「5年程になります、殿下」

さすがに1ヶ月以下の単位まで言ったらドン引きされるので自重します。

「そう……。ねぇ、イダ」

「なんでございましょう、殿下」

「……いえ、なんでもないわ」

そう言って殿下は再び視線を窓の外に移しました。あぁ、とても絵になりますねぇ。私の部屋に飾りたいです。

「……ありがとう」

えっ？

今何と言いました？　ありがとう？　え、えっ？　殿下が、私に、感謝の言葉を!?　な、ななな#$%&@¥＊£!?

「いえ、近侍《メイド》として、当然のことをしているだけです」

どうにか心を落ち着かせて、なんとか言えました。

あぁ、この心から溢れ出る愛情と忠誠の心を最上級の言葉で伝える語彙が欲しい！　自分の言語能力のなさに絶望しました！

……エミリア殿下が、私に……うふ、うふふふふふ、ぐへへへへへへへへへ。

おっと、あまり変な笑いをしてしまうと私の美しくて華麗な近侍《メイド》というイメージが崩れてしまいますね。自重せねば。

エミリア殿下と私を乗せた馬車は、ついにズデーテン山脈を越え、カールスバート共和国内に入りました。

今は大人しいですが、この国はかつて敵国でした。警戒するに越したことはありません。

エミリア殿下には、指一本触れさせません。

私はイダ・トカルスカ、エミリア殿下の近侍《メイド》です。

この命が尽き果てるまで、殿下の盾となるのが、私の役目。

なぜなら、私はこの御方を愛しているからです！

◇　◇

「イダ……、今まで、本当にありがとうございました……」

そう呟いたエミリア王女の乗る馬車には、彼女以外の姿はなかった。

第4章『エミリア』

大陸暦632年3月1日、俺とサラとラデックその他大勢の士官候補生たちは懐かしの学び舎に帰還した。

そしたら上半期期末試験の真っ最中だったでござる。

うわー、うわー……。全教科60点以上とか完全に無理ゲーだわ！　特に弓術とか完全に忘れてるよ！　60点どころか6点も取れる自信ねーよ！

ちらりと横を見てみるとサラが真っ青な顔していた。そう言えば戦術とか戦略の授業全然してあげられなかったね。

はぁ、退学かぁ。授業料払えるかな……。

と思っていたけど単位の心配はしなくて良いらしい。

そういや忘れていたけど、士官学校から出発する際に先生がそんなこと言ってたな。

まぁ学校であるが故、何かしら評価はつけなければならない。

そういうことを考慮して、士官学校にはある制度――というより慣習かな？――がある。

それは軍に配属されてる間の直属の上司が成績評価をする、というもの。軍紀に反していないかとか武勲をどれだけあげたかとかを、上司の主観で決定するのだそうだ。なお嫌がらせを防止するため評価点は60点以上と決められているらしいので、余程悪い事してなければそれ以上の点数となる。……俺悪いことしてないよね？　スピリタスをばら撒いたことは不問にしてあげるよ、って小隊長殿が言ってたし。

この評価制度は元々、貴族の坊ちゃんに媚びを売りたい軍の現場指揮官が始めたものとされている。こんなちんけな媚びが売り物になるのかと思うが……。ま、今回の場合は貴族の坊ちゃんが上司で俺はただの農民だけどね。

士官学校に帰還した数日後、タルノフスキ大尉から成績表が届いた。

早速教務課に呼び出されて、成績表が渡される。えー、と、どれどれ……？

剣術　78点
弓術　60点
魔術　80点
馬術　60点
算術　89点
戦術　99点
戦略　99点
戦史　98点

……随分と過大評価されてる気がする。弓術と馬術が最低点なのは見せる機会がなかったから良いとして、戦術・戦略99点ってなんやねん。残り1点ってなんなんやねん。気になるわ。

剣術78点は……サラのおかげと思うことにしよう。

魔術80点はよくわからないな。そんなに魔術使った覚えないんだけど。

そして算術89点と戦史98点はなんぞ。意味不明だ。

サラの成績もよくわからない高評価だったようだ。特に戦術の点数が跳ね上がって75点になってたらしい。うん、本当に基準が分からない。

ラデック？　あいつは元々赤点なかったから興味なかった。

そうそう、タルノフスキ大尉で思い出した。

例の敵騎兵隊長の剣は大尉に没収された。本当は自分の寮室まで持って行きたかったのだが、

「何の後ろ盾もない君たちが、謀略の証拠品たり得るその剣を持ち続けるのは危険だろう。これは私が預かっておく」

だそうだ。

……タルノフスキ大尉が証拠隠滅を図ろうとしている、と思ってしまうのは穿《うが》ちすぎだろうか。

そんなこんなで上半期後の休暇、前世で言う所の春休みを貰った。期間は2週間ほど。短くもなく長くもない。だが不幸なことに、

「お前ら出征組は教育課程が他の生徒に比べて遅れている。これは仕方ないことだが、遅れたままだと下半期や来年以降の授業に支障が出る。だから、春休暇中に特別補講を開くから参加するように」

つまり非出征組が青春を謳歌する中、俺たちは勉強漬けだったということだ。なんもかんも戦争が悪い。

◇　◇

3月15日、王立士官学校下半期が開講する。

と言っても別段何も語るべきことはない。いつも通り授業を受けて、戦前のようにサラに教えたり殴られたりしながらラデックと愚痴を言い合う毎日が始まるのだ。あぁ、早く卒業したい。

「えー、では今日は授業を始める前に新入りを紹介する」

……？　転校生ってことか？　え？　士官学校にもそう言う制度あるの？

「……では、どうぞお入りください」

……お入りください、い、い、い？

「敬語は不要です、先生。ここではあなたの方が立場が上なのですから」

教室に入ってきたのは、エミリア・シレジア王女殿下にとてもそっくりな女子だった。

「この度、王立士官学校に入学しました。エミリア・ヴィストゥラと申します。以後、よろしくお願いします」

こ、こいつはいったい何者なんだ!?

◇◆◇◆◇◆◇

暦は1ヶ月程遡《さかのぼ》る。

シレジア王国の王都シロンスクに向かうある一団。その中にある豪華な馬車の中、エミリア・シレジアは悩んでいた。

一連の事件で彼女は、自分が無知無能であることを知った。知も才もない者が王冠を手にすることは、いかに自分が王位継承権第一位でも許されないだろう、そう思った。

だが彼女はまだ10歳で、戴冠はまだ先の話であることも事実。

王女は自分の能力向上を図ることにした。

と言ってもどうすればいいかわからない。こういうことを考えるのはいつも父や叔父の仕事だったからだ。

でも彼女は他人に意見を求めようとはしなかった。

この程度のことを自分で考え決断することが出来なければ、この先なにをしても無駄なのだろう、とそう感じたのだ。

真っ先に思いついたのは、王位継承権を捨てることである。

でもそれは、すぐにダメだと感じた。

王位継承権を捨てることは簡単で、楽な道だ。だが捨ててしまえば二度と自分の下には戻ってこないし、それに自分が負うべき義務から逃げてるだけだ。

それに父が許さないだろう。父は私にどうしても王位を継がせたがっている。今は亡き母の遺言らしい。

彼女にとって母とは絵画の中の登場人物と言うだけの存在にすぎないが、父にとってはそうではないようで、母の遺言とは神から授けられた言葉と同じ価値を持つようだ。

ではどうすればいいのだろう。

思考はいつもここで終わってしまう。

視点を変えてみよう。

なぜ私は王位につきたいのだろうか。

叔父に負けたくはない、という極めて利己的で自分勝手な理由もある。が、それ以上に思うことは、自分を守るために盾になって死んでいった者の姿である。

彼ら彼女らは、自分が王族という特別な地位にあるがために死んでいった。

もし自分が王位につかず継承権を放棄したら、死んでいった者に申し訳が立たないだろう。こんなことで逃げる王族を守るために自分たちは死んだのか、と罵倒され、失望されてしまうかもしれない。

自分は安全な王宮で、王位にもつかず、なんの知も才もないまま王族と言うだけで豪華な暮らしをすることは許されない。

戦争中、自分だけが安全な王宮でのほほんと暮らし、戦場で死に行く者を見ないふりをするのは許されない。

彼らがいなければ、私はここにいなかったのだから。

この考えに至った時、彼女は自分の義務を知った。

「王宮に戻ったら、お父様に相談せねばなりませんね」

◇　◇

王都シロンスク、その中心に立つ王宮「賢人宮《フィロゾフパレツ》」。

その一室で、彼は悩んでいた。

彼の名はフランツ・シレジア。シレジア王国第7代国王にして、我が儘娘《まま》のエミリア・シレジアの父である。

彼の悩みの種は、隣国との戦争によって増大する被害者の数と戦費……ではない。娘のことだ。

娘は隣国カールスバートで催される式典に参加するために旅立った、があろうことかその隣国で政変が発生しあまつさえ戦争を仕掛けてきた。

娘をカールスバートに行かせるよう指示したのはフランツ自身である。

箱入り娘で我が儘娘だが、将来は王冠を継ぐ者、そろそろ公務に参加させるべきかと考えていた。

王族や貴族のデビューというものは、だいたいが何らかの公式な式典である。エミリアの場合は、そのデビュー戦がカールスバートの式典だった。

が結果はご覧の有様である。娘は敵軍に追い回され、命からがら王都に戻ってきた。人員は出発時の半分ほどまで減っていた。

「だから嫌だって言ったのに！　もうお父さんなんて嫌い！　口も利かない！　パンツ一緒に洗わないで！」

娘にそんなこと言われたら国王は自殺する自信があった。彼は国王である前に、可愛い娘を持つ1人の父親だから仕方ない。

「陛下、エミリア王女が会談を求めてきています」

フランツの執事である初老の男性が国王執務室に入ってそう述べた時、国王の寿命は僅かに縮み、そしてその心の中を多くの考えが過《よぎ》った。

やっぱり怒られるだろうか、どんな我が儘言われるだろうか。そう言った感情が心の中で渦巻いていた。

フランツは今まで、娘の我が儘は半分程しか聞いていないつもりだったが、今回はどんな要求でも呑まざるを得ない。さもないと、最悪自分が死ぬ羽目になるかもしれない、とそう考えた。

そんな小さなことを考えつつ、彼は努めて平静を装って執事に伝える。

「ん、了解した。『私の執務室に来い』と伝えよ」

「御意」

そして数分後、娘が国王の執務室に来た。

今度はどんな我が儘を言うのだろうか、フランツの心の中はそれで一杯だった。

「お父様、折り入ってご相談があります」

「……何かね？」

フランツが最初に思ったことは「洗濯の話」だったが、その我が儘娘から飛び出した言葉はフランツの思考を数秒停止させるだけの威力を持っていた。

「士官学校入学の許可が欲しいのです」

フランツは驚愕した。娘がそんなことを言うとは思いもしなかった。しかも士官学校である。名だたる大貴族たちが通う貴族学校ではなく。

「理由を聞こう」

もしここで娘が「士官学校に入って人殺ししたいの！」と言い出したら、さすがのフランツもそれを止めなければならない。だが、その心配は無用だった。

「それが王族の義務だと、そう感じたからです」

この時、フランツは目の前に居る少女が本当に自分の娘なのかを本気で疑った。あの我が儘で言うことをなかなか聞かなかった娘が「王族の義務」という言葉を使ったのだから、フランツがそう思ってしまうのも無理はなかった。

「エミリアにとって、王族の義務とはなんだ」

王族の義務、もしくは貴族の義務《ノブレス・オブリージュ》という言葉は昔からある。

その立場や権力と同等の義務を負わなければ、国民が納得しないためである。無論、国民に課せられる納税の義務などと違い、法によって明文化されていない。そのため適当にお茶を濁す貴族もまた多くいる。

「私にとっての王族の義務とは、国民に背を預け、国民の盾となり、国民を守ることとです」

「そのために士官学校に行きたいと言うのか？」

「はい」

この言葉を聞いた国王は流石に悩まざるを得なかった。なぜこうなったのだろう、と。

だが如何《いか》に凡君と評されるフランツであっても察しはついた。今回の事件で、娘の傍にいた近侍《メイド》達や護衛は敵兵に追われ、約半数が帰らぬ身となったことが関係しているのだろう。それを間近で見て、そして考えたに違いないと。

もし娘が貴族学校に行きたい、と言ったのであれば、彼は喜んで送り出しただろう。

貴族学校とは、文字通り貴族だけが通うことが許されるエリート学校である。職員以外の平民の出入りは禁止されており、将来爵位を継ぐ大貴族はそこに通う。

そして高等教育を受けマナーを学びコネを作る。卒業後は貴族デビューを果たし、領地で政務に励んだり王国に奉仕したりするのが、この国の多くの貴族が通る道である。

無論士官学校にも貴族は居る。だが、それは多くの場合は爵位を継がない次子以下の子供であったり、あるいは武門の名家とされる貴族の子息が通うのが大抵である。

それに士官学校となれば危険も多い。過日の戦争のように、士官候補生らが兵士不足の中徴用されることもある。それがなくとも、訓練中の事故によって死亡する例が毎年数例あるのだ。

娘を無闇に危険にさらすわけにはいかない。そう考えたフランツは、諭すような口調で娘の士官学校入りを諦めるよう説得した。

「結構な考えだが、別に戦場に立つだけが国民を守ることではない。王宮で、いや王宮でなくともよい。かつての大陸帝国の皇女のように辺境領で政務をし、豊かな土地にすれば良いではないか。それも立派な王族の義務たり得る。それを学ぶなら、貴族学校へ通えば良い」

「それでは駄目なのです」

「駄目かね」

「はい。決して内政を疎かに考えている、と言うわけではございませんが、それでは私の気が済みません」

「なぜ?」

「私は、安全な王宮で、もしくは安全な総督府で漫然と過ごす気にはなれないのです。私は、王女エミリアは平民の兵に助けられました。兵達は私を命がけで守りました。ならば私も、命がけで彼らを守らねばならないのです。それに……」

「それに?」

エミリアは、大きく息を吸い、大きな声で言った。

「それに、王が戦地から離れた安全な王宮内から戦争を指示し、兵を指揮するのでは、兵達は納得しません! 兵も人間であり、駒ではないのです!」

フランツにとってそれは耳の痛い話だった。

彼はこの王宮から戦争を指揮していた。指揮と言っても実務は軍に任せていたが、確かに彼は安全な王宮から戦争を指揮していた。

兵は死地に立つ。そして王は安全な場所で戦争を指揮し、賛美し、そして時に切り捨てる。

だがそれは、非難される謂《いわ》れもない事は確かである。国王は国家元首であり、失ってはならない命である。戦場に絶対はない。もし万が一にも、戦場に立った王が打ち倒されることがあっては、それはかえって敵を利するだけである。

だがエミリアは、それでも自身の主張を目の前に座る父に放った。

「人殺しをしたいとは思いません。戦争を指揮したいとは思いません。しかし、国民を導くという立場につく以上、戦場から逃げては申し訳が立ちません！」

国王は、いやエミリアの父であるフランツは、娘が立派な人間になったことを認めざるを得なかった。齢10にして、彼女はシレジアの名に恥じない人物になってしまったのである。

こんな重要な決断をした娘の提案を一蹴するほど、この父親は冷たい人間ではなかった。

「幸いなことに、士官学校でも内政について学べると聞きます。士官学校卒業の後に王宮に戻り、内政に専念することも可能です」

我が儘娘だなんだと言われ、王位に就くべきではないと一部の貴族から声が上がる中、娘自身がその殻を内側より破ろうとしている。この機会を逃せば、娘は一生箱入り娘のままになるかもしれない。そう考えたフランツはついに決断した。

「わかった」

「……お父様！」

だがフランツは国王として、そして父親としての義務を果たさなければならない。

「ただし条件がある」

「……なんでしょう」

と言っても、彼は難しい条件を出すつもりはなかった。

「第一に、王族の身分を隠すこと」

士官学校とは言え安全とは限らない。幸いなことに、エミリアの貴族デビューはされていないため、彼女の顔を知っているのは王宮内の人間を除けば限られている。

それに王族の義務を果たしたいのであれば、学校で王族としてちやほやされるのはあまり宜しくないだろうという考えもあった。教員にだけ知らせればそれで十分だろう、と。

「第二に、護衛を1人、一緒に入学させる」

これは護衛兼世話役と言ったところである。この箱入り娘がいきなり士官学校に行って順応できるとは、フランツには思えなかった。そしてその傍ら、彼女を監視し、そして定期的に報告させる連絡員としての役目も持たせることにした。無論、これはエミリアには秘密にする。

「第三に、退学は許さない。成績に関して、私は何も干渉はしない」

これも当然の条件だった。王族として立派な人間になりたいと思う者に対して、成績に介入してしまうのは意味がない。仮に身分を隠したとしても、王族が勉強不足を理由に退学するというのはもっての外である。

「第四に、士官学校5年、軍務10年をきっちりとやりきる事」

これは他の士官候補生も一緒であるため、正確には条件とは言えないだろう。

「最後に、士官学校には今すぐ入学すること」

正式に入学となると半年ほど先になる。だが、そんなに時間が経つと娘の気が変わってしまうのではないかという懸念が国王にはあった。入学に関する調整は、国王の身分であれば容易であろう。

全ての条件を伝え終わったフランツは、真っ直ぐな目でエミリアを見た。

「……」

「これが条件だ。全てを受け入れられないとあれば、私は士官学校入学を認めない」

そしてエミリアはしばし悩んだ後、決断した。

「分かりました。全ての条件を呑みます」

この時フランツは、感心する前に残念にも思った。

彼自身、少しだけ期待していたのである。「そんな条件呑むくらいならお父様と一緒にいる！」と言ってほしかったのである。だがエミリアは、フランツの予想以上に頑固だった。

「……なら、私はエミリアの入学を阻止しない」

「ありがとうございます。お父様」

そう言ってエミリアは深々と頭を下げ、執務室から退室した。

フランツは閉まった扉を見続けた。その向こうに、エミリアの背中がある。

娘が変わった。立派な人間になったと、フランツはしばし感慨に耽り、そして呟いた。

「エミリアが、ますます君に似てきたよ」

執務室には、亡き王妃の絵が飾ってある。

◇◆◇◆◇◆◇

それは紛れもなくコ○ラ……ではない。でも紛れもなく王女殿下だったのだ。

「……というのがだいたいの事情だ。わかってくれたかな？」

「わかったような、わからなかったような」

放課後、俺とサラはこの女性に呼び出された。ラデック？　あいつはエミリア殿下に名前覚えてもらってなかったから呼び出し食らわなかったようだよ。羨ましい限りだね。

彼女の名前はマヤ・ヴァルタ。エミリア・シレジア王女殿下の護衛兼世話役兼監視役兼その他諸々。17歳。本名かどうかは不明。だけど王女殿下がヴィストゥラって姓になってたから、少なくともヴァルタの部分は偽名（偽姓？）と考えた方が良いだろう。

「ヴァルタさん。いくつか質問してよろしいでしょうか」

「構わない。あぁ、それと私には敬語は不要だ。歳は離れているが同じ学年だからな」

私には、という言葉の裏には「王女殿下にはタメ口許さん」って意味があると思われる。そんな釘刺さなくても敬語使いますよ。敬語知らないけど。

あとヴァルタさんにも敬語使います。とりあえず丁寧な言葉遣いを心がけます。怖いから。コンビニ前にたむろしてそうな不良にタメ口は自殺行為だ。

「なぜその話を、私たちにしたんです？」

その話とは、王女が士官学校に来たあらましだ。

要約すると「引き籠りニートじゃやばいから士官学校行くわ」である。たぶん。

ちなみにさっきからサラはポカーンとしている。うん、これは見覚えがある表情だ。戦史の自主勉強時に頻発する表情だ。全然話が読めてないんだろうな。

「簡単さ。あの方の正体を知っている生徒が君たちしかおらず、そしてそれなりに信用できると殿下が仰られていたからさ」

あのー、もう1人知ってる奴がいるんですが……。

と、言う勇気は今はない。だってヴァルタさん顔つき怖いんだもの。ヤンキーなんだもの。

てか、俺たち本当にそんなに信用されるようなことしたっけ？　護衛任務でちょっと顔合わせて任務果たしただけだよ？　ただの農民だよ？

でも、これを指摘する勇気もない。だって以下同文。

「そうですか……。じゃあ『ヴィストゥラ』ってなんです？　私は寡聞にして聞いたことないのですが」

「ヴィストゥラは断絶した公爵家の家名だ。かつての戦争で武勲を立て公爵にまで上り詰めた知る人ぞ知る英雄の家さ」

「なぜ断絶したのです？」

「第二次シレジア分割戦争の時に、爵位を継ぐはずだった子息が全員戦死したのさ。当主は高齢で、戦後すぐに死んだ。そして爵位を継ぐ者がいなくなり断絶、と言うわけだ」

戦争で名を立てた家が戦争で断絶したのか。なんとまぁ皮肉なことで。

第二次シレジア分割戦争ってのは大陸暦572年に勃発した、反シレジア同盟に対する復讐戦争だ。でも「分割戦争」なんて名前の通り、シレジア王国は周辺列強にフルボッコ（10年ぶり2度目）にされてしまった。あぁ、哀れ。

「ヴァルタの方は？」

「秘密だ」

王女殿下の方は話すのに自分の事は話さない。普通逆だし隠す意味もないだろうに。

「さて、他に質問はあるか？」

「……ないです」

あまりズケズケと踏み込んだら地雷も踏み抜きそうで怖い。

「そうか。では本題に移ろう」

「え、今までのは前座だったんですか？」

「当たり前だ。昔話をするためだけに君らを呼んだわけではない」

まじか。

「エミリア様の手伝いをしてほしいのだ」

ヴァルタさんは俺とサラに頭を下げた。つむじが時計回りだった。

いやそんなことはどうでもいいか。

「手伝いって、なにすればいいのよ？」

やっとサラが口を開いた。よかった、生きてたのか。

「エミリア様が、今後起こるであろう宮廷内闘争に勝つための手伝い、だ」

はい？

「頼む」

「頼むも何も私は農民、サラは騎士《カヴァレル》ですよ？　宮廷内闘争なんてそんな盛大なことの手伝いなんてできるわけが……。その前に王女殿下は自らの能力向上のために来たのでは？」

「……宮廷内闘争云々は私の独断だ」

でしょうね。10歳の王女様が宮廷内闘争を視野に入れて士官学校入学とか意味わからんし。貴族学校行った方が早い。

「私は、エミリア様こそが王位につくべきだと思っている」

「理由は？」

「カロル大公が嫌いだからだ」

ここで感情的な理由かよ。

「確かにカロル大公は文武両道で実力もあるお方だ。だが、まだ10歳のエミリア様の暗殺を謀るお人を好きになれ、と言う方が無理がある」

なるほど。それは確かに言えてる。

カロル大公がもし本当に宮廷内闘争を本気でやるとしてもそこらへんがネックだよな。10歳の子供を手に掛けるなんて、心証が悪いどころの話じゃない。

ん？　だから敵国に殺させようとしたのか？　そうすればカロル大公がああだこうだ言われることはないし……。

「士官学校は、貴族学校ほどではないがコネを作ることもできる。君らにはその手伝いをしてほしいのだ」

「手伝いと言われても、具体的には何をすれば」

「そう難しい話ではない。エミリア様の友人になってほしい」

「え？」

素っ頓狂な声を出したのはサラだった。

「どうしたのサラ？」

「あ、ひゃ、や、なんでもないわ！」

「そんなに慌てといてなんでもないわけあるか！」

「なんでもないわよ！」

殴られた。綺麗な右ストレートだった。

「……話の続きをしてもいいか？」

「ど、どうぞ」

最近サラの拳の鋭さが増してる気がする。良いサンドバッグが居るからかしら。

「つまり、エミリア様の友人となり、話を聞いてやってほしい。彼女も私も士官学校に来たばかりで右も左もわからないし、貴族社会で過ごした時期が長いために友人付き合いというものがわからない。だからエミリア様の友人になって、交友関係を広げる手伝いをしてほしいのだ」

なるほど。そういうことなら何とかなりそうだな。

「それくらいなら、お手伝いできます。サラも大丈夫だよね？」

「え、えぇ、大丈夫、よ！」

サラがまだ挙動不審だった。本当お前は何があった。

「ありがとう。では、私はエミリア様の下へ戻るよ。あまり待たせては護衛にならないからな」

そう言ってヴァルタさんは駆け足で去っていった。お勤めご苦労様です。

……にしても士官学校でコネ作りか。うまくいくのか不安だな。

確かに士官学校にも貴族の子弟は多い。だがその半数は爵位を継ぐ長子ではなく、次子以降だ。

長子は貴族学校に行く。特に名の知れた大貴族はね。

でも武門の名家みたいな貴族の子供はみんな士官学校に行くから、そこらへんとコネを作れるのは良いのかな。軍務尚書の息子とかも探せばいるんじゃないか？

となるとエミリア王女とカロル大公の派閥争いは「軍部 VS 大貴族」みたいな構図になるのだろうか。うーん……不安だな。

まぁ、なるようになるしかないだろう。とりあえず今はエミリア・ヴィストゥラ公爵令嬢様と親睦を深めるとするかね。話はそこからだ。

◇◆◇◆◇◆◇

サラ・マリノフスカは混乱していた。

混乱の原因は言うまでもない。王女殿下《エミリア》が士官学校に入学してきたからだ。

王族が士官学校に入学すること自体は、この大陸では珍しい話でもない。ただ第一王女殿下が入学してくるというのは前代未聞だった。

彼女の頭の中ではあらゆる思考が渦巻き、結局エミリアに声をかけることができなかった。

休み時間になって、ようやくサラは動き出した。

エミリアは見た目美少女、そしてヴィストゥラ公爵家の令嬢という御大層な御身分と言うことになってるせいか周りからちやほやされている。ここで「本当はシレジア王家なのよ」と教えてあげたら彼らがどんな顔をするか気になったが、無論それは言わなかった。

一方エミリアは困り果てている。相手の好意を無下にするわけにはいかないし、かといって怒鳴るわけにもいかない。そんな顔をしていた。

サラはユゼフにどうすべきか相談しようとした。だが彼の姿は教室にはない。彼は肝心な時にいないことに定評がある。

頼りになるような、ならないような友人がいないのであれば仕方ない、と言わんばかりに彼女は行動した。

「どきなさい！」

サラの動きは早かった。何も考えずに突撃することが彼女の本領である。だが、それでも彼女のその行動には合理性がある。どこを通れば最短で、最低限の労力で彼女の下に行けるかをわかっていたようである。それはサラのやや野性的な本能によるものだった。

群衆を掻き分け、時には殴りつけ、王女殿下を輪の中から半ば無理矢理引っ張り出した。誰かが止めようとしたが顔も見ずに鳩尾《みぞおち》を殴る。殿下を守らなければならないという騎士道精神が彼女をそうさせた。

教室を出て、そして第３組の教室から死角となる場所でやっとサラは手を離した。振り返った彼女は臆面もなくその場で跪《ひざまず》く。

「殿下、ご無礼致しました」

「い、いえ、大丈夫です……それより」

エミリアはそう言うと教室の方を見やった。その視線の先では、先ほどサラがエミリアを救出するために殴ったと思われる屈強な女子が床に蹲《うずくま》っている。

「彼女は大丈夫です。手加減しましたので」

「は、はぁ……」

彼女が本気で殴った場合、最悪内臓破裂する可能性がある。蹲《うずくま》る程度で済んだことは、むしろ幸運なことであろう。

「しかし殿下がなぜここに……」

「話せば長くなりますが……その前に」

「？」

「敬語はやめてください。それと学内でそのように頭を下げないでください」

「いや、しかし……」

「これは命令です。聞いてくれますよね？」

「は、はい……」

と言われたものの、サラは暫く考え込まざるを得ない。確かに、目の前に立つ少女は王女という身分を隠し、公爵令嬢として入学してきている。過度に扱ってしまえば、そこから本来の身分がバレてしまう可能性がある。しかし、貴族の最底辺に位置する騎士《カヴアレル》でしかないサラは、公爵令嬢に対してもそれなりの対応はしなければならない。

「コホン。サラ・マリノフスカさん、でしたね？」

「そうです、殿下」

「敬語」

「あ、いえ、ですが……」

「敬語」

「あ、はい。申し……ごめんなさい」

仮にも王女に対してタメ口を利く。もしここが「賢人宮《フイロソフパレツ》」の中であれば、不敬罪で捕まっても文句は言えないだろう。

「サラ・マリノフスカさん。どうか私と、お友達になってくれませんか？」

その言葉を聞いたサラは呆気にとられ、つい思わず敬語で返してしまった。

「な、なれという命令であれば従います」

「……友達とは命令して作るものではありませんでしょう？」

ごもっともである。それは友達ではなく、主従の関係と言った方が適確であろう。

「私、同年代の対等なお友達が欲しかったんです！」

古今東西、王族と言うものは友達作りができない。王族に無礼があってはならないし、喧嘩をしようものなら叛乱罪で即刻死刑である。

サラとしては悩みどころである。

感情的には大変嬉しい申し出である。だが理性的にはそうではない。たとえ王女殿下が身分を偽り入学しようと、王女殿下は王女殿下なのである。

サラは対応に困った。断っても不敬、受けても不敬な申し出なのだから。

「あの、ダメですか？」

齢10の美少女であるエミリアが上目遣いでお願いしてきたら、これを拒否できる人間はこの王国には1人もいないだろう。エミリアは無自覚にそれを昔からやっており、多くの人間をその上目遣いによって骨抜きにしていった。

「だ、大丈夫です！　私、殿下のお友達になります！」

無論、サラはあっさり陥落した。

「嬉しいです！　初めてのお友達です！　あ、私の事は『エミリア』と呼んでくださいね！　殿下は不要です！」

「エミリア！」

「はい！」

「私の事は『サラ』でいいわ！」

「はい、サラさん！」

元気のいい２人である。

王女と騎士《カヴァレル》と言っても、この辺はまだ10代の少女なのだ。

「私たち友達ね！」

「そうです、友達です！」

こうして、王女殿下は友達作りに成功した。


マヤが、サラとユゼフを呼び出す3時間程前の出来事である。

◇◆◇◆◇◆◇

前回の戦史の居残り授業、どこまでやったっけ？

あ、そうだ思い出した。シレジア王国成立までだね。今回はシレジアの昔話をしよう。

大陸暦４５２年、シレジア王国は独立する。初代国王の名はイェジ・シレジア。こいつは元々大陸帝国の伯爵で、シレジア領を統治していた。

シレジアは肥沃な土地を持ち、農業生産額は大陸でも五指に入る裕福な領地だった。当然帝国からの締め付けは強かったが、代々の領主シレジア伯爵の統治が良かったおかげで領民が飢えることはなかったらしい。

が、ある時大陸帝国で帝位継承を巡って内戦が起きた。そう、国を巻き込んだ盛大な兄弟喧嘩だ。東大陸帝国は、辺境の反乱軍を鎮圧するために各地からあらゆるものを徴発した。例えば食糧とか鉄とか人員とか金とかね。

当然各領から不満が上がった。そこに付け込んで西大陸帝国が資金援助だの武器供与だのをして反乱を煽ったわけだ。

ただシレジア領は元々裕福で余裕があった。確かに徴発の量は半端なかったし帝国本土の奴らはなんか偉そうだったけど、西南大陸帝国はシレジアと地理的に離れていたから戦火に巻き込まれることはなかった。

内戦勃発から150年経過した。

相変わらず徴発の量が酷かったけどなんとか我慢できた。

苦しいけどイェジ・シレジア伯爵は我慢した。この時は反乱起こしても勝算なかったし。

我慢したが、帝国政府の高級官僚たちは何をトチ狂ったのか、さらなる重税をかけてきた。たぶん「シレジア領がまだ音を上げてないから、もっと徴収しても問題ないんじゃね?」とか思ったのだろう。まさに外道。

イェジ・シレジアはキレた。

「そんなに払えるかー！　ちっくしょー！」

と執務室で叫んだらしい。あ、これ無修正だから。このまんま言ったらしいから。

大陸暦450年、シレジア伯爵の乱。

帝国政府からの重税に耐え兼ねていた領民や一部の帝国軍兵もこの反乱に同調し、瞬く間に数万人規模の暴動となって帝国軍に襲い掛かったらしい。

だがシレジア伯爵は内政に関しては天才と言ってもいいぐらいの名君なのだけど、外交だの戦争だのについては専門外だった。

そこで伯爵は親友であり帝国軍少将だったエルンスト・コシチューシコに土下座した。

「仮にも皇帝陛下に弓を引くことはお前にとっては不本意だろうが、シレジアの領民を助けるためにどうか力を貸してくれ」

とかなんとか。

恥も外聞もなく、伯爵はコシチューシコに土下座した。

コシチューシコは、本気で土下座する伯爵に感銘を受けて、もしくはドン引きして、シレジア独立を手助けすることに同意した。

コシチューシコの手によって、単なる数万人規模の暴動でしかなかった反乱は、命令系統がきちんと編成された軍人数万人の独立戦争となり、彼の指揮の下帝国軍と戦った。

そして2年間の独立戦争を経て、シレジア領は独立と相成ったわけである。

コシチューシコ少将はシレジア王国軍初代総司令官の座につき、初代国王となったイェジ・シレジアから公爵と元帥の地位を下賜された。

うんうん。感動的な話だね。ここで終わってれば。

独立から2年後の大陸暦454年、コシチューシコ元帥はクーデター未遂を起こした。

原因は確か、政治意見の相違だったかな。

国王は「独立間もないし戦禍によって王国の経済は疲弊し切っている。国内の産業を立て直すべきだ」と主張し、元帥は「東大陸帝国が未だに強力な隣国として存在し続けている以上、現状の戦力では国防に不安がある。だから軍拡すべきだ」と主張したそうな。

どちらの意見が正解なのかは俺にはわからんが、とにかくこの政治的対立が感情的対立に変化してコシチューシコがクーデターを起こしたのである。

そして失敗した。当然コシチューシコは粛清され、元帥号と公爵位を剝奪された。彼は未婚だったのでコシチューシコ家は断絶している。

大陸暦470年、イェジ・シレジアが病没し、彼の息子であるマレク・シレジアが18歳で第2代国王の座に就いた。

マレクは、父イェジと違って軍事の天才だった。イェジが築いた経済基盤を背景に軍拡を推し進め、大陸で一、二を争う軍隊を保有するに至った。

マレクはその軍隊を使って東大陸帝国に喧嘩を売った。戦略・戦術能力に長け、さらに軍政手腕においても右に出るものはいないマレクの手によって、当時のシレジア王国軍は大陸最強の名を手にした。一方の東大陸帝国軍は、長く続いた内戦のせいでかなり貧弱だった。

結果はお察しください。

東大陸帝国に完勝したマレクは、勢い余って国境を接している国全部に喧嘩を売った。さすがに同時にではないが。

でもどれも勝っちゃうんだよねこれ。この時、国をいくつか滅ぼしたらしいし。どんだけ強いんだマレク国王。

結局マレク・シレジアは常勝無敗の天才であり続けたまま、大陸暦518年に馬から落ちて死んだ。最後の最後でカッコ悪い死に方をするなと言いたい。

閑話休題《それはさておき》、イェジ・シレジアが残した経済基盤と、マレク・シレジアが残した軍隊と領土。この2つを持ったシレジア王国は黄金期を迎えることとなる。

第3代国王グロム・シレジアも、ちょっと変わった性癖を持っていた以外は君主として常識的な範囲の器量を持っていた。そのため特に問題を起こすことはなく堅実な治世を続け、国は豊かであり続けた。

……え？　どんな性癖を持ってたのか気になるって？　それは、その、なんだ、えーっと、うん。

さすがに初潮が来てない子はダメだと思うの。

コホン。

えーっと、ここからが今回の戦史居残り授業の本題だ。

黄金期でウハウハしてるシレジア王国の存在を快く思ってない国がいた。それは、シレジアに領土を奪われた周辺各国だ。

でもまだシレジア王国軍は強い。そんな国と戦ったらただじゃすまない。

じゃあみんなで同盟組んで東西南北あらゆる方向から攻め込んで袋叩きにすればいいじゃん！

大陸暦559年、反シレジア同盟成立。この同盟に参加した主な国は東大陸帝国、カールスバート王国、オストマルク帝国、リヴォニア貴族連合である。

翌560年、同盟諸国はシレジアに宣戦布告、後世「第一次シレジア分割戦争」と呼ばれる戦争の始まりだった。当時最強と言われたシレジア王国軍だったが、東西南北、四正面作戦を強いられてしまえばどうしようもなく、562年に領土の三分の二を奪われ敗戦した。

第4代国王アルトゥル・シレジアは敗戦によるストレスが原因なのか、在位5年で死亡した。

すぐに第5代国王マリウシュ・シレジアが即位し、彼は父の仇を討つべく軍拡に勤しんだ。

そして前戦争から10年後の大陸暦572年、反シレジア同盟参加国だったカールスバート王国で革命が起きる。革命の結果カールスバート王政は崩壊、民主共和政に移行しカールスバート共和国が成立する。

マリウシュは、このカールスバートの混乱に乗じる形で同国に宣戦布告、シレジア分割戦争に対する復讐戦争を開始した。すると反シレジア同盟諸国は、カールスバート共和国を守る名目でシレジアに宣戦布告したのである。

これが第二次シレジア分割戦争だね。ヴィストゥラ公爵家はこの戦争で断絶した。

結果はご存じの通り大敗北、領土がさらに半分になり、国王マリウシュは自殺した。在位11年。

わずか10年で復讐戦争始めた理由についてはいろんな理由が考えられる。

そのひとつが、民主共和政などと言う意味不明な政体の国家が誕生したために、カールスバート共和国に対する不安が他の反シレジア同盟各国にあったことだ。それを反シレジア同盟の亀裂と見《み》做《な》し、マリウシュはカールスバートを攻めても他の同盟諸国からの宣戦はないだろうと踏んで宣戦布告した、というものだ。だが現実はカールスバートに味方した。

そしてもうひとつは、各国に割譲された旧シレジア領に住むシレジア人が、かなりの弾圧を受けていたらしいことだ。そのためそれも原因なのではないか、と言われている。

第二次シレジア分割戦争の理由はどうあれ、今現在シレジア王国は下り坂を助走をつけて全力で転がり続けている。

現在の国王はフランツ・シレジア。第7代国王。どういう人間なのかは……今俺の目の前に座ってるエミリア殿下がよく知っているはずだ。

◇　◇

私が、エミリア・ヴィストゥラ公爵令嬢として士官学校に入学してから1ヶ月が経ちました。

王宮で剣術や魔術、馬術と言った物は「王族の嗜み」として習ってきたので、他の生徒に後れを取ることはありませんでした。

ただ体力がないので、今はすぐにバテてしまいます。

そう言うこともあってか、私は放課後に友人たちと一緒に自主練・勉強をしています。

苦手なところを補い合うこの居残り授業は、やってみると意外に楽しいものですし、これを通してさらに親睦を深めることもできます。人によって教え方が違うのも面白いです。

参加者の1人はサラ・マリノフスカさん。

騎士《カヴァレル》の娘で剣術・馬術の天才です。その見た目もあいまって騎兵が似合うでしょう。勉強は少し苦手のようです。

彼女の教官ぶりはまさに鬼教官、と言った感じです。私に対しても容赦ありません。でもワレサさん相手には殴る蹴るは当たり前なのでまだ優しい方なのでしょう。

そうそう、そのユゼフ・ワレサさんとも仲良くなりました。

彼は農民の子供で私と同い年……のはずなのに物事を深く考えて、かと思ったら突飛なことをする奇特な方です。

サラさんと違って武術がダメで、勉強が得意。第1学年では「首より下は飾り」と呼ばれているそうです。

そしてラスドワフ・ノヴァクさん、通称ラデックさん。私より6歳年上で端正な顔立ちをしています。名のある貴族の御子息と言われても信じてしまうかもしれませんが、彼は商家の子だそうです。

武術も勉学も人並みにできるそうで、事実、上半期中間試験の結果は全ての科目で70点台だったそうです。

得意科目も苦手科目もないため、ノヴァクさんは第2学年でどの兵科に行くべきか悩んでいるみたいですね。商家の子息と言うのであれば、輜重《しちょう》兵科に行けば何かと役立つのではないでしょうか。

「エミリア様、大丈夫ですか？」

「はい、大丈夫ですよ。少し考え事をしていただけですので」

彼女はマヤ。マヤ・ヴァルタ。私の護衛です。でもそれは世を忍ぶ仮の姿で、本当の名前は……内緒です。後日の楽しみとしておきましょう。

彼女は護衛と言うだけあって武術が得意です。剣術ならサラさんと互角の勝負ができます。頭も良いです。この1ヶ月、彼女はワレサさんと何やら難しい話をしていました。まさに文武両道の人です。

最後に、私が勉強会に参加します。5人で勉強です。

「あ、エミリア、あなたも何か私たちに教えてよ」

この学校でこんなにも友好的に話しかけてくれるのはサラさんだけです。他の人にも敬語や様付けするのはやめてほしいと言ったのですが、なかなか従ってくれません。くすん。

「でも私、教えられることなんて……」

サラさんやユゼフさんのように飛び抜けて得意なものがあるわけではありませんし。

「それではエミリア様、私たちに魔術理論のご教示をしてくださいませんか？」

と言ったのはマヤ。魔術理論ですか……確かにそれなりに得意ですが……。

「魔術を教えてくれる人はココにはいないですから、丁度いいと思いますよ」

ワレサさんがマヤの意見を支持しました。で、でも私、人に勉強教えたことなんて……。

「大丈夫ですよ。最初からうまく行くことなんてないのですから」

うーん……。でも、私だけずっと教わる側なのも嫌ですね……。

「な、なら、私でよければ皆さんに魔術の授業を……」

こうして私は魔術の先生になったのです。

来年から、魔術研究科にでも行きましょうか……。

◇◆◇◆◇◆◇

この大陸には、帝国と名乗る国は4つある。

東大陸帝国、西大陸帝国、キリス第二帝国。そして、オストマルク帝国。

帝国を名乗る条件は明瞭である。即ち、大陸帝国を支配していたロマノフ皇帝家の血筋を引く者が統治する国家、ということである。

オストマルク帝国の現在の皇帝はフェルディナント・ヴェンツェル・アルノルト・フォン・ロマノフ＝ヘルメスベルガーⅣ世。大抵の人間はこの名前を「長い」と感じるのだが、この国の皇族ではむしろ普通である。

オストマルク帝国は前世で言う所のオーストリア＝ハンガリー二重帝国、そしてユーゴスラヴィア等があった場所に位置し、そして前世でもこの世界でもこの国は多民族国家である。ひとつの国の中に10近い民族が住んでおり、すべての民族は皇帝の名の下にみな平等であるとされている。

そしてオストマルク帝国は、かつて反シレジア同盟に参加していた。

◇　◇

ここはオストマルク帝国の帝都エスターブルク。華やかな街並みを持つその城塞都市の中心にはロマノフ＝ヘルメスベルガー皇帝家が住む広大な宮殿がある。

今日ここでは、皇帝フェルディナントの40歳の誕生日を祝う盛宴が開かれていた。

「シレジア王国と言えば妙な噂を聞きましてね」

そう口を開いたのは帝国の内務大臣補佐官のコンシリア男爵だ。右手にはワイングラスを持ち、彼も少し酔っていた。

貴族の噂は大抵、他の貴族が流したものである。貴族特有のネットワークによってその噂は貴族社会を駆け巡る。駆け巡る過程で情報は劣化し改変されていくものだが、貴族の中ではその噂を内外に流すのがひとつの仕事と化している。

「ほほう？　どんな噂かな？」

コンシリア男爵の語る「噂」に興味を持ったのは、資源省次官のウェルダー子爵。

「いやぁ、あくまで噂なのですが……。シレジア王国の王女……名は確かエミリア、でしたかな。その王女が士官学校に入学したそうです」

「それはそれは、突飛な噂だ」

子爵の言うことはもっともである。

シレジアの王女はまだ10歳、そのような幼子が士官学校に入った、などという噂はにわかには信じ難かった。

「あくまで噂です。おそらく、似たような名の人間が入学しただけなのでしょう」

「だろうな。もしそうだとしても、長くは持つまい。シレジアの士官学校が並の士官学校であればの話だが」

どこの国でも士官学校と言うものは厳しい訓練が待っている。箱入り娘たる王女がその生活に耐えられるはずがない。そう彼らは考えたのである。

「だがシレジアも先の戦争で人材が不足してきているという話だ。そういう一面があるやもしれんな」

「そうですな。なんせ１万の将兵を失ったそうですから」

「だが我が国にとっては喜ぶべき結果かもしれん。彼の国はもはや外征することはできないだろう」

「ゆっくりと滅亡を待つだけ。問題はどこの国が滅ぼすか、ですかな？」

シレジアをどこの国がどのようにどれほど奪うのか、これがこの時代の流行《トレンド》である。

「おお、そう言えば私もシレジアに関して妙な噂を聞いたたな」

「おや、子爵もですか」

「あぁ。シレジアのフランツ国王の弟であるカロル大公が、東大陸帝国と繋がっている……という噂だ」

「……これまた、そちらも随分大層な噂ですな」

「シレジア国王フランツの弟、カロル大公は公明正大・文武両道で名君たる素質を持つ人物であると聞くが、意外とそういう一面もあるやもしれんな」

「しかしあくまで噂でしょう?」

「あぁ、あくまで噂だ」

そう言ってコンシリア男爵とウェルダー子爵はこの話題を打ち切り、次の話題に移った。

◇　◇

祝宴会からの帰途、馬車の中で彼は熟考していた。先ほど聞いた噂。酒の席で、なおかつ出所不明の噂であったが、彼には全くの嘘とは思えなかった。

このような噂は、多分に真実を含んでいるものである。

シレジア王国の次期国王候補が東大陸帝国と接近している。そしてその政敵が、なぜか士官学校に入学した。もしこれらが本当であれば、それは憂慮すべき事態ではないだろうか、と彼は考えた。

すべて事実ではないとしても、彼にとって調査すべき情報である。

「……御者、外務省本庁舎に行ってほしい」

「かしこまりました」

彼は、彼の直属の上司に、このことを相談せねばならない。

「あの国に今滅亡して貰っては困るからな」

彼が放ったその呟きは、揺られる馬車の音に紛れてしまい、誰に聞こえることもなく夜のエスターブルクの街の中に消えていった。

◇　◆　◇　◆　◇　◆　◇

今俺は学食で昼飯を食っている。むしゃむしゃ。

今日のメニューは山菜クリームシチューとライ麦パン。あぁ、お米が欲しい……。やっぱりこの世界でも地中海方面に行けばパエリアとかリゾットとか食えるんだろうか。贅沢を言えば醤油と味噌も……あと生魚と生卵も頼む。

シレジアの料理はなぜかキノコ料理が多い。マッシュルームとかシイタケとか。時には漬物にもキノコが入ってる。あとこの、なんだ、キャベツの酢漬け《ザワークラウト》みたいなの。旨みのある酢の味じゃない単に酸っぱいだけのキャベツになってる。これ美味しいと思ったことないんですが。生でくれ。でもなぜか定番メニューで何を頼んでもこれがついてくる。トンカツの脇にあるキャベツみたいに。

と、俺は脳内で散々シレジア料理にケチをつけているがこの国の料理は嫌いではない。好きでもないが。米と醤油と生魚と生卵が欲しいです先生。

そんなくだらないことを考えていたら、目の前の席に長身の女性が現れた。

「隣良いかな？」

と言いつつ許可を出してない内に座るのはやめてくれませんかねヴァルタさん。別にいいけど。

「どーも」

「浮かない顔してるね」

俺この人苦手なんだよなー。怖いし。あと怖い。ついでに怖い。主に顔が怖い。笑えば美人だと思うが、残念ながら笑ったところを見たことがない。

「今陰鬱な気分なんで」

「どうして？」

「今日はサラの馬術の授業だからです」

いやホント俺にだけ厳しいからなサラさん。殴る蹴る水球《ウォーターボール》をぶっ放すは当たり前。おかげで痛みに慣れてしまった。

「じゃあ私が馬術の指南をしてあげようか」

「結構です」

ヴァルタさんも、最近はサラに代わって俺らに剣術を教えてくれているのだが……これも結構厳しい。サラみたいに殴る蹴るがないだけマシなのかもしれないけど、じゃあどっちが良いかと問われると「どっちも嫌」になるのだ。

「つれないね」

「私は高級魚なんでそれなりのエサと釣竿じゃないと釣れませんよ」

すごいつりざおじゃないと釣れない仕様です。

「それで、ヴァルタさんは護衛役サボってるんですか。エミリア殿下のお姿が見えませんが」

「サボってはいないよ。休憩中なだけだ」

サボりとどう違うんだろうか。

「殿下は今、サラ殿と一緒にいる。彼女なら大丈夫だろう」

「サラなら熊を2、3頭素手で殴り殺せますからね」

そう言うとヴァルタさんは少し笑った。今の冗談が多少ツボに入ったようだが、俺は冗談で言ったつもりはなかった。いや、サラって本当にそれやりそうじゃん。そのうちグッと睨みつけただけで人殺せるようになるんじゃないだろうか。

「あとノヴァククんもいたよ」

「……誰でしたっけそれ」

「ラスドワフ・ノヴァク、ラデックと君は呼んでたね」

あぁ、ラデックか。もうあいつの事ずっとラデックって呼んでたから本名忘れてたわ。うん。覚えた。ラスト◯ーダーだよね。

「って、ラデックが一緒ってまずいような」

「……そうなのか？」

ヴァルタさんの眉がピクリと動いた。うん、これは警戒し始めた証だな。

まぁラデックは間違いは起こさないと思うよ。たぶん。生きるか死ぬかの瀬戸際の時に童貞気にする男だけど。ラデックならすぐに卒業できると思うんだけどなぁ。イケメンの無駄遣いだ。俺にくれよその美貌。

「まぁ、大丈夫でしょう。上半身は信頼できますから」

「少し引っかかる言い方をするね君は」

ラデックさん、がんばってヴァルタさんから逃げ延びてください。菊の花買って待ってます。それとも彼岸花の方がいいですか。百合でもいいかしら。

「しかし、君は年齢不相応なことを言うね」

「そうですかね？」

それは年齢にしては下《しも》の話をよくするから？　それともそれ以外の意味で？　それ以外の意味なら御宅の主君も年齢不相応だと思うけど。

「あぁ、君は良く物事を考えている。さすが頭だけは良いと言われてるだけあるな」

「喧嘩売ってるんですか」

喧嘩売るんなら買うよ？　そしてサラあたりに転売するよ？

「半分褒めてるのさ」

「……残りの半分は？」

「呆れてる」

「なるほど」

いっそ10割呆れられてた方がいろいろ楽だったんじゃないかと思う。

「そんな頭の良い君と少し話したいことがあってね」

「なんです？」

今までのは前座か。

「この国についてさ」

なんとまぁ壮大な。

でもエミリア殿下の境遇考えるとそうでもな……いややっぱり壮大だよ。

「範囲が大きすぎますよ」

「ではもっと絞ろうか。この国、今後どうなると思う？」

絞れてない気がするんですがそれは……。

「どうと言われてもですね」

なんて答えるのが無難だろうか。正直に「この国は間もなく滅亡する！」と言ってしまうのもどうかと思うし。危機的状態にあるくらいで留めていた方が良いかもしれない。

「私は、この国は遅かれ早かれ滅亡すると思ってる」

ヴァルタさんは隠そうともせずそんなことを言う。え、言っちゃっていいの？

「おや、意外そうな顔をするね？　てっきり君はこの結論に辿りついてると思ったのだが」

「あの、私はまだ10歳……あぁいや、もうすぐ11歳でした。でも、まだ11歳弱ですよ」

あと一週間もすれば11歳の誕生日だ。今の今まで忘れてたけど。

「11歳か。でも私は君のことを20歳超えてると感じてるよ。文章だけでやりとりしていたら、恐らくみんな君の年齢を10歳ほど勘違いするだろうね」

「意味がわかりませんよ」

「そうだな。私もわからん」

わからないのに言ったのかよ……。まぁ、ヴァルタさんの言う通り俺は20歳超えているんだけどね。俺の今の年齢は10歳と251ヶ月だから。

「で、なんでしたっけ。滅亡するんですか？」

「すると思う。いつになるかは知らないが」

「根拠を聞いても？」

「言ってもいいが、君はとうに気付いてるんじゃないか？」

11歳の少年に何を期待してるのだろうかこの人。

「よし、では戦略99点のワレサくんに質問だ。この国の、国防上の問題点はなんだ？」

「……それは」

それは、この国はあまりにも軍隊が少ないことだ。

シレジア王国軍の戦力は平時15個師団。1個師団1万人だとすると約15万人だ。それを東西南北の各国境に均等に配置している。つまりそれぞれの国境に配置されているのは4個師団程度、ということ。カールスバート戦争前はもっと軍隊を持っていた気がするが、戦争による不況と財政難でやむを得ず軍の規模を縮小してしまったらしい。

一方、そのカールスバート共和国軍は平時20個師団、軍事政権に移行後は30個師団と推定されている。シレジアよりも国土が狭い国に、シレジアの倍の軍隊が居るのは脅威だ。

東大陸帝国はもっと凶悪で、平時400個師団とも500個師団とも言われている。とても広い国なので結構散らばっているが、それでもシレジアとの国境には少なく見積もっても20個師団は張り付いてる状況だ。

さらに西のリヴォニア貴族連合や、南のオストマルク帝国などの国とも国境を接している。これらの国も平時70～80個師団の軍隊を保有しているため、シレジアが負けるのは必至だ。

シレジア王国は、国境線が長い割には保有している軍の規模があまりにも小さい。

でも軍拡はこれ以上できないだろう。軍拡しても、それを支えるだけの経済基盤がないのだ。この国に必要なのは内政改革だが……それが成功する頃にはもう滅亡してるかもしれない。

「私も同意見だよ。この国は既に崖っぷちだ。少し背中を押しただけで奈落の底へ転落するだろう」

でもなぜかまだシレジアは生き残ってる。虫の息だけど。

「なぜ、この国はまだ滅亡していないと思う？」

「それは……やはり緩衝国家として存続してるのでは？」

俺がそう答えると、マヤさんは深く頷いた。どうやら、彼女の持つ答えと近かったらしい。

緩衝国家。

大国と大国に間に位置し、大国同士が真正面から衝突することを防ぐ、言わば壁の役割を持つ国。

シレジアは、東大陸帝国、オストマルク帝国、リヴォニア貴族連合という軍事大国に囲まれている。これらの国は皆反シレジア同盟参加国だが、元々仲が良いと言うわけではない。あくまでシレジアと言う共通の敵がいたからこそ肩を並べてシレジアをフルボッコにしたのだ。

そこで、シレジアが滅亡したらどうなるか。滅亡してこれらの国に分割されたらどうなるか。

答えは簡単だ。

「シレジアを戦場に、この3ヶ国は血みどろの戦争を始めるだろう。旧シレジアの民衆を盛大に巻き込んでね」

彼女は、冷たくそう言い放った。

でも、それは俺も思ったことだ。この国は危機的状況にある。前世日本みたいに、海という自然の障害があるわけではない。国全体が平坦なシレジア王国には、身を守るための自然的障害物が少ないのだ。そう言った障害物がないということは、即ち軍隊を動かしやすいということ。もっと言えば、戦争に適した土地なのだ。

その時、ふと疑問が生じた。

「ヴァルタさん、なんでこんなことをわざわざ聞いたのですか？　自分の中で結論が出ているのに、なぜ私に聞いたのですか？」

わからないから聞いただとか、俺に教えるために聞いたとかならわかる。でも、聞いての通りヴァルタさんはその結論を既に持っていたし、俺もすぐに導き出せた。

なら、なぜ聞いたのだろうか。そう思ったのだ。

「……確認したかったのだよ」

「確認？　私がわかっているかですか？」

「違うよ。私の観測が間違っていていてほしいという確認さ。でも君の反応を見るに、どうやらこれは正解だったようだ」

　マヤ・ヴァルタと言う人間がこんなにも落ち込んだ表情を見せるなんて、すこし意外だった。こう言っては失礼だが、女番長的な雰囲気を醸し出している彼女が落ち込むなんてありえないと思ったのだ。

「なぜ、確認なんてしたのです？」

「……なぜだろうな。自分でもわからない」

　彼女は相変わらず沈鬱な表情をしている。どう声を掛けていいかもわからず、ただ彼女の言葉を待ち続ける他なかった。

　数分後、彼女はポツリポツリと自分の心情を吐露してきた。

「私がエミリア様の護衛に選ばれたのは、偶然ではないのだ」

「……それは、確か陛下……失礼、彼女のお父上からの命令らしいですね。選考によるものではなく、直々に命令を受けたと言うことですか？」

　エミリア様は王族という身分を隠して入学してきている。下手に国王陛下の事を口に出すのはまずいだろう。そんな俺の失言に構わず、ヴァルタさんは話を続けた。

「そうだ。私は、エミリア様と親交があった。歳の差は7つ程あるが、友人だったのだ」

「……なるほど、少し事情がわかりました。それにヴァルタさんが私に『確認』をしてきた理由も」

ヴァルタさんはエミリア様と交友があった。どれほどの付き合いだったのかは想像に任せるしかないが、恐らく長く深い付き合いだったことは確かだ。彼女の様子を見ていると、おそらくは対等の友人ではなく主従の関係に近かっただろう。だが、それは今重要ではない。

「ヴァルタさんは、エミリア様に幸せに生きて欲しい。王族としてでなくても良い、1人の少女として幸せに生きて欲しい。そう思っている」

「……」

ヴァルタさんは黙っていたが、たぶんアタリだろう。

エミリア様、いや第一王女エミリア殿下はこのシレジア王国の状況を憂えて、そして国民を守るために士官学校に入学してきた。それが王族の義務だと信じて入学してきた。

でも、ヴァルタさんとしてはそうなって欲しくなかった。一少女として幸せに生きて欲しい、そう思ったのに、エミリア殿下の方から戦いに身を投じたのだから。

この国の状況を聞いたのは、もしかしたらこの国はまだ大丈夫かもしれない、だからエミリア様もまだ大丈夫だと自分に言い聞かせるために、戦略99点の俺に「確認」をしてきたのだろう。ま、それでも途中でヴァルタさんが結論を言ってしまったから、一縷の望みなんてないと自覚していたのだろうけど。

ヴァルタさんはまたしても数分ほど沈黙し、そしてやっと口を開いた。

「君は本当に、11歳だとは思えないな」

「残念ながら、正真正銘、大陸暦621年生まれですよ。なんなら身分証見せますが？」

「いや、大丈夫だ。疑ってはいないよ。むしろ疑っているのは、私のどうしようもない感性の方かもしれないな」

「感性？」

「あぁ。6歳も年下の人間にこんな話をするなんて、私も焼きが回ったものだ」

「いや、17歳ならまだ若いでしょう」

「そうかな。でも普通の人間なら、11歳の人間を20歳と誤認して、そして兄に相談するかのように己の心情を打ち明けることはしないと思うがな」

彼女は自嘲気味にそう言うと、所用と称して食堂から退室していった。その背中は心なしかいつもの彼女らしくもない頼りないものだった。

それなりに広い食堂には、気がつけば俺と、俺の手元にある完全に冷めたシチューだけが残されていた。勿体ないから食べるけどさ。

この国はいったいどうなるのか。

案外、俺が士官学校を卒業する前に滅びを迎えるかもしれない。

でも確かに言えることは、みんな国がどうとかじゃなくて、大切なものを守るために戦っているということなのだろう。エミリア殿下も、ヴァルタさんも、そして恐らくサラやラデックも。

俺も、大切な何かを守ることができるのだろうか。

そう思いながら、俺は冷めたシチューの最後の一口を渇き切った喉に無理矢理通した。


1週間後の、大陸暦632年5月7日。

この日俺は、11歳になった。正確に言えば11歳と240ヶ月だが。

わーい誕生日だー。でも素直に誕生日が喜べない。誕生日と言っても祝ってくれる人いないし、というかそもそも知ってる人いないし。教えるつもりもないけど。

それにさっきも言ったが前世分加算すると俺は30を超えている。大人の階段どころかオッサンの階段を昇ってるわけでして。この年代になると、誕生日を迎えることが辛《つら》くなるのだ。

世間一般の普通の11歳ならこんなこと絶対考えないだろうけど。

あーもー、酒飲んで寝たい。が、士官学校を卒業するまではダメらしい。そもそも飲酒可能年齢に達してるかどうかもわからんし、そもそもそんな概念があるのかどうかも不明。王女護衛の時にスピリタスひったくればよかったかしら。

そして誕生日は何事もなく終了し、翌5月8日のこと。

いつも通り第3組の教室に余裕を持って登校すると、そこにはなぜか机の上に伏せてウンウン唸っているエミリア殿下がいた。

「あのー……エミリア殿下？　何をなさってるんです？」

「殿下って呼ばないで下さいぃぃ……」

あ、なんかこれもうダメだな。

王女殿下、もとい公爵令嬢はむくれてた。うんうん、可愛いと思うよ。で、何これ。

「むー……」

エミリア殿下はそのまま机に突っ伏した。これは本当に王女ですか？

最近のエミリア殿下は日を追うごとにカリスマ性が漸減《ぜんげん》している気がする。緊張の糸が緩んできたのか、それとも誰かの雰囲気に毒されているのか。

うん、この状態の殿下からは情報を得られそうにもないな。

あたりを見回してみるとヴァルタさんがばつの悪そうな顔をしていた。なるほど、こいつが原因か。一見有能そうな顔をしているが、彼女は意外とポカもする人間なのだろうか。

でも王女の側近という立場じゃ一度のポカが命取り。であれば、やることはひとつ。

「エミリアで……様、護衛役がポカをしたようですけど気に病むことはありません。クビにすればいいだけなのですから」

「おい!?」

ヴァルタさんがごちゃごちゃ言ってるけどこの様子だと彼女が悪い。反省してもらわねば。

「マヤ、退職金の心配はありません。自由に身を処してください……」

「エミリア様まで!?　何を仰られるのですか!?」

エミリア殿下が悪乗りしてきた。声が半分本気なのはきっと気のせいとか気の迷いだとか多分その辺だろう。

「おいワレサくん、あまり変なこと言わないでくれ！　第一私は何も……」

「何もしてないって顔はしてませんでしたよ？」

「ぐっ……」

なんか「っべー、失敗しちゃったわー、面倒だわー」って顔してたよ？　俺の目はごまかせないよ？　まぁこのままにしておくのは（殿下が）可哀そうなので、ヴァルタさんから事情、もとい言い訳を聴くとしよう。状況によっては被告人聴取と言い換えてもいいかもしれない。

「で、何があったんです？」

それは昨日の出来事。

サラ大先生から弓術の指南を受けた後のお話。

ヴァルタさんが、エミリア殿下に「会わせたい人物がいる」と言ったそうだ。エミリア殿下は不思議に思いつつも、彼女を信頼して言うことを聞き、その人物に会うことにした。

知っての通り、ヴァルタさんはエミリア殿下に内緒で殿下の今後の為のコネ作りをしていた。そしてこの学校では割と有名な人に会わせようとしたそうである。なんでもその人は、昨年の9月に退学した伯爵家の御子息の友人だそうで、そいつも王国で重要ポストについている貴族の長男なのだそうだ。

……うん、ここでだいたい察しが付くね。それと悪い予感しかしないね。なんでだろうね。

待ち合わせ場所は魔術演習場の裏、あまり表沙汰にはできないことなので人目につきにくい場所を選んだらしい。

で、そこにいたのは王女殿下に会わせたい人物と……なぜか呼んだ覚えのない知らん奴数人。

彼らは王女殿下にコネ作りと称してナニをさせようとしたらしい。

相手は年頃の女子２人、そしてヴァルタさんが殿下の身分を必要以上に隠していたために、彼らは軽挙に出たのである。哀れな。無論、哀れなことになったのは殿下らを襲おうとした貴族の息子連中の方だ。彼らはヴァルタさん１人に返り討ちにされた。たぶんこいつら昨年の９月から成長してないと思うんだけど気のせいかな？

だが問題は、ヴァルタさんに対するエミリア殿下の信頼が完全に地に落ちたということだ。

そんな経緯をその元凶であるヴァルタさんが、所々言葉を変え遠回しに表現しながら俺に教えてくれた。なるほどなるほど。

「エミリア様、この役立たずを即クビにしましょう」

「待て待て待て待て待て」

相手も悪いがこういう状況を想定できなかったヴァルタさんが悪い。というか退学になった人とつるんでた奴とコネ作りとか何考えてるんですかね。

「今すぐ王宮に手紙を書いて新しい護衛役を入学させませんと……。でも手続きとかが大変そうですね……」

王女殿下はかなり真面目に護衛の更迭《こうてつ》を検討していた。そういう容赦の無さは将来の宮廷内闘争や政務・軍務において必要になるので良い傾向かもしれない。うん。

「こ、この不手際はいつか必ず償います！　ですから、あのどうか、お見捨てなきよう！」

ヴァルタさんも必死だな。そりゃそうか。給料貰えなくなるかもしれないもんな。

「で、その秘密裏に会った人とはどなたなのです？」

だいたい見当はつくけど、具体的な名前とか身分は知らんからな。

「あ、あぁ……。財務尚書グルシュカ男爵の長男、ピョートル・グルシュカ殿だ。なかなかの切れ者らしく、エミリア様のお役に立つと思ったのだ」

「あー、えーっと、どんな容姿ですか？」

「あぁ？　容姿？」

「えぇ、知ってる人かもしれませんので」

「そうなのか？　容姿は……そうだな、眉目秀麗と言った感じのお方だった。見た目だけだとなかなか人の好さそうな感じだったのだが」

あー……思い出した。サラに木の棒で顔面強打された挙句に苦しみもがいて転がってる時に腹を思い切り蹴られた残念なイケメンだわ。顔面の怪我治してイケメンに戻ったのかね。てか反省もせずタルタルソース先輩の地盤を受け継いで自分が悪の親分になったのか。救いようのない男だ。

「知ってるのなら、君の方から何か言ってくれないか」

「私が言ったら逆効果だと思いますよ……」

なんてったたって仇みたいな間柄だしな。もう1回会ったら、たぶん喧嘩じゃなくて殺し合いになると思う。前世日本人らしく俺は平和主義を貫きます。

とりあえずヴァルタさんにはグルなんとかさんとのコネ作りは諦めた方が良いと助言しておく。

あいつとつるんでたタルタルソース先輩は女子寮に無断で侵入しようとした変態だ、って教えておけば考えも変わるだろうな。

エミリア殿下との仲は……ご自分で何とかしてください。まぁたぶん何とかなるでしょう。保証はしないけど。

というような事情をとりあえず当事者だったサラに言ってみた。

「で、何回殴っていいの？」

殴ることは決定事項らしい。

「落ち着いて。殴ったら問題になる」

「なんでよ！」

「相手が男爵家の嫡男だからだよ。下手に殴ったら何をされるかわからない」

「でもユゼフも伯爵の息子退学に追い込んだじゃない」

「いや、そうだけどさ……」

退学に追い込んだのは復讐を防ぐためのやむを得ない措置だ。もう1回やれと言われても俺はやりたくないよ。

「じゃあさ、エミリア立会いの下なら問題ないんじゃないの？」

ナイスアイディア！　と言わんばかりのいい笑顔で提案してくるサラさん。見ようによっては人を殴りたくて仕方ないみたいな感じになってる。

「え？　エミリア様の？」

「だってエミリアは大層なご身分じゃない。エミリアが許可してくれれば男爵の息子くらいコテンパンに」

「いやエミリア様は一応公爵家の令嬢として来てるわけで……」

「公爵も男爵よりは偉いわ」

「あぁ、そうか。なら問題……いや、やっぱあるよ」

「なんでよ」

「心証の問題だよ」

公爵令嬢が男爵子息をいじめてる、なんて噂されたら困る。コネ作りの上でも、エミリア殿下の今後の学校生活の為にも。

今の所はまだ男爵子息が悪いけど、過剰に反応してしまえば相手を利するのみ……。難しいねぇ。

「とりあえず、男爵とのコネ作りはやめるしかないさ。どうせ半年もすればあいつらは卒業するし」

「なんか納得いかないわね」

「俺も納得してないけどさ、どうにもならないよ。それに、今はむしろエミリア様と護衛の関係の方が問題だと思うけどね」

「そう？」

「うん。なんか気まずい感じになってる」

なんとかして関係修復――と言うより仲直りに近いかな――させないと、めんどくさいことになりそうだ。

◇◆◇◆◇◆◇

今日は居残り授業で初めて私が教える番だそうで緊張します。先週は、その、男爵子息の問題があってできませんでしたから、今日が初めてになります。

あれからと言うものの、マヤはションボリしています。サラさんは私とマヤの仲を修復しようと何かと首を突っ込んできています。嬉しくはありますけど、でも少しやり方が雑ですね。もう少しスマートにやった方が効果的だと思いますが、でもそれだとサラさんらしくありませんね。

そもそも私は、マヤに対して怒ってはいません。失敗は誰にでもあります。私の人生も失敗だらけでしたし。

それにマヤは私を助けてくれました。私の身は無事なのですから、失敗をこれ以上責めようなどとは思いません。

気に入らないのは、マヤが「私の今後の為のコネ作りをしようと企んでる」事を今の今まで隠していたことです。なんで言ってくれないのですか。せめて相談くらいしてくれればよかったのに。

だから年甲斐もなくマヤにきつく当たってしまいました。気まずいですから、早くなんとかしたい……でもタイミングが摑めません。

どうしましょう。

◇◆◇◆◇◆◇

「え、えーっと、みなさんは今日《こんにち》使われている基礎魔術理論はどなたが構築されたかご存知ですか?」

「誰だっけ?」

前に俺が教えたはずなんだけどなー。忘れられてるのかしら。

「ゲオルギオス・アナトリコン。キリス第二帝国初代皇帝だな」

「ラデックさん正解です。元は大陸帝国皇帝の第三子で、大陸帝国から初めて独立を宣言した人でもあります」

政治の天才、戦争の天才、あるいは政戦両略の天才と言われる指導者と言うものはそれなりにいるものだ。だが科学や魔術の研究に秀でた者にして国の指導者、ってのはなかなか聞かないな。俺が無知なだけかもしれないけど。

例えるならエジソンがアメリカ大統領やってるイメージ。いやちょっと違うかな。ドクター○松が総理大臣やってると例えた方が良いかもしれない。

「彼の逸話には色々と面白い物がたくさんあるのですが、今回は関係ないので省きます。彼の研究成果である『基礎魔術理論』は、言い換えると『人はどうして魔術を扱えるのか』ということです」

「なるほど、そういうことだったのね」

サラが理解してるって結構珍しい。……俺ももうちょっとわかりやすい説明を心がけないとダメかな。色々喋りたい願望が強すぎて、グダグダになってしまうのだ。

「でもなんでそんなこと必要あるのよ。私は原理とか理論とか全くわからないけど、魔術はちゃんと撃てるわよ？」

「まぁ、そうですね。でもこの基礎魔術理論が完成されなければ、サラさんはおそらく一生魔術を扱うことはできなかったでしょう」

「どういう事よ」

「はい。元々魔術と言うものは、限られた人しか使えない、神から授けられた奇跡の力だと信じられてきました」

この辺の事情は前世と一緒だな。神の代行者だか預言者だかがこの世のものとは思えない不思議な力で海を割ったり全盲の老婆に光を与えたりした。

「魔術理論構築前、この大陸はそう言った奇跡の力を持つ者を集め、そして魔法兵士として登用しました。積極的に魔法の力を使ったのが大陸帝国で、それが大陸統一の原動力となったという説もあります」

無論魔法使いを戦争に投入したのは大陸帝国が最初じゃない。だけど、大陸帝国初代皇帝ボリス・ロマノフは、その魔法使いを集中運用し、魔法兵集団が最大限の力を発揮できるような戦術を編み出したのだ。これがボリス・ロマノフが天才と言われる所以《ゆえん》でもある。

「でも、そんな強い力だとわかってるなら、もっと早く魔術の研究進んだんじゃないの？」

「いえ、そうはなりませんでした」

「なんで？」

「大陸から戦争がなくなったからです」

「？」

前世においても科学の進歩と戦争は切り離せない関係にあった。例えばコンピューター。アレはもともと砲弾の弾道を計算するための機械だった気がする。

この世界でもそれは言えるようで、戦争がなくなって平和になった大陸では魔法の研究が行われなくなった、あるいは鈍化したのだそうだ。

「そんな中生まれたのが……」

「ゲオルなんとか？」

「そうです。ゲオルギ・ロマノフ。第32代大陸帝国皇帝アレクサンドル・ロマノフの三男にして、後のゲオルギオス・アナトリコンと呼ばれる人です」

そんでなんだかんだあってゲオルギは魔術理論を完成させ、またなんだかんだあってキリス第二帝国を作ったわけだ。

軍事的な観点から言えば、ゲオルギオスは自ら作った魔術理論によって、魔法の才能のない者でもある程度魔術を扱えるようにできる教育方法も発明した。才能ある人を集めただけの東大陸帝国軍と、威力はまだ弱いがほとんどの兵士が魔術を使えるキリス第二帝国軍。どっちが強いかは言うまでもない。

「今日、シレジア初級学校で教えている初級魔術教育は、このゲオルギオスの基礎魔術理論と教育方法を基にしています。初級魔術の無詠唱化も、この基礎魔術理論を基に達成されましたし」

「へー……。でも、なんで国民全員に初級魔術を教えるの？　結構危険じゃない？」

サラさんの疑問はもっともである。全員が初級魔術「火球《ファイアボール》」を使えるってことは、全員が火炎瓶を常日頃持ち歩いてる様なものだ。想像してみると結構恐ろしい。

でも、それでも国民全員に初級魔術を教える意味は大きいと、エミリア殿下は言う。

「国民全員が初級魔術を扱える利点は主にふたつあります。ひとつは軍事的な利点、もうひとつは産業的な利点です。順に説明しましょうか」

まずは軍事的な利点について。まぁこれはわかりやすい。国民全員が初級魔術を使えるということは、戦時においてそれなりに戦力になる兵士を多く揃えることができるということだ。

初級魔術を使えずただ槍を持っている槍兵と、威力が弱いとはいえ初級魔術を扱える槍兵。どちらが強いかは言うまでもなく、この違いが大陸帝国内戦におけるキリス第二帝国軍の快進撃を支えたのだ。

また初級魔術を扱える者をさらに訓練させると中級魔術を使えるようになる。これは、ほとんどの中級魔術が初級魔術を応用進化させてできたものだからだ。例えば初級魔術「水球《ウォーターボール》」を進化させると中級魔術「水砲弾《アクアキャノン》」に、「火球《ファイアボール》」を進化させると「火砲弾《イグニスキャノン》」になる。

「初級魔術と中級魔術の違いは、威力が段違いということです。中級魔術は直撃すれば敵兵を倒すことができる威力を持っており、戦闘で大いに役に立ちます。ですが無詠唱化に成功していませんので、詠唱による連射速度の低下という欠点はありますし、初級魔術よりはマシとはいえ命中精度も良いとは言えません。また、日々の訓練を欠くと忘れてしまうという欠点もあります」

それでも中級魔術の使い勝手の良さは戦場において重宝される。士官学校の卒業生は勿論、職業軍人は全員この中級魔術を扱えるのだ。

国民全員に初級魔術を教えることには、戦闘能力の高い兵を容易に集めることができるという軍事的な利点がある。一行で纏めるとこんな感じだろう。

「なるほどね……。じゃあ、ふたつ目の産業的な利点？　ってなんなの？」

「はい。こちらも難しい話ではありません。サラさん、料理はしたことはありますか？」

「……ないわ」

サラさんはちょっと悩んでからそう返答した。まぁ、彼女は結構料理とか家事炊事が似合わないと思う。どちらかと言うと旦那に作らせるタイプだろう。

「……ユゼフはあるの？」

そしてなぜか遠慮がちにこっちに話を振ってくる。料理ができないことがそんなに悔しいのだろうか。別にそんなに気にしなくても良いのに。お嫁さんになったら裸エプロンをするだけでオカズは用意できるからね。

閑話休題《それはさておき》。

「料理をしたことはないけど、手伝いならよくやってたよ。火球《ファイアボール》で火を着けて、水球《ウオーターボール》で鍋の中に水を入れて、そんでお湯を作ってゆで卵とかはよくやった」

「はい。今ユゼフさんが言ったことが、小さい事ですが産業的な利点の一例です」

「えっ、そうなの?」

「そうですよサラさん。例えば国民全員が水球《ウオーターボール》を使って水を調達できれば、井戸を掘る必要はありません。古代の帝国のように上水道を整備し、遠方の河川から水を確保する必要はありません」

これは結構すごいことだ。どこでもどんな時でも水が確保できると言うことは、たとえ飲料水の確保が難しい砂漠や海上でも容易に水分補給ができる。旱魃《かんばつ》もグッと減るだろうから農業生産は安定する。食糧供給が安定すれば、飢餓に苦しむ機会も減って人口も増える。治癒魔術もあるから怪我や病気で死ぬ人間も減る。

その結果起きたのは、大陸人口の激増だ。そのうち、魔術による工業も発展するかもしれない。

そう考えると、基礎魔術理論を完成させたゲオルギオス・アナトリコンはとても偉大な人物と言える。皇帝としては微妙だったらしいが。

だが、この基礎魔術理論の確立によってある弊害――と言って良いかわからないけど――が生じた。この大陸の科学技術が前世世界とやや異なる点、遅れている点が多い、というのがある。

ルネサンス三大発明と言われた羅針盤《コンパス》、活版印刷、火薬。それらの内、なぜか火薬だけ存在しないのだ。軍事的に最も重大な発明とも言える火薬、それがないため当然銃火器や爆弾の類も存在しない。魔術があるから発明されなかったのか、必要と判断されずに人々の記憶から消し去られたのかはわからない。

また産業的な部分についても遅れがある。と言うのは、この大陸では産業革命がまだ発生していないのだ。不思議に思っていろいろ調べてみたのだが、どうやらこの世界、石炭や石油と言った化石燃料の類が発見されていないらしい。化石燃料がないため、外燃機関が発達しない。あるのはごく初歩的な蒸気機関だけで、内燃機関なんてものは夢の中の世界だけだ。

以上余談。

「というわけで、前置きが長くなりましたが今からその偉大な基礎魔術理論を皆さんに教えます！」

「え？　今までのはなんだったの？」

今までのはただの魔術史ですよ。何一つ理論を教わってないよ。

「でもなんで俺らがそれ学ばなきゃならねぇんだ？　別に撃てるからよくね？」

「いえ、魔術の仕組みを理解できれば、新しい魔術の開発も可能になります」

「新しい女を開発するならまず相手のこと知らなきゃいかん、ってわけだな！」

童貞が言うとなんか悲しいものがあるよなこの台詞。そう言えばラデックもエミリア殿下に物怖じせずにフランクに話しかけるんだな。

エミリア先生はラデックの冗談（?）を無視して授業を続けた。

「え、えーっと、魔術発動の仕組みは、一般的には水に譬《たと》えられ……」

こうして基礎魔術理論の授業は日暮れまで続いた。そしてサラは撃沈した。初日からハードだったもんね、仕方ないね。

◇◆◇◆◇◆◇

はぁ、疲れました。人前で長々と喋るのは初めてなので緊張してしまいましたね。私はどうやら緊張すると早口になってしまうようです。おかげでサラさんが時々ぽかんとしてました。この癖は早めに直さないと駄目ですね。

「エミリア様、少しお時間よろしいですか？」

「はい？」

放課後の授業終了後、ワレサさんが話しかけてきました。はて、何のご用でしょうか？

「大丈夫ですよ」

「ありがとうございます。えーっと、人払いをお願いできませんか？」

「？　いえ、ここにいるのは私とマヤだけですよ？」

「ヴァルタさん抜きで、お話ししたいことがあるのです」

「はぁ……」

何の話をするのでしょうか。まぁ変なことはしないと思いますが。

「マヤ、すこし教室の外で待っててくれませんか？」

「……御意」

相変わらず彼女はよそよそしいです。むー。

彼女が扉を閉めるのを見計らってから、私はワレサさんに向き直ります。

「で、話とはなんでしょうか」

「ええ、ヴァルタさんについてです」

……その話が来るとは少し予想外でした。

「まだ、仲直りしてらっしゃらないのですか？」

「仲直りも何も、私と彼女は仲違いなぞしていません」

嘘です。早く仲直りしたいです。

「エミリア様はそう思ってるかもしれませんが、ヴァルタさんはそうは思ってないのですよ」

「？」

「彼女、ここ最近悩みっぱなしのようで、この世の終わりのような顔をしています」

……それは、気づきませんでした。そういえば、あれ以降私は彼女の顔をよく見ていませんでしたから。

「エミリア様、どうか彼女にご宥恕《ゆうじょ》賜りたく存じます」

「宥恕も何も、私は彼女の失敗を責めるつもりはありません」

「であれば」

「しかし、どうすれば良いのかわかりません」

私が謝るというのもおかしな話ですし、謝っても彼女が申し訳なく思うだけでしょう。

「簡単でございますよ」

「そう、ですか？」

「はい」

そんなに簡単な方法があるのなら私もすぐ思いつきそうですが……。

「では、その方法を私に教えてくれませんか？」

◇◆◇◆◇◆◇

「で、その簡単な方法って何よ」

翌日、サラに問い詰められた。壁ドンで。後ろの壁がミシミシ言ってるのは、おそらく気の迷いとか気のせいとかだろう。

どうやら彼女は、俺が殿下によからぬことを吹き込んだと思っているようだ。あの、サラさん、目が怖いです。あと顔近いです。

「いや、あの、言うから。ちょっとどいてくれます？」

「教えてくれたらね」

教えづらいわ！

「あー、うん、まぁそんなに難しい事じゃないんだよ。エミリア様がそもそも怒ってないってことがヴァルタさんにわかればいいいんだから」

「つまり？」

なんかぐいぐい来るね今日のサラさん。

「だから、うん。『助けてくれてありがとうって言えばいい』ってことで」

「ふぅん？」

そこで疑問持たないでくれます？

「上司から嫌味なく皮肉なく素直に褒められて喜ばない部下はいないから」

だから退いてくれると俺はサラさんに全力で感謝申し上げるよ。なんなら一生忠誠を誓うから、靴舐めるから許して。

「…………」

あのー？　なんか言って？

「あの、お2人とも何をしてらっしゃるんです？」

救いの女神、もといエミリア王女殿下降臨。

「あぁ、エミリア様、ご機嫌麗しゅう」

「……エミリア、おはよう」

エミリア殿下の後ろには満面の笑みのヴァルタさんがいた。わかり易いなオイ。

「ヴァルタさん、何かいい事でも？」

「いや、なにもないよ」

何もないような顔してないだろ！

「サラさん、何があったかわかりませんけど、ワレサさんが困ってるようなので、そろそろ許してあげてくれませんか？」

「……元々怒ってなんかないわよっ」

そう言うとやっと俺を解放してくれた。助かった……。おっと、忘れる前に。

「ん、ありがと。サラ」

「……な、なによ！　気持ち悪いわね！」

そう彼女は憤激すると、俺に向かって拳を向けて来……なかった。その代わり胸を軽く叩かれただけで終わった。おい、そんな中途半端なことするならいっそ殴って。

「なにこれ？」

そして最後に事情を知らない落ち担当ラデックが来た。俺もよくわからんぜよ。

◇　◇

シレジア王国は緯度が高いためか夏になっても暑くならない。日本みたいにじめじめしてないし日陰に入れば風が涼しくて大変過ごしやすく、住みやすい気候である。冬？　あぁ、うん、死ぬほど寒いけど。

でまぁ、なぜそんな話をしているのかと言えば、もう8月なのである。つまり入学してから約1年が経とうとしていた。

いろいろあったね。初めての実戦も経験したし、王女様と仲良くなれたし、サラには殴られてラデックからは嫌味を言われてヴァルタさんからは変な話をされ、そしてまたサラに殴られて……って、あれ？　碌《ろく》な人生送ってないような気がするのだけど気のせいかしら。

「ユゼフ、試験の結果どうだったのよ」

「まぁまぁ。サラとラデックは？」

「まぁまぁよ」

「まーまーだな」

下半期期末試験はもう終わった。全教科赤点回避。弓術で60点取れたのはサラ大先生の猛特訓のおかげである。訓練用の矢で射られたことも今となっては良い思い出だ。

でも第2学年からはそんな悩みとはオサラバ、俺が進む戦術研究科は剣術・弓術・馬術が統合されて単なる武術の授業になる。魔術も戦術理論重視になる。一方戦術・戦略・戦史の授業がパワーアップし、図上演習なんかもやるそうだ。過去に起きた会戦を図面で再現して「お前が指揮官だったらどうするね？」ってことをする。要はアナログな戦略・戦術シミュレーションゲームだな。実は結構楽しみにしてます。

「サラは剣兵科に行くんだっけ？」

「あぁ、あれはやめたわ」

「えっ」

なにそれ聞いてない。

「じゃあどこ行くのさ」

「騎兵科」

騎兵科……もしかして王女護衛戦の時のあれが影響してるのか？　と思ったら違った。

「エミリアに『騎兵が合ってる』って言われたから」

「え、そんだけ？」

「何か文句あんの？」

「ナイデス」

そんな安易に決めていいのかね。いや俺も結構安易に決めたけど。でも騎兵科ってエリートコースだよ？　大丈夫？　あと剣兵科の卒業試験云々だの騎士《カヴァレル》の心が云々の話はどこに行ったの？

まぁ、深く突っ込むのはよそう。こういう決断の早さが彼女の良い所でもあるし。

「ラデックは兵科、結局どうするんだ？」

「ん？　んー、どうしよっかなー」

「いやどうしようじゃねーよ。兵科選択の書類、今日提出だろ」

「決め兼ねてる」

「早く決めたら？」

ラデックは成績がみんな平均値だから決めにくいってのはあるよな。でも兵科選択については大学みたいに転科試験に受かれば後から何回でも変えられるみたいだし、適当でもいいんじゃないかとも思う。

とその時、サラに騎兵科を推薦した張本人がラデックの背後から現れた。

「ラデックさんは輜重《しちょう》兵科が合ってますよ」

「んぁ？　お、公爵閣下」

「私はまだ爵位は継いでませんよ」

「そうだったな。それで、なんで俺が輜重《しちょう》兵科？」

「ええ、それはですね……」

王女殿下がラデックに輜重《しちょう》兵科を勧めている。なるほど、こうやってサラを説得したのか。

「よし、んじゃ俺は輜重《しちょう》兵科にすっかな」

「お前も単純だな……」

そんなさっくり決めていいのか。輜重《しちょう》兵科って一番人気ないんだぞ？　卒業しても後方で事務関係の仕事ばっかだし、地味でお堅くて華々しさとは無縁な職場だぞ？　まぁ、本人が良いって言うなら良いか。補給の仕事も重要だしね。

「ワレサさんは何科なんですか？」

「ご存知の通り戦術研究科ですよ。書類はまだ出してませんが」

「ワレサさんにぴったりだと思います」

ここで別のを勧められるかと思ったけど違ったわ。いやここで「ワレサさんは弓兵科が似合うと思いますよ！」と言われても困る。弓に無駄に憧れてボールペンと輪ゴムで自作の弓もどきを作ったのは忘れたい歴史のひとつだ。

「エミリア様とヴァルタさんは何科なんですか？」

「私とマヤは剣兵科です」

「……剣兵科ですか」

「はい。もう書類は出しましたので、変更はできません」

「でも剣兵科の卒業試験……」

「存じております。でも決めたことですので」

そうか……王女様が直々に引導渡すかもしれないのか。相手にとってはむしろ名誉なのかもしれないが、本当にやれるのかね……。

「まぁ、私が言うのもなんですが、頑張ってください」

「はい、頑張ります」

エミリア様は良い笑顔で、そう答えた。

◇　◇

そして第1学年の最終日が来た。

第2学年になると基本的に兵科ごとにクラスが分かれることになり、寮室も変わる。

つまり俺とサラとラデック、そしてエミリア殿下とヴァルタさんはそれぞれ違うクラスになることは確定している。

同じ学校だし、会う機会は何度もあるだろう。だけど、やっぱりクラス変わると会わなくなるだろうな。授業が違うから居残り授業・自主練する意味もないだろうし。

「……」

「あの、サラさん？」

「………」

おかしい。さん付けしても何も言わないし殴ってもこない。

「何やってんだ？」

「あぁラデック、サラが死んでる」

「死んでる？」

「さん付けしても何も反応がないんだ」

「なるほど重症だな」

「だろ？」

サラの近場でそんなことを言い合う。彼女が生きていれば今頃俺に向かって蹴りが2、3発飛んで来て俺が重度の傷を負うことになるのだが、それもない。まさに借りてきた猫みたいだ。

少し心配になってサラの顔を覗き込んでみる。すると僅かに反応があり、こつん、とサラが俺の額を小突いてきた。

「今日は最後だから、これで許してあげるわ」

うーん……。こういう「突き」合いも暫くない、もしかしたら最後かもしれないと思うと……。

「最後だから思い切り殴られないとなんか気が済まないね」

マゾと言う訳じゃない。でもなんか消化不良な気がするのだ。

「……ばーか」

彼女はそう呟くと、拳を握り、でもやっぱり殴ることなく、俺の右肩を軽く小突くだけで終わった。

こうして、特に何もなく最終日が終了した。先生から「まぁ頑張れ」という大変有難い言葉を貰っただけだ。もっとなんかあるだろうと思わなくもないが、長ったらしいのは嫌いなのでこれで別に良いかもしれない。

「これでお前ともお別れだな」

「その言葉はまだ早いと思うよ。本当に別れるのは卒業の時だ」

「それもそうだな」

ラデックとそんな会話をする。

こんな会話もしばらくできなくなるのか。なんかこう……。

「お、ユゼフ、泣くのか？」

「こんなんで泣かないよ。泣くなら卒業式の時だな」

最後にもう1回殴りたくなるね。

そんな風にじゃれ合っていると、俺らの下にエミリア様とヴァルタさんがやってきた。

「あら、お2人とも揃って何をなさってるんです？」

「特に何もないですよ。ただ話してただけです」

これから話し合いが殴り合いに発展するかは不明だが。

「クラスが分かれると寂しくなりますね。短い間でしたが、ありがとうございます」

「お礼を言われるほど何かをした覚えはないですよ」

「うんうん。だって俺ら友達じゃん」

「そうでした」

よかった。エミリア様にとって俺は友達にカウントされてたのか……。

ちなみにエミリア様の、将来のためのコネ作りとやらはそれなりに進んでるらしい。まだ数は少ないが、卒業する頃にはそれなりの数にはなっているかもしれない。

「ラデックさん、ワレサさん。どうかお元気で」

「わかりました。あ、その前にエミリア様」

「はい？」

「今更なのですが、私だけ姓で呼ばれるのは少し……」

「あぁ……では、ユゼフさん、でよろしいですか？」

「はい。ありがとうございます」

「と言っても、もう呼ぶ機会はあまりないかもしれませんが……」

そうだなー。もうちょっと早く提案すればよかったわ。

「もう少し早く言えばよかったなワレサくん。いや、ユゼフくんと言えばいいのかな？」

「どっちでもいいですよヴァルタさん」

「私の事はマヤと呼んでくれないのか」

「嫌です」

「なぜだ」

怖いからですよ。と、言えるはずもない。

一方のヴァルタさんはちょっと寂しそうな顔をしていた。どうやら本当に期待していたようだ。

「それでは、私たちはこれで失礼します」

「ま、元気でな。ユゼフ・ワレサくん」

マヤ・ヴァルタさんはそう言うと、手を振りながら王女殿下と去って行った。

「あれって姓名どっちで呼ぶか迷って結局全名《フルネーム》で呼んだってことかね」

「そうじゃないの?」

ヴァルタさんって割と変人だよね。

「……じゃ、俺らも寮に戻って片づけでもするか」

「そうだね」


こうして俺らは第2学年に進級した。このメンバーが再び揃って肩を並べ、そして戦うことになるのは、それから約4年後の大陸暦636年の事である。

◇◆◇◆◇◆◇

——オストマルク帝国外務省　外務大臣執務室。

「閣下、例の件についての報告です」

「……ずいぶん時間がかかったな」

「申し訳ありません。滅亡秒読みの国家とは言え、さすがに王宮の警備は厳しかったもので」

「まぁ、仕方あるまい。で、どうだったのだ？」

「こちらが、その報告書になります」

閣下と呼ばれた男、オストマルク帝国の外務大臣は、部下から渡された、それなりに厚みのある一束の報告書を受け取った。内容は、隣国シレジア王国内の王位継承問題について。

「ふーむ……」

シレジア王国の王位継承問題は、依然水面下の出来事である。国王フランツはまだ壮健で、特に何か失政をしているわけではない。良くも悪くもない、言うなれば凡君であった。シレジア王国が亡国寸前でなければ、特に非難されることはないであろう人材である。

外務大臣が報告書を読み続ける中、部下は報告書の内容を補足する。

「現在、シレジアの大貴族のほとんどはカロル大公を支持している状況です」

「その大貴族に反発している一部貴族が国王派と言う訳か」

「左様です。現国王フランツを支持している貴族は案外多く、法務尚書や内務尚書を筆頭に、国王を支持している閣僚級の貴族も多くいるようです」

現在シレジア王国では国王派と大公派に分かれている。政治的な対立が背景にあると言われているが、それ以上に対立しているのは継承問題、つまり次期国王に大公がなるのか、第一王女がなるのかの問題である。

「国王派貴族が多いということは、国王暗殺という手を打つことはできないだろうな」

「おそらくは。もし大公派が下手に暗殺しようものなら国王派の反発を招くやもしれません。このような国際情勢ではカロル大公も内戦を避けたいでしょう」

カロル大公が最も早く確実に権力を握る方法は、国王を暗殺し、まだ幼く世を知らないと思われる第一王女を王位に就かせ、そしてその若すぎる女王の後見人となり国権を掌握することである。

だが大臣の部下が言ったように、カロル大公は貴族らの信義を完全には掌握しておらず、国王暗殺と言う方法を取ることができなかった。

国王を暗殺できないとなると、カロル大公が取れるのは現国王の「自然死」を待ち、その間に国王派の貴族を寝返らせるか、後継者たる第一王女を消すという方法しかない。

「やはり問題になるのは士官学校に入学したというあのお嬢様か」

「はい。未だ支持する貴族は少ないものの、フランツ自身が王女に王位を継がせることを望んでいる以上、国王派は殆《ほとん》ど王女派になるでしょう。また、王女も士官学校で確実に有力貴族との繋がりを持ちつつあると言います。大公としては、早めに排除したいでしょうな」

「ほほう。で、我が国としては誰に与するのが得策だと思うかね、大佐」

「……やはり、国王派、つまり第一王女でしょう」

「理由は？」

「報告書にもある通り、やはりカロル大公は東大陸帝国と何らかの形で手を結びたいと考えているようです。具体的に何を望んでいるかは不明ですが……」

「だが、大公にとっては心強い味方となるだろう」

オストマルク帝国周辺地域において、近年東大陸帝国の存在感が増しつつある。その筆頭がカールスバート共和国であり、彼の国は政変によって事実上東大陸帝国の属国に成り下がった。この上シレジア王国までもが東大陸帝国の軍門に降ってしまっては、オストマルク帝国にとって国防上看過できない事態となることは目に見えていた。

「カールスバート、シレジア、そして東大陸帝国相手に三正面作戦をして勝てるほど我が国は豊かではない。しかしシレジアとの協調が難しいのも確かだ」

だが下手にシレジア王国に介入してしまえば、カールスバートのように政変を起こされてしまうのではないかという懸念を、外務大臣は拭えなかった。

よしんばそこまでされずとも、多民族国家であるオストマルク帝国で民族運動を煽られてしまっては非常に厄介となる。

「リヴォニア貴族連合との協調は無理かね？」

「無理ではありませんが、彼の国は東大陸帝国と陸で国境を接しているわけではありません。手を結んだところで我々を助けてくれる保証はありません。それに、如何に彼の国と民族的な繋がりがあると言っても、歴史的なわだかまりがないわけではありませんから、妥協は難しいでしょう」

「ふむ……」

シレジア王国の西、カールスバート共和国の北西に位置するリヴォニア貴族連合は、ユゼフの言う前世世界においてドイツ帝国が存在していた場所にある。オストマルク帝国とリヴォニア貴族連合は、リヴォニア人が統治しているという点においては同じである。だが、オストマルク帝国が多民族国家であるのに対し、リヴォニア貴族連合はほぼ単一民族国家であるという違いがある。その違いから、過去に数度の対立があった。

だがオストマルク帝国と共に、あの大国と渡り合ってくれる国などそうそういないのも確かである。東大陸帝国の戦力は平時400~500個師団であり、平時80個師団を所有しているに過ぎないオストマルク帝国では太刀打ちできない数字である。そしてリヴォニア貴族連合もオストマルクと同程度の軍事力を保有しているため、頼りになるのは間違いなかった。だが現状では、協調できても対シレジア・カールスバートのみが関の山だと大臣は考えていた。仲が良い訳ではないオストマルク帝国のために、リヴォニア貴族連合が対東大陸帝国戦に踏み切るかとなるとどうも期待できない。

加えて、リヴォニア貴族連合には不確定情報とはいえ奇妙な噂が立っていた。それを憂慮した外務大臣は、彼の国との協調を諦めた。

「国境を接しているとなると後はキリス第二帝国だが……」

「ですが、あの国と同盟と言うのは……」

「あぁ、それこそ無理な話だ」

オストマルク帝国とキリス第二帝国は非常に仲が悪い。と言うより、現在進行形で紛争を抱えている状況である。大陸帝国内戦以降、数十回に亘《わた》って東大陸帝国と紛争を繰り返しているキリス第二帝国が、東大陸帝国と手を結ぶことはないだろうが、だからと言って我々と手を結ぶと言うこともしないというのが彼の判断だった。

やはり、シレジア王国をどうにかするしかないのではないか、外務大臣の脳内ではその意見が多数派となっていた。せめてシレジアを東大陸帝国に渡さず、できれば手を結ぶ。東大陸帝国に介入する隙を与えずにことを進める。果たしてそんな方法があるのか、そう思案していた時、彼はある情報を思い出したのだ。

それは別の部下からもたらされた情報であり、そして取るに足らない情報として処理された案件だった。その情報を思い出した彼は、執務机の引き出しからある報告書を出し、そして目の前に立つ「大佐」と呼ばれた部下にそれを渡した。

「大佐、これを見たまえ」

「東大陸帝国内の調査報告書ですか？　……閣下、これは」

「あぁ。この一件、使えるとは思わないかね？」

「……えぇ。ですが時間がかかります」

「どれくらいかかる？」

「おそらく、数年は」

「ふむ……。まぁ、それくらい時間がかかるのは仕方あるまい。だがあの国も暫くは動けまい。国内経済の問題もあるし、キリス第二帝国との紛争が再燃したそうだからな。急ぎ過ぎて失敗しないように」

「わかりました。すぐに準備にかかります」

「うむ。成功を祈るよ、大佐」

オストマルク帝国外務大臣の策略が実を結んだのはこの相談の4年後の、大陸暦636年のことであった。

◇◆◇◆◇◆◇

早いもので士官学校ももうすぐ卒業、俺も15歳になった。

戦術研究科の卒業試験は教官3人との図上演習で、1勝以上で合格点だった。そして俺の戦績は1勝1分1敗。なんとも微妙な……。

他の奴らの話も簡単に話しておこう。

サラ・マリノフスカ。

騎兵科次席卒業見込み。座学が足を引っ張り首席卒業とはならなかったものの、それでも次席卒業は凄い。一方、猪突猛進ぶりは相変わらず。でも騎兵科ならそれはむしろ長所と言えるかもしれない。現在は17歳。前世で言う所の花も恥じらうJK。テンション上がるね！　あとなぜか学校で顔を合わせるたびに右ストレートが飛んでくる。俺が何をしたと言うんだ。

ラスドワフ・ノヴァク。

輜重《しちょう》兵科卒業見込み。可もなく不可もなく、中の上の成績。本人は「中の中じゃなくてよかった」と言っている。意味は不明。現在21歳、良い感じの好青年。なおまだ童貞。出会いがないわけじゃないのだろうが、本人の方から断り続けている模様。意外と真面目だね君。

エミリア・ヴィストゥラ。

剣兵科三席卒業見込み。例の卒業試験で人生で初めて人殺しをした、という噂。本当にやったのか、事の真相は気になるがデリケートな問題なので聞けずにいる。友人作り、もといコネ作りはそこそこうまくいき、内務尚書の長女や本物の公爵家の嫡男と繋がりを持ったらしい。

マヤ・ヴァルタ。

剣兵科首席卒業見込み。剣兵科卒業試験と同時に警務科卒業試験も受けて、それもなんなくクリアしたという高性能お姉ちゃん。22歳。殿下との仲は良いようで、殿下に悪い虫がつかないよう気を配っている。相変わらず怖い。

こんなもんか。

王立士官学校第123期卒業生、総勢125名。入学時は180名以上いたはずだが、いなくなった者の内約40人は退学、そして20人弱が戦死、または訓練中の事故で死亡した。

退学者の数も、死亡者の数も例年より遥かに多い、と先生は言っていた。無論これは先のシレジア＝カールスバート戦争の影響だ。あの戦争で戦死した、あるいは戦争によるケガやストレスで退学に追い込まれた生徒が多かったらしい。そういう意味ではよく125人も卒業できたと思う。

さて、問題はこれから軍に正式に配属されてから。准尉スタートで戦略レベルに口出しできるまで偉くなるのに……うん、30年くらいかかるかな。最短で。サラとか殿下とかは確実に少尉からだろうし。スタートダッシュで確実に負けたわ。

というかどこに配属されるかで運命も決まるね。どこぞの辺境の警備隊の隊長とかだったら死んじゃう。あ、でも戦術研究科で実戦部隊の隊長と言うのはないかな？　どこかの基地の参謀とか幕僚とか副官とかそこらへんかもしれない。

考え事をしながら廊下を歩いていたら誰かとぶつかりそうになった。危ない危な……、

「あっ」

サラだった。この距離まで近づかないとか俺も目が悪くなったかな。

当然と言うかなんというか、サラはご立腹だった。「ぶつかりそうになるくらいじゃないと私に気づかないのか！」って顔してる。相変わらず表情に出やすいなこいつ。

「や、やぁ。次席卒業おめでとう、サラ」

とりあえず気づかなかったことについてはスルーしておだててみる。

「……嫌味？」

「今の言葉にはどこにも嫌味成分はなかったはず」

ここで俺が戦術研究科首席卒業だったら嫌味ったらしいけど、残念ながら俺の成績は戦術研究科の中じゃ下から数えた方が早いのだ。なぜかって？　うん、武術の成績がね……。

「ふんっ。教官たちに見る目がないみたいね」

「その教官たちに勝てなかったからこんな成績なの」

「本気でやったの？」

「本気でやったよ」

やっぱり経験の差なのか、それとも農民出身の俺に対する嫌がらせなのかは知らない。

「あら、お2人とも何をされてるんですか？」

「エミリア、久しぶりね」

「お久しぶりでございます、殿下。それとヴァルタさんも」

「『も』ってなんだ、『も』って」

剣兵科エリート2人組登場です。首席と三席、この2人に白兵戦を挑まれたら、勝てる奴はそうそういないだろう。サラが3人くらい必要だ。

「とりあえずヴァルタさん、首席卒業おめでとうございます」

「あぁ。ありがとう。君も赤点回避おめでとう」

「ありがとうございます」

第5学年下半期で退学とか笑えないから必死だったよ。

「にしても皆さんが揃うのは本当に久しぶりですね。何年振りでしょうか」

「分かりませんね。2、3人なら結構ありましたけど、4人は本当に久しぶりです」

なんせ電話もメールもないからクラスが分かれると会う機会本当にないんだよね。

「これでラデックがいれば5人全員が揃うわね」

「呼んだか？」

「!?」

いつの間にか俺とサラの後ろにラデックがいた。忍者かお前。

「だから言ったでしょう？　『皆さんが揃うのは久しぶり』だと」

王女殿下はそう言いつつクスクスと笑っている。

「で、皆揃ってなにやってんだ？」

「特に何もしてないよ。本当にたまたま会っただけさ」

偶然にしては出来過ぎている、これは何者かの陰謀じゃ……と思う訳ない。むしろこの4年間でこういう機会が少なかった方が不思議かもしれない。

「皆さん積もる話もあるでしょうけど、廊下で立ち話もなんです。食堂に移動しましょうか」

というエミリア様の提案により、学生食堂に移動する。その移動の時でも、積もる話を俺らは崩し続けていた。

「ラデックってどこに配属されるんだ？」

「たぶん輸送部隊か補給部隊かな。あとは後方でデスクワークか。前線の兵士が飢えないようにするのが俺の役目になる」

「じゃあ、飯を食う度にラデックに頭下げなきゃ駄目か」

「やめろ気持ち悪い」

食堂に移動した俺たちは特に何かするわけでもなく積もる話をしている。授業がどうの、試験がどうの、今後のことがどうの、と。

「俺の事より、エミリア様がどこに配属されるか気になるね」

「私ですか?」

「あぁ、これから軍務10年勤め上げることが陛……じゃなかった、父親から出された条件なんだろ? でもきっちりこなしたらそん時には25歳だ。婚期とかどうすんだろうなと思って」

一応校舎内と言うこともあって、エミリア様が王女であることは隠さなければならない。まぁ、今この食堂には他に誰もいないのだから他人に聞かれる心配はないとは思うけど。

「そう言うことですか……考えていませんでしたね」

「エミリア様のお父上はエミリア様の事を大事に思っている。きっと人事に介入して王都勤務になるだろうな」

「お父様は成績には一切手を出さないと言っていましたが?」

「『成績には』手を出さないけど『人事には』手を出す、ってことですかね?」

「そういう事だろうな」

「なにそれ。感じ悪いわね」

「サラ、仮にも国王陛下に対してその言い草は……」

「平気ですよ。でもサラさん、不敬罪に問われるかもしれませんので、場に気を付けてくださいね」

「……わかったわ」

サラは言いたいことは言っちゃうタイプだからな。俺もラデックも割と言っちゃう方だけど。ある意味では貴重だが、ある程度自重してくれないと周りがストレスで死ぬ。

「不敬罪、で思い出しました。ラデックさん、ユゼフさん。ご質問よろしいですか？」

「……？　大丈夫ですが」

「なんなりとどーぞ」

エミリア様からの質問か、珍しいね。

彼女は深呼吸し、そして数秒溜めてから言った。

「あなた達平民にとって、貴族・王族とはどのような存在ですか？」

「……それは、随分突飛な質問ですね」

「前から聞こうと思っていたのですが、なかなか聞けなかったもので。どんな悪口でも構いません。自由に答えてください。不敬罪だとか、失礼だとか、そう言うのを一切気にせずに」

気にせずに、と言われても王女の前で堂々と貴族批判できるほど俺は偉くないんだがなぁ……。

俺が正直に答えようか悩んでいると、ラデックの方から先に語り出した。

「王族はよくわからんけど、貴族はお客さん兼商売敵だね」

「お客さん、はなんとなくわかるけど商売敵って何よ？」

「ん、それはな……」

それはかつてラデックから聞いたことある、取引寸前に貴族からいいところだけ奪い去られた時の話。

「とある貴族、たしか侯爵だったかな。そいつがオストマルク製の宝飾品がいくらか欲しい、って注文したんだ。結構いい報酬だったんで親父は即刻オストマルクに宝飾品の買い付けに行ったんだ」

でも、宝飾品は結局侯爵に売ることはできなかった。オストマルクとの国境にある伯爵領が、水際でその宝飾品を奪ったからだ。「事前申告に不備があったので没収する」という名目で。

「勿論親父は抗議したけど、相手は伯爵だ。そんな抗議が通るわけ無い。そんで宝飾品を奪った伯爵は親父の代わりに宝飾品を侯爵に渡した。無論報酬は伯爵の手に、そして伯爵に対する侯爵の信頼は上がり、親父の信頼は落ちた」

前金がよかったため大赤字は免れた。だが落ちた信用はなかなか戻らなかったという。

そこまでの事情を、ラデックは淡々とエミリア殿下に正直に伝えた。

「……そうですか」

殿下は目に見えてションボリしていた。まぁ、身内の恥みたいなもんだからな。

「というわけで俺の意見は終了。ユゼフ、後は任せた」

「この状況で投げるなよ言いづらいだろ……」

こいつ軍に入ったら、補給も前線に丸投げしないだろうか。心配だなぁ。

こんなエミリア殿下の顔みたら正直に言えないじゃないか。どうすればいいんだ。

「ユゼフさん、ハッキリ言って良いですよ」

エミリア殿下は毅然とした態度でそう言った。

ハッキリ言っていいものか。でもここで下手に貴族擁護しても彼女は喜ばないだろうし、それに貴族擁護は趣味じゃない。うん。俺も正直に言っちまおう。こういう機会がこの先あるとは思えないし、王女殿下が直々に改革してくれるかもしれんし。

いっそ大袈裟に、誇張して貴族批判をするのも良いかもしれない。

「貴族は、社会の害悪ですね」

「害悪、ですか？」

「ええ。少なくとも、殿下のように貴族の義務《ノブレス・オブリージュ》を果たそうともせず、何か不満があると私兵による反乱をちらつかせるような連中は、みんないなくなればいいと思います」

死ねばいい、という言い方は避けた。結局は同じことだが。

「『貴族は制度化された強盗集団である』という言葉をどこかで前世《》聞いたことがあります。知も才もないものが、血の繋がりという曖昧なもので権力を振るい民衆から税を徴収する。徴収した税金で自らの物欲を満たす。私たち平民にとっては理不尽極まりない事ですよ」

知も才もあるものが、仕方なくそれを行うのであれば、まだ割り切る事ができるんだけどね。

例えば王女殿下が「宮廷予算をゴッソリ削って、でもまだ全然足りないから増税します！」と言うのだったらわかる。そう言う状況に追い込んだのは誰だ、という責任問題は別として。

でも「もうちょっと贅沢したいから増税」だとか「ちょっと王宮に不満があるから税金投入して反乱起こしますね」とか言われたらキレる。革命待ったなし。

「……」

殿下が黙ってしまった。いかんいかん、フォローしないと。

「でも、殿下のように貴族の義務《ノブレス・オブリージュ》を果たそうとしたり、自らが領民や国民の盾になって守るような貴族は、私は好きですよ」

シレジア伯爵家は、代々そういう家系だったらしい。大陸帝国による圧政から領民を守るために反乱を起こしたのだし。今の王家はその伝統を忘れてしまったのか、それとも周りの貴族がクズすぎるだけなのか。

「……ありがとうございます」

殿下はそう短く答えると、少し笑って見せた。

思えば殿下も大人になったよな。それもそうか。15歳だもんな。

「もう、暗い話はここまでにしましょう！　エミリアもユゼフもラデックも、久しぶりなのになんでそんな話するのよ！」

「あ、これは失礼サラさん」

「さん付けするな！」

久しぶりにその理由で殴られた。本懐である。

「じゃ、違う話題で楽しく盛り上がろうか」

ヴァルタさんがそう言った。うんうん。やっぱり政治と野球と宗教の話をしちゃダメだな。

「という訳で殿下が剣兵科でどんな活躍したか、その武勇伝を聞かせ」

「いやそういうのいいから」

「恥ずかしいからやめてください」

他の女子2人にほぼ同時に拒否されたヴァルタさんは委縮してしまった。大人になってくださいヴァルタさん（22歳）。……って、この中で一番年上か。この人結婚とかどうするんだろう。そもそも相手いるのだろうか。

『第5学年全生徒に告ぐ、こちら校長だ』

？　校長から通信魔術？　結構久しぶりだな。カールスバート戦争前のあの日以来……。

まさか、ね。

『至急の要件がある。全員今すぐに第1講堂に参集せよ』

……俺ら5人は互いに顔を見合わせた。みんな緊張した顔つき。俺も含めて、みんなあの日の事を思い出しているのだろう。

本当の卒業試験が、今まさに始まろうとしていた。

◇　◇

東大陸帝国の西部、前世でバルト海と呼ばれた海に面した「ラスキノ」と呼ばれる小さな都市がある。人口は1万人程で、これと言った産業もない。ごくごく普通の地方都市。

かつてラスキノは国だった。非常に小さな国ではあったが、独自の言語を操り、独自の文化を育み、気風溢れる人々を生んだ。国民は飢えもせず、些細な幸せと家族に囲まれながら、小さな歴史の時を刻んでいた。

そして大陸帝国という強大な力を持つ国家によって、それらは一瞬にして踏み潰された。

大陸帝国の圧倒的な軍事力と経済力による文化破壊、言語絶滅という同化政策によって、ラスキノは地理的概念へと転落しかけた。

だが彼らの文化、言語は帝国の治世を以ってしても完全に消滅させることはできず、ラスキノの魂はその町の地下で細々と生き残っていた。

そして大陸暦636年8月。

ラスキノの魂が地下から這い上がり、再び雄叫びを上げたのである。

◇　◇

「5年生諸君、卒業間近で申し訳ないが緊急招集だ。これより君らは全員、シレジア東部国境へ行って貰うこととなった」

東部国境？　まさか東大陸帝国が侵攻してきたのか？

他の者もそう思ったのか、不安の声を口にする。それが伝播し、講堂は騒然となった。

「まず言っておくが、東大陸帝国が我が国に侵略してきたわけではない」

その言葉を聞いた俺ら士官候補生は、安堵する前に疑問を感じただろう。

この国の東には東大陸帝国しかない。外征をする余裕が、現在のシレジア王国にあるとは思えない。今俺らを召集して、東に行かせる意味がわからなかった。

「諸君の任務は、東大陸帝国内にあるラスキノという場所へ行って貰うことだ」

知らない都市だ。おそらく人生で初めて聞いたと思う。戦史の授業でも習わなかったし、たぶん地図に載るか載らないかくらいの小さい都市なのだろう。

で、そこで何をすりゃいいの？　大陸帝国内戦の時みたいに独立運動煽ればいいんですかね。

そしてここで校長から割と衝撃的な言葉が放たれた。

「諸君らは、『義勇兵』としてラスキノに派遣されることになる」

義勇兵？　え、義勇兵って言ったの？

義勇兵とは、自由意志に基づいて参加した志願兵と言うか民兵と言うか愛国心溢れすぎてる軍人と言うか、まぁそんなもんだ。

そして時に、正規軍に所属して正規の装備背負って正規軍のお偉いさんが指揮して正規軍から給料貰って戦いつつ「うちの国の軍隊とは関係ねーから！　あいつらが勝手にやってるだけだから！」って言い訳するための言葉でもある。

今回校長が言ってるのは明らかに後者だろうな。うん。

おいはやく卒業させろや。

「今回君たちには自らの意志でラスキノに行って貰う。勿論、参加は自由だ」

さっきと言ってること違ってますよ先生。でも参加しなくてもいいなら堂々と宣言してや、

「参加しなかった者は4年間の再指導と、10年間の追加軍務を受けてもらう。もしそれを怠った場合、授業料の支払い義務が生じるので注意するように。では、諸君に参加の意志を問う。もし参加

したくないと言う臆病者がいればその場で大きな声で自分の名前を言い、私の所に来るように。その時最終確認を行うので、もし本当に参加しないと言うのなら所定の手続きに従ってほしい」

あ、これ完全に強制ですね。合計9年学校にいてさらに20年間軍務とか殺す気か。そしてここで大声で叫ぶ臆病者がいるはずないだろ！　そんで校長の所に行ったら家族がどうの国の恥がどうの言うつもりなんでしょ！　よしんばそれを乗り越えても書類上の不備だ事務のミスだなんだで結局は参加意志アリになる。

うん、この国もうだめだわ。ラスキノ行くフリして亡命したくなる。

「全員参加意志アリということだな。感謝する」

うわーみんな愛国心にあふれてるなー。

「早速だが、諸君らは明後日に東部国境のタルタク砦へ向け出発する。詳しい任務の内容や軍の規模についてはそちらで説明する。準備を怠らないように。以上」

……はぁ、田舎に帰りたいです先生。

◇　◇

集会終了後、エミリア様、もといエミリア王女殿下とヴァルタさんが先生に呼ばれた。何の話かだいたい想像つく。王女を義勇兵にさせるわけにはいかないもんね。

数分後、話し合いが終わったのか少し駆け足で戻ってきた。なんかムスッとした顔で。これもだいたい何言われたかわかるよ。でも一応確認してみる。

「で、何をお話しになっていたんですか、エミリア様？」

「行くなと言われました」

「でしょうね。それでエミリア様はどうなさるんですか？」

「『私は自らの意志と信念に従って従軍志願しましたよ』と言いましたが、上層部からの命令であるから行くなとしつこく言われました」

ごもっともである。もし殿下に傷がつこうものなら先生の首が物理的に飛ぶことは免れないだろう。でも、残念ながら目の前にいる金髪の王女殿下は意外と頑固である。

「だからあの方たちに言ったのです。あなた達は軍務省の命令と、公爵令嬢《第一王女》たる私の命令、どちらを優先するのかと」

やめてさしあげましょう？　なんか普通に可哀そうだから。

「ワレサくんが心配することはない」

「ヴァルタさん」

なんだかんだで頼りになる姉御！　エミリア殿下をなんとかして止めてくれる！

「エミリア様は私の責任で、たとえ盾になってでもお守りする」

あ、そっちなの。連れて行かないという選択肢はないのね。

「無理を言っているという自覚はありますが、ここで引いては士官学校に来た意味がありません」

殿下はいつも毅然としてらっしゃるが……。

「でも今回は外征です。どのような内容かはわかりませんが、事によっては政治的な問題になりかねませんよ」

「問題ありません。私はまだ爵位を継いでいない一般的な公爵令嬢です」

一般的ってなんだっけ……？　それにエミリア様がそう思っていても、それが通用するのは士官学校内だけだし、どうなんだろこれ。

「しかし万が一と言うことも」

「万が一のことは起こさせないと言っているだろう！」

姉御がキレて俺の胸倉を摑んできた。とてつもなく怖いからやめてください何でもしますから。

「それにサラさんやユゼフさん、ラデックさんもいます。問題ありませんよ」

あるようなないような。いややっぱりあるね。サラは白兵戦滅茶苦茶強いから良いかもしれないけど、俺は剣に振り回される軍人もどきだしなぁ……。

「マヤ、寮に戻り急ぎ準備をしませんと遅れてしまいます。行きましょう」

「承知しました、エミリア様」

2人はそう言うと俺を無視して女子寮へ駆け足で向かった。

……はぁ。気が重い。

大陸暦636年8月19日。この日、士官学校第5学年の本当の卒業試験が始まった。

合格条件は、生き残ること。

第5章『ラスキノ独立戦争』

シレジア王国には、大小様々な湖が約3000程存在するが、その内の約3分の1が王国北東部のアテニ湖水地方と呼ばれる地域にある。この地域は人口も少なく経済力もない。だが、東大陸帝国有数の軍事拠点であるカリニノという城塞都市が国境付近にあるため、戦略的な重要性は極めて高い。

そのカリニノに対抗する形で作られたのが、俺らが今いるタルタク砦である。

タルタク砦自体は難攻不落の要塞と言うわけではない。これはシレジア王国の財政に余裕がないからであるが、周囲に湖があるという立地条件から軍の通行が制限されている。そのためか、無理に砦を攻略しようとすると甚大な被害が出るだろう。

そんなタルタク砦に俺らが到着したのは、8月22日のことだ。到着後暫くして、東部国境方面軍タルタク砦駐留旅団の作戦参謀のナントカさんから作戦説明と言うか現状説明があった。

「現在、君たちが向かうラスキノでは反政府暴動が頻発しており、それに伴って独立の気運が高まっている」

ラスキノはシレジアと東大陸帝国の国境近くにある都市で、前世ではカーリニングラードと呼ばれた場所だ。カーリニングラードという都市は無学だった俺でも聞き覚えがある有名な都市だったけど、この世界のラスキノは特に何も産業がない小さな都市らしい。

「独立運動は周辺の都市や農村にも広がっており、数万人の市民が蜂起している。また一部の警備部隊や軍もこの蜂起に加担しているとの情報もある」

万単位の市民による暴動か。帝国軍もおそらく手間取ってるだろうな。大陸帝国末期のキリス戦争の時と同じ状況だ。

「また我が国以外からも既に義勇兵がこの独立運動に参加している。我等もこれに乗じる形で参戦する」

ここで参戦してラスキノに恩を売って後の交渉材料にする、超大国である東大陸帝国の国力を少しでも弱める、他国と共同戦線を張ることによって情報収集したり仲を深めたりしたいというわけだろうか。

でもなんで俺たちなんだ？　士官候補生を召集するほど逼迫《ひっぱく》した状況でもないような気がするんだが。

「我が方の戦力は君ら士官候補生125名と、他に我ら東部国境方面軍から義勇兵部隊約3000名が拠出されることになっている」

つまり1個連隊規模の戦力があるってことか。まぁこの国に師団規模で外征する余裕はないだろうし、あまり過剰に派遣しても軋轢《あつれき》を生むだけか。

他国から来ている義勇兵部隊も含めれば、おそらく1個旅団以上の戦力にはなるかもしれない。

でもそんなに用意できるなら俺ら呼ぶ意味ないだろ。どういうことだ？

「以上だ。何か質問は」

聞きたいことは山ほどあるよ！　畜生言ってやる！

という訳で挙手。授業参観で親に良いところを見せたいばかりに調子に乗って手を挙げまくる小学生並みに元気に挙手した。さすがに小学生みたいに声を上げてはいないけど。

「いくつか質問よろしいでしょうか」

「構わん。なんでも聞きたまえ」

今なんでもするって言ってないか。いや男に興味はないけど。

「蜂起している都市や町はラスキノ以外に何ヶ所あるのでしょうか」

「農村を含めればかなりの数だが、人口数千人規模の都市はラスキノを含めて6ヶ所だ」

「その都市の戦力は、市民の数を除くと如何《いか》ほどありますか？」

訓練された市民ってだけじゃ戦力にはならないからね。女子供老人含めた暴動だと尚更「数万人規模」なんていう数字は信用できない。

「あぁ、少し待ってくれ……。えー、各都市には1個中隊程度の警備隊が駐留していた。また都市に住んでいた退役軍人や予備役、それに帝国を裏切った部隊、各国から派遣された義勇兵等を加味すると、1都市あたり1000ないし1500と言ったところだ」

つまり6都市合わせて6000〜9000。市民から使える奴を徴兵すれば1個師団程度の戦力がラスキノ周辺にあるわけか。でもそれは6ヶ所に散らばって存在している、と。ふむ。

「もうひとつよろしいですか？」

「構わん」

「今回の戦い、指揮官はどこの誰ですか？」

ここが重要だ。誰の命令を受けて行動すればいいんだ。

「ラスキノ警備部隊の隊長であるゼリグ・ゲディミナス大佐がラスキノ周辺の反乱部隊の指揮を執っている。また義勇兵部隊については所属している国の指揮官が執っている」

「それはつまり、指揮権が統一されているわけではないと」

「……そういうことだ」

やる気あんのかこいつら。

「我々の指揮官は？」

「マリアン・シュミット准将だ」

誰だろう。とりあえず、俺は聞いたことはない。戦術研究科の授業で現役の将官についても数人名前を憶えさせられたが、その中にはシュミットという将官はいなかった。少なくとも、この業界では有名人ではないということだろう。

……まぁ、俺に出来るのはシュミット准将が有能であることを祈るだけだ。

「そうそう、言い忘れていたが君らの所属は第38独立混成旅団となる」

この独立混成旅団って諸兵科連合部隊《タスクフォース》のことなのか、それとも寄せ集めの素人集団の事なのか

……後者だろうなぁ。

「他に質問は？」

「……ありません」

あとは現地行ってみないとわからんからな。

「わかった。他に質問がある者は？」

他の質問は特になく、参謀殿は編成とか今後の予定とかを話し始めた。全ての事が終わったのはそれから2時間後のことである。

◇　◇

「あぁ、君、ちょっと来てくれ」

ブリーフィングが終わった後、作戦参謀から呼び出された。さっきの質問で何かまずいこと聞いちゃったかしら。

「なんでしょうか」

「君、名前は？」

あ、そう言えば名乗るのを忘れてたな。こういうのは質問したその場で名乗るのが常識というかスマートなやり方だ。反省反省。

「戦術研究科5年、士官候補生ユゼフ・ワレサです」

「戦術研究科か、なるほど。なら納得だな。ワレサ君は学校の成績もよかったのではないか？」

「いえ、お恥ずかしながら下から数えた方が早かったです」

「なんと」

どうやら作戦参謀殿に気に入られたようだ。そういやこいつ名前なんだっけ。

「ルット中尉、何をしている？」

「！　閣下！」

閣下？

「ワレサ君、こちらはタルタク砦及び第38独立混成旅団の司令官であるマリアン・シュミット准将閣下だ」

「こ、これは失礼しました！」

慌てて敬礼する。イメージより若い。准将が何歳でなれるかは知らないけど、それでも若いと感じる。そしてそこはかとなく滲み出る有能オーラを、准将閣下から感じる。

「君は、士官候補生かね？」

「はい！　戦術研究科5年のユゼフ・ワレサと申します、閣下！」

「マリアン・シュミットだ。今回は宜しく頼む」

「は、はい！」

やばい緊張する。カールスバートの時の第3師団の師団長より緊張してるわ。アイツの方が階級高いのに。シュミット准将は有能そうな男だ。一方第3師団の師団長は見た目と言動で死亡フラグ立ててた。今生きてるかは知らん。名前覚えてないし。

「で、何をしているのだ？」

「いえ、それはですね……」

かくかくしかじか。

ルット中尉は俺が作戦会議の時に色々質問した事を説明し、そしてそれをなぜか大絶賛した。

おいやめろ、なんか恥ずかしいから。いやホントやめてお願いします。

「なるほど、君のことは覚えておこう」

そう言って、准将は去っていった。

「やったな」

「はぁ……」

准将に名前を覚えられた。

うん。これが大将ぐらい、せめて中将だったら嬉しいけど准将じゃなー……。

准将が去った後、ルット中尉は俺の事を解放してくれたので、慌てて士官候補生のために用意された仮兵舎に戻る。その途中、サラが俺の事を待っていてくれたようだ。17歳のＪＫが待っていてくれる。嬉しい話だ。サラじゃなかったら抱き着いていたかもしれない。でも彼女にそんなことすれば漏れなく鳩尾《みぞおち》への右ストレートが飛んでくるのでしない。いや誰であってもしないけど。

「何話してたの？」

「何も話してないよ。『向こうがなんか勝手に口を開いてた』という表現が正しい」

「なによそれ」

実際そうだから困る。中尉が年下階級下の士官候補生を呼びとめて褒めちぎったあげく准将がなんか来た。そんだけだ。

「ルット中尉にあんたを見る目があるってことね」

「些《いささ》か誇張されてる気がするんだけど」

些かというレベルを超えてる気もする。

「まぁ上の心配をしても仕方ないよ。俺たち下っ端はやれと言われたことだけやってさっさと帰るだけさ」

「そうね。エミリアもそろそろ王宮が恋しくなるころでしょうし、さっさと帝国を潰しましょう」

サラがやや尊大なことを言うと、その場は流れで解散となった。

翌8月23日、詳しい部隊の編成と任務が俺らに伝えられた。

「それで、なんでまたこのメンバーなわけ?」

俺が所属することになったのは、第38独立混成旅団第3中隊第3歩兵小隊第4班、略して第33歩兵小隊第4班。もっと略すと第33‐4部隊。うん、どうやらこの世界でも例の呪いはあるらしい。

なんでや、全然関係ないやろ。

第33‐4部隊の構成は、俺、ラデック、サラ、エミリア様、ヴァルタさんの5人で、班長はエミリア様だ。

とてつもなく恣意的なものを感じる。

「そんなことはどうでもいいわ」

「どうでもいい、のか？」

「いいじゃねぇか。知らん奴と肩並べるよりお前らと一緒の方が何かと安心だ」

まぁ、それもそうかな。

確かに仲の良くない人と班を組むのは修学旅行だけで十分だ。他のみんながわいわい騒いで楽しんでいる中、俺だけ2、3歩下がって街並みを楽しむのはもう嫌だ。

だが、エミリア様はそうは思わないらしい。

「私は納得できません」

「どうしてです？」

「だって、与えられた任務はラスキノの後方警備ですよ！　結局後方待機ではないですか！」

「いや、私たちは士官候補生で素人ですから……」

「徴兵された農民兵は前線に行ってます！」

俺たちに与えられた任務は現在戦火から遠く、そして独立派の拠点でもあるラスキノの町の警備である。これは人事参謀殿が空気読んだ結果かな。

「しかしエミリア様、後方警備とは言っても、いずれは前線になると思いますよ」

「どういうことです？」

「独立派は各国から義勇兵を集めていますが、それでも帝国軍の方が数で圧倒しています。いつ戦線が崩壊してもおかしくはないでしょう」

現在、戦線はラスキノから東にある都市の近くにある。ラスキノの独立宣言に乗じる形で反乱を起こしたようだが、その都市すべてが防衛に適した地形をしているわけではない。現在独立派と帝国軍は、川を挟んでの睨み合いとなっているらしく、それによって辛うじて戦線を維持しているようだ。このまま続いて帝国が独立派と停戦すれば万々歳だがそうは行くまい。

「じゃあワレサくんは、ラスキノが戦場になると言うのかな?」

「帝国軍が本気なら、そうなるでしょう」

「本気じゃなければ?」

「そしたら私たちはクリスマスまでにシレジアに帰れます」

「くりすます?」

おっといけね、この世界にはキリストはいないんだった。まぁこの世界でも一応12月25日は宗教的にそれなりに重要な日ではあるみたいだけど。

「すみません噛みました。年末年始には家族と一緒に過ごせますよ」

帝国軍が本気を出すかは五分五分かな。ラスキノは特に産業も資源もあるわけではない。純軍事的な観点で言えばこんな反乱頻発地帯を必死で守る必要もない。ただこれに貴族の威信だとか武人の名誉とか皇帝の意地とかが入ると泥沼になる。

「なるほど? さすが戦術研究科というわけかな?」

「茶化さないでくださいよ。こんなの、ヴァルタさんだってわかるでしょう」

「私には思いもつかなかった」

絶対ウソだ。

「ま、私としては帝国軍の動向よりも王国軍の方が気になりますよ」

「どういうことよ？」

「サラ、俺たちの階級はなんだ？」

「えっ。えーっと、たしか准尉待遇って言ってたわね」

「そこが気になるんだよねぇ」

「なんでよ。私たち卒業したら准尉か少尉に任官されるんだから真っ当だと思うんだけど」

「俺たちが准尉なのはいいさ。けど、准尉だけで構成された班ってなんなんだ？　特殊部隊じゃあるまいし」

班は伍長や兵長が指揮官となり、上等兵以下の隊員数人を率いるのが普通だ。今回の場合は義勇兵だし、寄せ集めと言った感じが強いから通常とは異なるのは仕方ない……けど准尉だけで班を作るのは変だ。

「そこに恣意的なものを感じると？」

「はい。この人選についても」

偶然なわけないだろうな。誰かの意図が多分に入ってるだろう。

「でもよ。こんなことして何になるんだ？」

「……わからん！」

ラデックがお笑い番組みたいな感じで綺麗にずっこけた。

「なんか全部知ってそうな口利いてたのにわかんねーのかよ！」

「わかるわけないだろ！　こんな曖昧な情報だけで！」

俺は神でも釈迦でもないし、この世界の物語を書いている小説家でもない。

「でもユゼフさんの言うように、これが恣意的な編成であるのなら、やはり私たちの任務にも何か裏があるのでしょうか」

「そう考えるのが普通でしょう」

これが「最前線に行け」とか「司令部の補佐をしろ」とかならまだわかるけど「後方で警備してろ」ってのがわからん。俺たちに後方警備させて何になるんだか。

「とやかく言ってもどうしようもないわ。どういう事態になっても生き残れるように、万全の準備をするだけよ」

「マリノフスカ殿の言う通りだな。私たちに選択肢はない」

そうだな。結局それしかないか。人事にどうこう言えるほどまだ偉くないし。

とりあえず、ラスキノがどんな街なのかを楽しみにしておこう。

◇　◇

ユゼフらが人事に違和感を覚えたのとほぼ同じ頃、ある場所で、ある人物は興奮を隠せずにいた。

「そうか、うまくいったか」

「はい。王女らはラスキノに配置されます」

数年間準備していた計画が今やっと始動したとなれば、彼らが興奮を抑えきれないのは無理もないことである。

「計画通りに頼むよ大佐」

「わかっております。それと失礼ですが」

「なんだ？」

「私は、既に大佐ではございません」

「おぉ、そうか。そうだったな。昇進おめでとう、准将」

「ありがとうございます」

「私はそろそろ帝都に戻らねばならん。後は頼むよ。それと分かっているだろうが、一応念を押しておく。もしも対象の身に何かあれば……」

「承知しております、閣下」

「なら良い。では、准将。また会おう」

「閣下もお元気で」

「うむ」

◇

◇

大陸暦636年9月2日、彼らはラスキノの土を踏んだ。
後世、ラスキノ独立戦争と呼ばれることになるこの戦いが、ユゼフの言う通り年末年始までに終わることになるのか。そのことを知る者は、この時点ではまだ誰もいない。

了

書き下ろし『姉の憂鬱』

大陸暦631年9月1日。つまりユゼフ・ワレサが士官学校に入学し、そして彼のその後の人生を大きく左右することになる友人と出会った日のことである。

その友人、サラ・マリノフスカという女性士官候補生は現在、王立士官学校に設置された唯一の女子寮の入り口で佇んでいた。彼女は何をすることなく、ただ目の前に放置されているハゲ頭の上級生の処置に困っていた。

このハゲ頭の男の名は、センプ・タルノフスキ。シレジア王国法務尚書プラヴォ・タルノフスキ伯爵の四男。彼は入学したばかりのサラを集団暴行しようとしたのだが、通りすがりのユゼフによって返り討ちにされた哀れな人物である。

そしてもっと哀れなことに、彼は現在荷物梱包用の縄で拘束され、気絶状態で女子寮玄関口に放置されている。

「……どうしろっていうのよ、これ」

彼女は大層困ったように溜め息を吐《つ》いた。

この迷惑極まりない置き土産は、ユゼフによるものである。曰く「報復を受けないためのやむを得ない措置である」らしい。よくもそんな外道な方法が思いつくものだと彼女は呆れたが、それが同時に自分の立場を守る最良の手段であることもわかっていた。

そんなことがあってから既に10分。彼女は未だ動けずにいた。そんなとき、女子寮の階段を下りてくる1人の女性士官候補生の姿があった。

「サラ？　なにやってんの？」

「あ、イアダ！」

その声を聞いたサラは思わず笑みを浮かべ、それと同時にあることを思い出し、慌てて2つの物を隠した。そのサラの不審な挙動を見たイアダと呼ばれた女子が、サラに詰め寄ったのは無理からぬことである。

「ちょっとサラ、あんた何隠してるの？」

「な、何も隠してなんかないわよ！」

「……ふぅん？　でも隠しきれてないみたいだけど？」

イアダがそう言いながらサラの背後にあった「隠しきれてない隠し物」を指差す。荷物梱包用の縄で拘束された哀れな上級生だった。

「サラ？　これタルノフスキ先輩だよね？」

「えっ!?　そうだったの!?」

有名人とはいえ、いきなり痛いところを突かれた彼女は珍しく嘘を言った。だが、そんな下手な嘘が通じる程、イアダは甘い人間ではなかった。

「……あんた、昔から嘘下手よね」

「うっ……」

「だから昔から言ってるけど、嘘を吐くんじゃなくて……」

「わかってるわよ！　不用意に発言するなってことでしょ！」

「その通り。あんたは正直なのが取り柄なんだから、嘘言ったらダメよ」

「むぅ……」

彼女はそう不貞腐れつつも、もうひとつの隠し物をイアダから見えない死角となる場所へと置いた。幸か不幸か、この哀れなハゲ男が良い陽動となったわけである。

さて先ほどからサラと会話している、この女性士官候補生の名前はイアダ・バランスカ。会話の内容でだいたい想像がつくと思うが、サラ・マリノフスカとは馴染みの人物である。年齢はサラの1つ上で現在13歳、学年も1つ上の第2学年であり、治癒魔術を専門に扱う医務科に所属している。

そしてサラと同郷で、同じ初級学校に通っていた。

いわば先輩後輩、もしくは姉と妹のような関係である。

「それで話を戻すけどさ、このハゲどうしたの？」

「……えーっと」

彼女はどこからどこまで話せばいいのかを迷っていた。自分が彼らに襲われていたことを話すべきか、それを話したとしてもユゼフ・ワレサという人間のことを話してもいいものか、そしてこのハゲが復讐をしないように拘束し女子寮まで連れてきたことを言うべきか、彼女は悩んでいた。

そんなサラの複雑な心境を察したのか、イアダは優しい声でサラに言った。

「大丈夫よ。先生に告発したりしないいし、誰かに言いふらすようなことはしない。ここで話すことはあたしとサラだけの秘密よ」

その優しい言葉を聞いたサラはあっさりゲロった。自分の不注意で上級生に目をつけられたところから、通りすがりの同級生に助けられ、そして今後のために上級生を拘束したところまで。

イアダは、サラのたどたどしい言葉に口を挟むことなく、ただ頷いて静かに聞いていた。色々大変なことが起きた結果がこれであることを彼女は理解し、そしてそこに情状酌量の余地があることもわかった。

そしてイアダはサラの説明を一通り聞き終わった後、サラに激怒した。確かに彼女は「誰かに言いふらすようなことはしない」とは言ったが、「怒らない」とは言っていない。

「あんた何やってんの！　今回はたまたま運が良くてケガひとつせずに済んだだろうけど、そんなことが毎回毎回続くと思う!?」

「あの、でも……」

「でもじゃない！」

「はい……」

「それに、いくら復讐が怖いからと言って上級生を拘束して、あまつさえ冤罪をかけるなんて正気なの!?　これを考えたっていう通りすがりの人間の発想力もどうかしてるけど、あんたはそれでよく納得できたわね!?」

「うぅ……」

　イアダの怒鳴り声を真っ向から受け止めたサラは完全に憔悴しきっていた。もしユゼフがこの場に居たのならば、彼女に「しょぼーん」という効果音をつけただろう。彼女がそれほどまでに気分を落ち込ませているのは、彼女をよく知る人間から見ると異常な光景であったに違いない。

　一方、言うことを言えたイアダはそのサラの姿を見て満足した。そしてあまり彼女が傷つかないようフォローを始めた。

「まぁ、今回のことはそのハゲが悪いみたいだし、あんたも反省してるみたいだからこれ以上は言わないわ」

「……ごめんなさい」

「大丈夫よ。もう謝らなくていいわ。それにあんたは可愛いんだから、そんなに沈鬱な表情してると損よ」

　そう言うとイアダは、サラの頭を撫でた。このお転婆で行動力も高く、そして人一倍正義感の強いサラ・マリノフスカは、彼女たちの故郷でもたびたび問題を起こしていた。その都度イアダが尻拭いをしていたのだが、まさかそれを士官学校に入ってからもやる羽目になるとは思いもしなかっただろう。

　手のかかる妹である。自分が居なきゃ本当にダメなんだから、とそう思いつつも、そんなサラにいつも構ってあげる自分のお人好しさにイアダは少し自嘲した。

数分後、騒ぎを聞きつけた第５学年の女性士官候補生がやってきた。その上級生は女子寮の自治委員会のメンバーでもあり、イアダから「女子寮に侵入を図った変態」の情報を聞きつけるとすぐに教師を呼び、守衛を呼び、そして手際よくセンプ・タルノフスキを連行した。

結局そのハゲ男は女子寮に居るうちは目覚めることができず、やっと意識を回復した時には目の前に退学通知書があったという。

もう一方の当事者であるサラとイアダは、教師からの質問攻めに遭い、消灯時間ぎりぎりまで生徒指導室に軟禁されることとなった。そんな長い間不自由の身になった彼女たちが、ユゼフに対して些細な恨みを持ったとしても不思議ではない。

そしてサラは、もう１つの目的を９月１日の内に終わらせることができなかった。

翌９月２日。

今日から本格的な士官学校生活が始まることによる高揚感、そして今日こそは「作戦」を実行しなければならないと言う使命感から、彼女は起床時間の１時間前に目を覚ましていた。

自分でもビックリするくらい早く起きてしまったサラだが、二度寝するということを選択肢に入れなかった。だが何もせず起床時間まで無為に過ごすことは彼女の矜持《きょうじ》が許さず、その結果彼女は士官候補生らしく朝の自主練に励むことにしたのである。

サラは手際よく自分の寝具《ベッド》と身の回りを整理し、そして士官候補生に支給された制服を身につけて女子寮を出た。彼女は女子寮の裏手で、訓練用の木剣を使って素振りを続ける。騎士として父親から習った基本的な剣の型の練習だったが、彼女のそれは熟練者でも目を剝くほど綺麗な剣筋であった。

サラは無心となって剣を振り続けた。朝の点呼まで1時間もないため応用的な訓練を行うことはできないが、基礎は大事である。それに体力向上も図れるはずだ、と。

そのサラの熱心な訓練の様子を見ている一対の目がある。イアダだった。

イアダは偶然にも、サラより少し遅い時間に目を覚ましてしまった。そして二度寝しようかと思案していた時、女子寮の外から妙な音が聞こえてきたのである。その音が剣を振る音だと察知した彼女が音のする方向を見ると、そこにはサラの姿があったのである。

イアダは知っていた。恐らくこのままにしておくと彼女は、点呼の時間になっても剣を振り続け遅刻するだろうと。だからイアダは二度寝することを諦め、あと30分経ったらサラに声を掛けてあげよう、その時に汗拭きタオルでも投げようと決めた。

「まったく、手がかかるわね」

彼女はそう呟きながら、サラを呼びに行くまでの時間を利用して、その手のかかる妹のための準備を始めたのである。

そして月日は過ぎていき、気づけば12月26日となっていた。士官学校上半期中間試験の結果が発表され、士官学校に在籍する多くの士官候補生の喜んだり憂えたりする声があちこちから聞こえていた。

イアダも試験結果を憂える人物の1人である。もっとも彼女は医務科の中では優秀な人間であるため、どこかの誰かのように「頭以外は不要」と呼ばれる程低い点数の科目はない。医務科にだけ存在する「医術」の点数は92点と高く、そして彼女が苦手とする「護身術」の点数も71点と、どっかの誰かに比べればそれは苦手科目の定義に当てはまらない点数を取っていた。

そんなイアダが憂えていたのは、自分の点数ではなくサラの点数に対してだった。彼女は初級学校時代から得意分野と不得意分野がハッキリしている人物だったからだ。

そしてある日、士官学校内でサラと出会ったイアダは、思い切って彼女の点数を聞いた。その行為はある意味において、単身で敵陣に突撃する騎馬武者の如き勇気が必要なものだっただろう。そしてイアダの「怒らないから言ってみな」という言葉を信用したサラが、恐る恐る口にした点数は、イアダにとってとても理解できないものだったに違いない。

「戦史の点数が7点ですって……？」

思わずイアダは聞き返してしまった。一方、その言葉を怒りの前兆だと察知したサラは目を逸らし、そして頓珍漢なことを言い出した。

「……7は縁起の良い数字だし」

「そう言う問題!?」

イアダがサラに怒ってしまったのは言うまでもない。結果として「怒らないから言ってみな」という約束は破られることとなったのだが、古今東西を通じてこの手の約束が守られることはないことを考慮すると、それは咎められることではないだろう。

だが、この時イアダは知らなかった。既にサラが壊滅的な戦史の点数を回復させる方法を手に入れていることを。

そして年の瀬も追い詰まった12月29日の夕方。

イアダは日課にしている図書館での自主勉強を終え、女子寮に戻るその道の途中、信じ難い光景を目にした。彼女が驚くときは大抵馴染みの友人の姿があるのだが、この時もその例に漏れなかった。しかしさすがにこの時は「他人であってほしい」とイアダは必死に心の中で祈っていた。

彼女が見たのは、日の沈む練兵場で明らかに年下とわかる少年を、手に持っている訓練用の木剣でボコボコにしているサラの姿であった。

「なにをやってるのよあの子は!?」

イアダが思わず叫んでしまったのも無理はない。彼女はハッとして口を塞ぎ気配を消したが、幸運なことに、彼女とサラの距離は離れていたためその叫びが気付かれることはなかった。

正義感の強いあの子が弱い者いじめしてるなんて、とこの時彼女は思ったが、よくよく観察してみるとどうやらいじめの現場ではなかった。

「ちょっと！　そこ違うでしょ！　もっと腰を落として重心を安定させて……って、それじゃ女の立ち方じゃないの！　あんた女なの!?」

「いや、あのそんなに叩く必要はないいんじゃないかなサラさん」

「さん付けするな！」

　これがサラによる剣術の稽古であることがイアダにも理解できた。昔彼女も見た事がある、父親から剣術を教わっていたサラの姿。やや教え方が粗雑だったが、今イアダが見ている光景はかつてのサラ父娘《おやこ》の訓練風景と同じだった。

　数分後、２人組は休憩に入ったのか練兵場の端に座り込んだ。２人は何か話をしているようだが、距離があるためその内容を聞き取ることはできなかった。

　しかし、突然立ち上がったサラの表情を、彼女はハッキリ見ることができた。

「……心配し過ぎたかな」

　手のかかる妹《サラ》が、さらに手のかかる弟《ユゼフ》を見つけてしまったらしい。イアダはそう思いながら、来た道を引き返した。そして、先ほどサラが見せた表情を、彼女は思い出していた。

　あんなサラの顔を見たのは、付き合いの長い彼女にとっても初めてだった。

「面白いことになりそうね」

　イアダはそうひとりごちると、やや迂回する形で女子寮へと帰る。「意中の男の子に対して絶対にやってはいけない事講座」を彼女の為に開こうかと、そう思いながら。

そして年が明け、隣国カールスバートで政変が起きてから2週間程経った1月22日、王立士官学校医務科2年生イアダ・バランスカの下に召集令状が届いた。

衛生兵が足りない、軍医が足りない、治癒魔術師が足りない。急な戦争の予感はありとあらゆる人員と物資を必要とし、その流れにイアダは巻き込まれたのだ。

無論、イアダにも軍人としての心構えは多少ある。士官学校に入学した時点で、自分が戦場に立つことに関しての覚悟はあった。でも、それが2年生の時に来るとは、さしもの彼女にも思いもよらないことであった。

そしてさらに状況を不安にさせる言葉が、サラからもたらされた。

「……私、召集されたわ」

サラ・マリノフスカから1年生にも、召集令状が来たのだ。それを聞いたイアダは、そのあまりの衝撃に何も言うことができなかった。

サラは確かに武術に秀でている。騎士である父親から直接指導されただけあり、その腕前は5年生にも引けを取らない。だがあくまでもそれは士官学校の中では優秀と言うだけで、それが戦場においてもそうなのだという証明にはならない。

なによりサラはまだ12歳である。13歳であるイアダが言える話でもないが、彼女の身体はまだ成長途中である。女子であることも考慮すれば、それが大きなハンデであることは否めない。

正直に言えば、イアダはサラを連れて逃げ出したかった。戦争なんて知らないとばかりに、士官学校から逃げ出したかった。無論そんなことをすれば、最悪敵前逃亡を図ったとして重罰が科せられる。またそれをして喜ぶサラではないことも重々承知していたし、それに今ここで逃げ出すことは、姉として恥であろう。

イアダの心は決まった。

そして、既に軍人として死地に立つ準備が出来ているサラも、イアダに向き合った。

「じゃ、また会いましょう」

「無論よ。どっちが武勲を立てられるか、競争よ」

翌日、彼女らは序盤の戦場と目されるコバリへと旅立った。

イアダは治癒魔術師として、サラは剣兵として、それぞれの責務を負うことになる。

開戦から1週間。

イアダは、激しい戦闘によって原形がなくなりつつあるコバリの町近くの後方拠点で、負傷兵の治療を行っていた。

後方拠点での任務ということもあり、彼女は少し安心していた。

戦況がどのようになるかはまだ予断を許さないものの、少なくとも突然敵の魔術攻撃が降ってくる心配はない。

そしてなおかつ、心配していたサラが要人護衛の任務に就き、自分よりさらに後方に下がったためである。

だが彼女の下には連日連夜多くの負傷兵と遺体が運ばれてくる。その中には人の形を保っていない者、四肢の一部または全部が切断された者、火系上級魔術を真っ向から受け止めたのか全身の皮膚が焦げていた者。ありとあらゆる、人の形をした異形の物が運ばれてきた。

医務科に所属するイアダは、動物や、あるいは死刑囚や事故死者の死体解剖に立ち会うなどして、遺体に慣れていたつもりだった。

だが彼女が実際に目にした数々の戦死体は、それとは比べ物にはならない。

イアダを含めた数人の医務科士官候補生は、その光景を前に吐き気を催し、そして実際に吐いた者もいた。同級生の男の士官候補生に至っては気絶までした。イアダはなんとか平常を保つことが出来たものの、しばらく料理が口に入ることはなかった。

そして医務科として、治癒魔術師としての責務を果たそうとした。

彼女はまだ2年生で、簡単な治癒魔術と医術しか習っていない。だがそんな彼女でさえ、軽傷の負傷兵を治すには十分であった。彼女は運ばれてくる負傷兵に丁寧に相手し、そして魔力切れを起こして気絶するその寸前まで治癒魔術を使い続けた。

それが想像を絶する苦難であったことは間違いない。常人であれば失神してしまいそうなほどの精神と体力の消耗に、イアダは耐え続けていた。

だがそのイアダの精神は、2月4日にコバリにもたらされたある情報によって危機に陥った。

その情報とは、貴族令嬢とその護衛部隊が、シレジア奥深くに侵入していたカールスバート共和国軍の騎兵隊に奇襲され、士官候補生4名を含む11名が戦死または戦傷したというものだった。

イアダには、その襲われた部隊はサラが所属する第7歩兵小隊であるとすぐにわかった。

「まさか……サラが!?」

それまで精神の平衡をなんとか保ち続けていたイアダが、その瞬間崩れ落ちてしまったのは無理もない事である。彼女はすぐに知り合いの士官候補生に担がれたが、暫し何も言うことはできなかった。

もしかしたら、サラは死んでしまったのではないか。もしも自分があの時逃がしてあげれば、とイアダは暫く自分を虐げていた。だが1時間もする頃には、彼女は平静を取り戻しつつあった。

「ううん。サラは生きてる。あんな子が、簡単に死ぬはずないじゃない」

やや感情的な理屈だったに違いないが、イアダはサラが生きていることを確信した。そして彼女の理知的な部分と感情的な部分の利害が一致し、彼女は上司に向かって意見を具申した。

「遭遇戦で傷ついた者を治療するため、我ら治癒魔術師数名を北に派遣しましょう」

その提案は、襲われた貴族令嬢の本当の正体を知っている上司の、ここで見捨てたら出世に響くのではないかと言う極めて打算的な理由で許可された。だがイアダ自身も極めて打算的な理由でこの提案をしたため、それを非難することは彼女にはできない。

イアダらはすぐに出立の準備を始め、そして1時間後にはコバリを発つことができた。

翌2月5日。

やや強行軍でコバリの北にある農村に到着したイアダたち治癒魔術師は、タルノフスキ中尉率いる第7歩兵小隊と合流した。そこで彼女は、驚くべき情報を耳にした。

「あの、敵の騎兵隊というのは……？」

「あぁ。それなら彼らの活躍で撃滅した。当面の脅威はなくなったが、まだ警戒は必要だろう」

そう言いながらタルノフスキ中尉が指差した先には、イアダの友人であるサラの姿があった。その姿を確認した彼女は、タルノフスキ中尉の存在をすぐに忘れてしまい、一目散に駆け寄り、そして叫んだ。

「サラ！」

「……イアダ！」

イアダの存在を認識したサラも途端に駆け出した。だがその衝突力は、イアダの方が格上だった。彼女は勢いよくサラに抱き着くと、その場でサラの全身をまさぐり出した。もし彼女が男だったら、即座に警務科の人間に連れて行かれるところだったろう。だが、今回の場合は、どちらかと言えば被害者の方が男らしかった。

イアダはサラの無事をその目で確認しつつも、彼女の身体を隈なく触り、それによってケガがないかを確かめていたのである。

「大丈夫？　ケガはない？　もしかして足がないとかそういうのは大丈夫？」

「足がなかったら幽霊じゃないの……。大丈夫よ。私がケガするはずないじゃないの」

「そうなの？」

「そうよ。私が故郷の村で喧嘩しても、ケガをしたことないでしょう？」

「……そう言えばそうだったね」

サラにケガはなく、ついでに今抱き着いているのは幽霊ではなく、実体を持つ人間であることをイアダが確信した時、彼女の疲労と感情が一気に押し出され、その場で崩れるように座り込んでしまった。

「い、イアダ？　大丈夫なの？」

サラが心配してイアダに話しかけると、彼女は途端に涙を勢いよく流し始めた。

「ち、ちょっと!?　何があったのよ!?」

サラは、イアダが初めて見せる涙に困惑してしまい、その涙の意味を察することができなかった。何かがあったから泣いたのではない。何もなかったから彼女は泣いたのである。

そしてイアダはこの時気づいた。

サラは自分が居なきゃダメで、そして自分がお人好しな人間だから、いつも彼女のことを見守っていたのだと思っていた。でもそうじゃなかった。

イアダは、知らず知らずのうちにサラを心の頼りにしていた。自分より下の人間を見て、それで安心していたのかもしれないと、そう思ったのだ。

その事実に気付いたイアダは、泣いた。

そしてその事実に気付かなかったサラは、泣き喚く彼女の身体を抱き締めた。

こうして彼女たちの戦争は終わりを告げた。

それからの士官学校の生活の中、イアダはサラのすることにあまり介入しなくなった。対等の友人として相談されたり、または逆に相談したりすることはあっても、イアダの方から積極的にサラにお節介をすることはなかった。

それはイアダなりのケジメでもあったが、何よりも「彼女ら」の存在が大きかったかもしれない。

サラはあの戦争以降、交友関係を広げた。公爵令嬢と対等の友人となったり、既に士官学校内で有名になりつつある商家の次男の色男などと一緒に歩いている姿を度々目撃していた。同じ組に所属しているというのもあるだろうが、それ以上に彼女らには強い絆を、イアダは感じたのだ。

既にサラは、イアダの知る人物とは違う人間になっていた。

彼女は自分なしでも、成長している。今思い出してみれば、入学式が終わった直後からその傾向が現れていたことに、イアダはようやく気づいた。

サラが自分の与《あずか》り知らぬところで成長しているという事実は、イアダを少し嬉しいと思わせつつも寂しい気持ちにもさせた。少し前まで妹だと思っていた人間が、いつの間にか巣立ってしまったのだと。でもそれを寂しいとは思っても、悲しいとは思わなかった。それは子供が独り立ちしてしまった後の親の気持ちと同じだったかもしれない。無論、彼女にはまだ子供はいない。それどころか好きな異性なんてものもいない。

「あたしも、うかうかしてられないわね」

サラは成長している。ならば、自分も成長しなければならない。

いつまでも彼女に頼ることはできないのだから。

そして春が到来し、短い夏が来て、そしてイアダは3年生に、サラは2年生に進級した。

サラは騎兵科に入り、仲の良かった友人たちと別れることになってしまった。無論同じ学校にいるため、完全な別れではないが、それでも彼女はいつもの覇気がなく沈鬱な表情をしていた。

それを見たイアダは、久しぶりにお節介を焼くことにした。だがかつてのように重度に介入することは避ける。話を聞いて、ちょっと助言するだけに留めようとした。

久しぶりにイアダに話しかけられたサラは、思いの丈を彼女にぶつけた。

「それでね、アイツったら私が黙ってるのをいいことに、目の前でずっとさん付けするのよ！　私の気持ちも知らないで！　最後だから殴るのはやめておいたけどね！」

「そういうことがあったのね……」

「そうよ！　今思い出してみればあの時も……」

サラはイアダに、ユゼフという出来損ないの士官候補生の悪口を延々と続けていた。だがその悪口からは心なしか悪意や敵意というものを感じない。あえて言い換えるならば、それは悪口ではなく良き日々の思い出話と言った方が良いだろう。

その思い出を話すサラの表情は、かつて冬の練兵場で見たものと同じだった。そしてあの時にいた少年が、ユゼフというのだとイアダは理解した。

「イアダ、聞いてるの!?」

「聞いてるよ。さん付けが嫌なのに事あるごとにさん付けしてくるって話でしょ」

「それだけじゃないのよ！　昨日なんてね……」

イアダは、サラの心地よい声に耳を傾けつつ、こうも思っていた。

サラは恐らく、自分よりも大きな人間になる。自分より早く、自分より大きな幸せをその手につかみ、そして大事を成す人間になると。

その結論に至ったイアダは、サラに少し嫉妬した。

でもそれを壊そうなどとは思わなかった。ちょっと妨害してやろうか、という意地の悪い事を考えてはいたが。

「酷い話だと思わない!?　でも私は殴らなかったわよ。殴ってばかりじゃ嫌われるかもしれない、ってイアダに言われたし……」

「えぇ、そうね。でももしかしたら、それが目的なのかもしれない」

「えっ？　どういうこと？」

「いや、同じ組の奴に聞いたんだけどね。世の中にはそういうことをされて喜ぶ人間がいるみたいなの。だからその、ユゼフくんだっけ？　その子もそういう人間なのかもよ？」

「まさか……でもあり得るかも。なんか事あるごとに私を怒らせるようなこと言うし」

「でしょ？　だから今度会ったら、開幕劈頭《へきとう》殴ってやりなさいな。もしかしたら満更でもない顔するかもしれない」

イアダは別に確証があって言ったわけではない。面白半分、そうだったら良いなという軽い気持ち、そしてサラが入学してきたあの日、長い時間生徒指導室に軟禁されたというちょっとした恨みから、そんなことを言ってみただけだ。それに言ったところでサラがそれに従うとは、イアダは予測していなかったのもある。

「んー……わかった。やってみる」

こうして彼女たちの日々は過ぎていき、そしてユゼフはサラに会う度に殴られ続ける日々が続くことになった。イアダの何気ない一言がユゼフの青痣《あおあざ》の原因となったのだが、その事実が彼に伝わることはなかった。

そしてまた季節は移り変わる。

強く吹く風が枯れ葉を散らし、叩きつける寒波が大地に雪を降らし、そしてまた太陽が凍った地面を解かし始める。友人たちと泣いたり、笑ったり、時に喧嘩したりもした。

それを数度繰り返し、ついに大陸暦６３５年の８月21日を迎える。

イアダ・バランスカら第１２２期士官候補生の、卒業の日である。

彼女の卒業試験の結果は上々だった。医務科の中での席次は上から５番目で、文句なしの少尉任官が決定された。

卒業式は、問題なく執り行われた。皆様々な思いで別れを惜しみ、その後それぞれの任地へ旅立って行く。イアダもその例外ではなく、厳しい訓練からようやく解放されるという思いと、まだこの学校に居たいという気持ちが心の中でせめぎ合っていた。

卒業式が終わり、最後の組会も終わると、彼女は５年間暮らした女子寮へと戻った。

「……いよいよお別れか」

その言葉には、２つの意味があった。

ひとつは５年間暮らした女子寮との別れ、そしてもうひとつは、４年間共にした友人との別れである。同じ任地になるという奇跡がない限り、それは長い別れとなる。最悪の場合、10年は会わないかもしれない、と。

イアダは感慨に耽りながら、荷物の梱包作業を始める。と言っても、今月に入ってからこまめにやっていたし、彼女の荷物がそう多いわけでもないため作業は楽だった。

作業が一段落し、少し休憩しようかと思ったとき、寮室の扉がノックされた。

「開いてるよ」

誰が来たのか、という問いをイアダはしなかった。この日このタイミングで来るのは1人しか思い浮かばなかったからである。

そしてイアダの想像通り、寮室の扉を開けたのは騎兵科第4学年のサラだった。

「どうしたの？」

事情はだいたい察することはできたが、イアダはサラの出方を待った。そのサラは頬を真っ赤にし、後ろ手を組んでモジモジするという、おおよそ彼女らしからぬ行動を取っていた。

「あ、あの……えっと……。イアダって、卒業したら、ど、どこに行くの？」

「任地ってこと？」

「うん」

「えーっと、待ってね。確かこの辺に辞令が……ってあった。北東部国境付近にあるリーン駐屯地の衛生隊勤務ね、階級は少尉」

そう言うとイアダは「ぶい」と言ってVサインをサラに突き付けた。だが一方のサラは益々表情が沈鬱になって行った。さすがにここまで落ち込まれてしまっては、イアダはその表情について指摘せざるを得ない。

「サラ、あんた本当に何があったの？」

「な、何もないわよ！　ただ、ちょっと寂しいと思ったの……と」

「と？」

イアダが聞き返すと、サラはもっと頬を赤く染めた。赤い髪と合わせると、顔面全体が赤い塗料で塗られたようになっている。

サラはその表情のまま暫し逡巡した後、意を決したかのように目を見開き、そして叫んだ。

「あ、あのね、こ、これ！」

そう言って彼女は、後ろ手に組んでいた手――いや、正確に言えば隠していた手――をイアダに突き出した。その手には、小さな箱がある。

「……なにこれ？」

「だ、だから、その、卒業祝いよ！」

「え？」

イアダは、少し驚いた。それもそのはずで、イアダはサラから贈り物を貰ったことが一度もないからだ。無論、イアダからそういうものを要求したこともない。これも彼女の成長の片鱗なのか、とイアダは少し感心した。

先ほどから顔を真っ赤にしていたのは、その行為が恥ずかしいと思っていたからなのだろう。

イアダはそう納得すると、目の前にいる少女からその小箱を受け取った。

「……ありがとう、サラ。これ開けても大丈夫？」

「…………」

が、その問いに対してサラはなぜか黙った。不思議に思ったイアダが再び問いかけようとした時、サラはそれに先んじて言い放った。

「あ、あの、それはイアダが向こうに行ってからの方が良いと思う」

「え、そうなの？」

「うん。確か8月31日までは、法律上はまだ候補生ってことになるって聞いたから……」

「へぇ……。じゃ、9月になってから開けた方が良いか」

サラの言う通り、イアダは卒業式を終えたとはいえ、その身分はまだ正確には士官候補生であり少尉ではない。この箱の中身は、きっとれっきとした士官となったときに開けた方が効果があるのだろう、とイアダはそう結論付け納得した。

そしてサラは、小箱を渡してからもその場に居座り続けた。それは別れを惜しむ、士官候補生としての彼女たちの最後の会話だった。

消灯時間になるまで、サラとイアダは話しこんだ。それだけではなく、イアダは隠し持っていた秘蔵の葡萄酒《ワイン》を開けて、ちょっとした酒盛りまでした。その時サラが酔ってしまって、それを寮の自治委員に隠すのが大変だったが、イアダはその最後の士官候補生の夜を楽しんだ。


翌8月22日の昼。イアダは士官学校の入り口にいた。士官学校から、次の任地であるリーンまでは遠くはない。だがその道中にある彼女とサラの故郷に寄るつもりだったために、少し早めに士官学校を出ることにしたのだ。

イアダは後輩や出発が遅くても平気な同級生、そして教師たちに囲まれながら、最後の挨拶をする。その群れの中には当然サラの姿もあったが、2人が言葉を交わすことはなかった。

口に出さずとも、互いの目を見れば思いは伝わる。

サラの目は、

「ヘマするんじゃないわよ」

と言っており、そしてイアダの目は、

「そっちも、退学にならないでね」

と言っていた。

その言葉が伝わったのは理解できた。

そして、サラとイアダはほぼ同時に叫んだ。喧騒の中でも聞こえるように、ハッキリと。

「「ありがとう!」」


こうして、第122期卒業生イアダ・バランスカは士官学校を後にした。

揺れる馬車の中で彼女は、親友から渡された小箱をずっと握りしめていたという。

9月1日。イアダ・バランスカは正式に少尉に任官し、リーン駐屯地で任務に励んだ。

彼女自身が優秀だったことや、シレジア＝カールスバート戦争の時に実戦参加したこともあってか、日々の任務に大きな支障はなかった。無論、初めての事が多く大変だったが、それ以上に多くの知己を得ることができた。

そして日は沈み、1日が終わる。

兵舎に戻った彼女は、そこでふと思い出した。後輩で、親友であるサラ・マリノフスカから渡された小箱の存在である。

サラはそれを、法律上正式に少尉に任官してから開けて欲しいと言っていた。イアダの意地の悪い部分が、コッソリ開けてしまおうかと考えたこともあったが、それはしなかった。

そして今日の日付は9月1日。今開けてもサラは文句を言わないだろう。

イアダは未だ片付いていない荷物の山から小箱を見つけ出した。

サラは、念を押して9月以降に開けろと言っていた。それがどういう意味を持つのか、実は何か仕掛けがあるのだろうか。そう思うと少し心臓の鼓動が速くなる。

イアダは小箱を開ける前に、少し深呼吸した。

そして何があっても即応できる体勢を取った。もしいきなり毒矢が飛んで来ても、瞬時に回避できるように。

◇　◇

いや、さすがにそれは誇張であるが。

イアダは二呼吸程間を空けた後に意を決し、そして思い切り小箱を開けた。

が、少し拍子抜けする物がそこにはあった。

小箱の中身は、金属製のブローチだった。金でもなく、銀でもない。そこにあったのは青銅製の、ごく普通のブローチである。少し仕上げが拙《つたな》いことに目を瞑れば、十分実用に耐えうるものであるのはわかった。

問題は、ブローチの中心に刻まれた模様だった。

いや、それは模様ではない。正確に言うのであれば、それは数字だった。刻まれた数字は、なんとか「13」と読むことができた。イアダは、その雑な数字の刻み方がサラによる手彫りであることは理解できた。だが「13」の意味は暫く理解できなかった。

彼女はしばし考えた。

こんなものを、なんでサラは少尉になってから開けろと命じたのか、それがわからなかった。

結局イアダは結論を見出すことはできず考えるのをやめた。寝具《ベッド》に横たわり、ブローチを見ながら士官学校の出来事を一から順に思い出していた。

その作業の中、ふと気づいた。「13」という数字が何を意味するのか、彼女は気づいた。そして同時に、サラが顔を真っ赤にしてこの小箱を渡した理由にも、そして「小箱は正式に少尉任官してから開けるように」と念を押した意味にも気づいた。

その結論に至った彼女は、思わず噴き出してしまった。

「あの子は、本当に手がかかるんだから！」
イアダはその後数分間にわたり、お腹を抱えて笑ったという。

大陸暦６３５年9月1日。
それはサラ・マリノフスカが第5学年に進級した日であり、
そしてイアダ・バランスカの17歳の誕生日でもある。

了

書き下ろし『盤外の戦い』

大陸暦636年2月19日、王立士官学校戦術研究科演習室。

薄暗い演習室の中で、2人の男女が大きな机を挟んで対峙していた。

男性は戦術研究科のユゼフ・ワレサ。

女性は剣兵科のエミリア・ヴィストゥラ。

彼らの目の前にある机には、端から端まで地図が広げられている。

地図に描かれているのは、旧シレジア王国領にして現オストマルク帝国領となっている地方都市クロスノ周辺で、さらに地図には六角形のマス目が細かく置かれている。

そのマスの上には、紅白に分かれた様々な形をした駒が多く配置されていた。駒には「槍兵・72」「騎兵・2」「魔術兵・13」などの様々な文字が書かれていた。

そしてエミリアは、静かに指示を出す。

「第3騎兵隊は45‐33地点に移動、46‐33地点の敵槍兵の側面を攻撃」

エミリアの場所からは、第3騎兵隊の駒まで手が届かない。そのため近くに居た教官の1人が赤色の「騎兵・3」と書かれた駒を45‐33地点に移動させ、そして白色の「槍兵・58」を攻撃させる。

そして別の教官が、

「攻撃、成功」

と淡々と判定を下す。その脇に立つさらに別の教官がサイコロを振り、損失計算を行う。

「『紅軍騎兵・3』の損失12。『白軍槍兵・58』の損失62」

その判定を聞いた白軍司令官、つまりユゼフ・ワレサは静かに舌打ちをする。損失62、即ち部隊損耗率62パーセントと判定されては、もはやこの「槍兵・58」に戦闘能力はない。

この「槍兵・58」はユゼフ指揮する白軍右翼に展開する部隊。そこを突破されては、白軍は右翼から崩壊を始めてしまう。

「右翼師団を後退。地点28‐51から地点39‐31にて防御線を再構築します」

ユゼフがそう指示をした途端、右翼に展開していた数十の駒が一斉に動かされた。

机の脇に立つ教官陣が駒を動かし、後退の失敗／成功判定や損失率の判定を計算する中、エミリアはそれに構わず指示を下した。

「左翼師団で追撃します」

それを聞いた教官陣たちは、またしても慌ただしく駒の移動と計算を行う。そして、

「白軍右翼、後退に失敗。『白軍槍兵・58』は全滅判定。紅軍左翼、追撃成功。『白軍槍兵・11』『白軍剣兵・8』の損失判定31」

淡々と話す教官の判定に、紅軍司令官エミリアは思わず笑みを浮かべ、一方の白軍司令官ユゼフはだらしなく頭を掻いた。

教官陣たちの判定によって、地図上の白軍部隊配置は数分前と大きく変わっている。右翼は完全に崩壊し、そこに紅軍左翼が追い打ちをかける。白軍中央や左翼が、崩壊する右翼を援護しようにも、その前に立ちはだかる紅軍部隊によって圧迫を受け、自由に動けずにいた。

さらにその十数分後。ユゼフ率いる白軍残存部隊は地図上の右下の隅、つまり南東の地点に完全に追い詰められていた。

ここまで来ては最早、誰の目から見ても勝者の名は明らかだった。

脇に立つ教官の１人が、淡々とその事実を士官候補生たちに告げる。

「判定。勝者、エミリア・ヴィストゥラ」

この日ユゼフは、図上演習にてエミリアに大敗した。

◇

◇

「で、今回で何敗目なんだ？」

「……６敗目」

エミリア様との図上演習終了後、俺は士官食堂でやけ食いしていた。

そしてあの演習室で俺とエミリア様の対決を見ていたらしいラデックとサラがひょっこりと俺の前に現れたのでちょっと愚痴っていた。

「でもなんでエミリアがあんたと戦ってるの？　しかも今回で10戦目らしいし」

サラの言う通り、エミリア様との図上演習はもう10回もやっている。同じ戦術研究科の人間や教官とならまだしも、剣兵科のエミリア様と図上演習をするのは普通じゃない。

「なんか、エミリア様の要望らしいよ」

「そうなの？」

「うん。具体的になんて言ったか知らないけど、まぁ想像はつく」

たぶん「公爵《王族》たる者、兵を指揮する能力も必要なのです！」とか言い出したんだろう。

それを真に受けた教官達が戦術研究科で行われている図上演習の授業に、エミリア様を特別に参加させた。そして相手としてエミリア様の顔見知りで、尚且つ貴族的なわだかまりもなく戦術の点数もそれなりに良い農民出身の俺を指名したという感じかな。

「あー……」

どうやらサラは俺と同じ結論に至ったらしく「なるほどねー」と頷きながら俺の手元にあったパンを1つ奪い取った。

奪い返そうと腕を伸ばすも、その腕を思い切り叩かれたため奪取は断念する。てか、自分の手元にもあるやん……。

「まぁ、そう言う事情はともかく。ユゼフが図上演習で負けるとはな。戦術の先生も大したことはないいな？」

「そうね。もうユゼフって剣術じゃエミリアに太刀打ちできないし、唯一勝ってた頭の方も簡単に抜かれちゃってるみたいだし。そろそろ『頭から下は不要な男』から『頭も不要な男』に改名しちゃえば？」

「ひでぇ……」

頭から下が不要で頭も不要な男って、もうそれダメ人間じゃないか。奴隷か何かに転職した方がまだマシかもしれない。そもそものあだ名は俺が自分で言い出したものじゃないし。

「ま、俺のことはともかく、エミリア様がこんなに強いとは思わなかったことは確かだな。怪物を育てた気分だ」

「そうだな。さすが剣兵科の才女と呼ばれてるだけある」

剣術は既に達人級、図上演習でも戦術研究科に勝てる程の頭脳。そして王族で金髪美少女《ロリ》かぁ……。これで身長と胸があったら完璧超人間になってしまう所だった。

「でも、ちょっと不安なところがあるんだよなぁ……」

「不安？」

「うん。まぁ負けた俺が言うのも変な話なんだけどね」

「いいから言いなさいよ」

俺が言い淀んでいると、サラが催促してきたので渋々言う。でも別に確証があるわけじゃないのだ。ただなんというか、感触というか感想みたいなもん。

「サラとラデックって、俺とエミリア様の図上演習って何回見た事がある？」

俺がそう問うと、2人は宙を見ながら指を折っていた。って、そんなに見てたの？

「俺は7回くらい見たな。お前がエミリア様と戦うって聞いて時間空けたから」

3回くらいかと思ったら結構見てるんだな……ちょっと恥ずかしい。

「私もそれくらいね。確かユゼフって最初の方は調子よかったわよね?」

「まぁね」

エミリア様との対戦成績は4勝6敗。まず俺が4連勝し、その後エミリア様が6連勝。

最初は俺が圧倒していたと思う。まぁエミリア様も図上演習に慣れていない頃の話だし、日頃戦術研究科で図上演習している俺に大差で負けるのは仕方ない。

だが、演習を重ねるごとにエミリア様も図上演習特有のコツを掴んだらしく、後になるほど最終的な点数差が縮んでいたのだ。

「そしてコツを掴まれてエミリアにボコボコにされたの?」

「そういうこと。まぁエミリア様は、基礎はできてたからね。それを徹底すれば負けることはない」

「……なんか引っ掛かる言い方ね」

「まさに、肝心なのはそこなんだ」

確かに基礎は重要だ。全ての応用は基礎がしっかりしていることが前提だし。

そしてエミリア様は、基礎はできている。でも、言ってしまえばそれだけなのだ。

戦術の教科書通りの部隊配置、教科書通りの指示、教科書通りの戦法しか取れない。教科書に載ってない戦いに遭遇したら、エミリア様は対応できないだろう。

そしてもうひとつ、重大な問題がある。

「図上演習の点数が良くても、実際の戦場で同じことができるわけじゃない」

「そうなの?」

「うん。これはあの図上演習の欠点とも言える話なんだけど……話せば長くなるから省略するけど、一番の問題は時間かな」

「時間?」

「うん。俺が戦術研究科でやってる本格的な図上演習、長いと数日かかるんだよね」

「……冗談だろ?」

いや、残念ながらこれは本当の話だ。

想定される作戦や戦略、動員される軍の規模によって違うけど、日を跨ぐことは稀によくあるのが図上演習なのだ。実際の戦場でも数日間に亘《わた》って戦うのはよくあることだし、むしろその程度で済んだら短い方かもしれない。

ちなみに、俺が今までやった演習の中で一番長かった演習は3日である。第二次シレジア分割戦争の時、東大陸帝国軍とシレジア王国軍の間に起きた「ルドミナ会戦」という戦いを再現した演習だった。

相手は戦術研究科次席の秀才ルイ・フォルド。彼は東大陸帝国軍8万を指揮、そして俺は3万のシレジア王国軍で迎撃した。

フォルドは数で勝り、俺は地の利で勝る。緒戦は一進一退を繰り返し戦線が膠着。俺が迂回奇襲を行い敵の補給線を断ち、と思ったら敵陣深く誘い込まれて危機に瀕したりした。縦深防御、浸透攻撃、包囲殲滅、中央突破、ゲリラ戦ｅｔｃ《エトセトラ》……。俺らは戦術研究科で習ったほぼ全ての戦術・戦法を駆使し、史実じゃ18時間でシレジア王国軍が敗北したこの会戦を、３日もやる羽目になったのである。

最終的な損失は王国軍２万７０００、帝国軍５万３０００。ルドミナが帝国軍によって制圧されてようやく終了した。

そして気になる勝敗判定については教官たちも結構悩んだらしい。絶対的な損害で言えばフォルドの方が圧倒的だった。しかし彼はルドミナの占領という戦略的目標を達成している。教官たちの侃々諤々《かんかんがくがく》の議論の結果、判定はまさかの「引き分け」だった。

足かけ３日間、ほとんど不眠不休で行ったこの戦いが引き分け。もう二度とフォルドと戦いたくないという思いを持ちながらその場で倒れたことを覚えている。今となっては良い思い出……でもないな。

そんな激闘の３日間を３００万文字くらいに起こして売り出したい気分だが、需要がなさそうだし第一俺にはそんな文才がないのでまた後日のこととしておいて。

「エミリア様との図上演習、あれは結構細部を簡略化してるから短時間で終わってる。まぁ剣兵科のお嬢様を長時間拘束することなんて無理だから、仕方ないと言えば仕方ないいんだけど」

「そう言えば、あの図上演習に『輜重兵《しちょう》』の駒がなかったな」

「お、さすがラデック。気づいたか」

「まぁ、自分の科だからな」

戦場において重要な補給の概念がサックリなくなっているのだ。だからエミリア様は補給を気にせずドンドン進撃できた。一方、俺は真面目に補給線の事を考えて戦っていたから負けた。

ついでに言えば、賽《さい》の目もおかしかった。どうもエミリア様が良い数字を引きすぎている気がする。たぶん、教官連中が公爵令嬢《王族》に媚びを売ろうとした結果なんだろうけど……。

ま、これはちょっと言い訳臭くなるからサラやラデックには言わないけどね。

「話が逸れたけど、要はエミリア様にはあの図上演習だけで自信を持ってもらいたくないってことかな。アレと実際の戦場はだいぶ違うから」

と、言っても俺自身実際の戦場を深く知っているわけじゃない。俺が知ってる戦場はコバリだけだし。

でも元戦術の先生として、あの状態のエミリア様は放ってはおけないな。彼女が本当に王族として指揮能力を得たいというのなら、もっと視野を広げてあげないと。でもどうやって……。

そう思って、俺は飯を食うのを中断してウンウン唸って結構悩んでいたのだが、ふとサラがあるものに気付いたらしい。

「ねぇユゼフ。だったらこれ、丁度良いんじゃないの？」

「ん？」

彼女が行儀悪くフォークで指し示した先には「王立士官学校大規模軍事演習開催のお知らせ」なる貼り紙があった。

◇　◇

例年より少し早めの上半期期末試験を無事終えて、明後日に王立士官学校大規模軍事演習を控えた3月4日。俺は敵軍の司令官と最後の打ち合わせをすることになった。

この軍事演習は本来、士官学校の恒例行事として毎年やっていたものらしい。だが4年前のシレジア・カールスバート戦争を機に中止が続き、今年になってやっと再開されたものだ。

戦場となるのは王立士官学校の敷地内。そして軍事演習には士官学校に所属する候補生の内、医務科と警務科を除く兵科全員が参加することになっている。

医務科と警務科の参加が免除されているのは、医務科は紅白関係なく負傷者を治療するため、警務科は演習に託《かこつ》けて規律違反行為をする者がいないかを監視するためだ。

しかしそれでも参加者数は８００名弱になり、それを紅白の軍に分けて戦う。

部隊の振り分けは2週間ほど前に教官陣によって、成績や兵科等を考慮して公正公平に分けられている。そのため紅白軍どちらか一方が質的有利、量的有利になることはない。

つまりは戦場における各人の度量と才覚、そして司令官の指揮と判断が勝敗を分かつのだ。そして、その肝心の司令官はと言うと……、

「お手柔らかにお願いします。ユゼフさん」

「こちらこそ、エミリア様」

紅軍司令官はエミリア・ヴィストゥラ。

白軍司令官は俺、ユゼフ・ワレサ。

いつぞやの図上演習と全く同じ、ということである。

無論、これは偶然ではない。というのは、エミリア様に演習のことを教えたからだ。そしてその演習の軍司令官になってはどうかと推薦し、そして俺がもう一方の軍の司令官となることを提案した。図上演習と実際の戦場は違う、それを教えるために。

でもただ提案しても変に勘繰られて司令官になってくれない、という可能性があった。

実際それを伝えた時のエミリア様は困惑していた。もし彼女が拒否したらどうしよう、とも思ったが案外エミリア殿下はノリノリでこの提案に乗ってくれた。ただしちょっと悪い笑みを浮かべながら、だったが。

「わかりました。その提案を受け入れます。こちらの条件を呑んでくれれば、ですが」

「条件？」

「はい。ですが条件と言ってもそう難しい話ではありません。『負けた方は勝った方の言うことを何でも聞く』というものです」

「……ん？」

今なんでもするって……言ってないか。負けたら、と言っただけか。

ふむ。負けてもエミリア《美少女ロリ》様に命令されることはそんなに苦ではないし、勝ったら王女殿下に何でもして良いと言うのだ。まさしくノーリスク・ハイリターン。なら勝ったら色々あれやこれを……

っていやいやいや。それやったら死ぬ。たぶん大逆罪だかで死ぬ。

「あの、それはあまりにも……」

そもそもその賭けは王族としてどうよ？　あまりにも、低俗じゃない？　と思ったのだが、エミリア様は小悪魔的な笑みを浮かべてこう言ったのだ。

「あら？　ユゼフさんは自信がないのですか？　そうですよね。戦術研究科なのに、図上演習で私に6連敗したのです。それは自信もなくなりますよね。いいですよ、無理しなくても」

久々にカチンと来た。まぁそれがエミリア様の策だったと後で気づいたが、その時の俺はまんまとその挑発に乗ってしまったのである。

「わかりました。その条件を呑みます。後悔させてさしあげますよ」

「ふふっ、私もユゼフさんを7連敗に追い込むことを楽しみにしていますね」

こうして俺とエミリア様は紅白両軍の司令官として就任し、現在に至るのである。

そしてこの日の打ち合わせは、明後日に控えた演習の「規則《ルール》」を最終確認する場でもある。

「それでは早速、演習規則の最終確認に入ろう」

と言ったのはエミリア様の護衛役であるヴァルタさん。今回はエミリア様と同じ紅軍に配属され、そして参謀として主君のサポートをするようだ。ちなみに俺の、つまり白軍の参謀長は気心の知れたラデックだ。戦術研究科の誰かでも良かったけど、今回の作戦は全部俺が立てるつもりだったから、事務や補給任務に秀でたラデックを登用した。

ヴァルタさんは今回の演習の規則を一から順に淡々と読み上げていく。規則と言っても難しい話はないが、長いので重要な物だけをピックアップするとこんな感じだ。

一、王国軍の規律を遵守すること。
二、人を殺めてはならない。
三、勝敗の判定は司令官の降伏、もしくは戦死判定で決する。
四、校舎内での戦闘は、その一切を禁止する。
五、騎兵の使用は禁止する。なお、物資等の運搬に馬を使うのは可とする。
六、戦闘で使用できる魔術は、初級水系魔術「水球《ウオーターボール》」のみとする。
七、戦死判定は教官及び警務科・医務科の人間が行う。
八、演習期間は、特別な事情がない限り３日間を上限とする。
九、演習において規則を全て守れば評価が下がることはない。
　また果敢な戦闘を行った者に対しては、演習の勝敗に拘《かか》わらず成績に加味する。

一、二、三については説明不要。
四は、校舎内の戦闘で備品を壊されるのを防ぐため。

五は、馬がケガをすることを防ぐためと、馬に轢かれて死ぬ奴が出ないようにするための規則だ。

六も同様に、威力が弱く火事が起きる心配の低い「水球《ウオーターボール》」以外の使用を禁止。他の武器に関しても、殺傷力のない訓練用の装備を使用することになっている。

七は公平を期するための措置。

八は、いつまでもだらだらと戦ってはカリキュラムに影響があるからだ。と、言っても全ての戦力を合わせて2個中隊程度しかいない戦いで3日もかかるとは思えないけど。

そして最後の九は、候補生たちのやる気を上げるためだ。要はエサ。

「以上だ。何か質問は？」

「ないです」

「そうか、では次の議事に移るが……」

そう言って、今日の打ち合わせはヴァルタさん司会でどんどん進んでいく。打ち合わせの主導権が敵に取られている！　と危惧する者はうちの司令部にはいない。だって司会とか面倒だし。

その後数十分に亘って打ち合わせは続くも、そのほとんどが最終確認だった。明後日が本番なのに今更新しい提案をしたところで準備は整わないし承認を得ることもできないだろう。

だから、今回の打ち合わせは本当にただの顔合わせ。そして……。

「しかしユゼフさんが司令官とは意外ですね」

「ええ、自分でも驚いていますよ」

推薦したのは貴女ですけどね。

「しかしワレサくんは最近、エミリア様との図上演習で負けが込んできていると聞いたが、大丈夫なのか？」

「ええ。大丈夫ですよ。豪華な家で酒と食い物に困らない生活を送っているだけの貴族のボンボンに負ける程、私はやわな人間じゃないんでね」

「ほう……」

俺がちょっと煽った瞬間ヴァルタさんの目が吊り上がった。超怖ぇ。

一方、事情をよく知らない教官や、他の士官候補生たちは「おいやめろ！」と目で訴えているが知ったことじゃない。

これは心理戦だ。戦いっていうのは、戦場で実際に剣を交える前に始まっているからね。これに怒って戦場で突出してくれたらそれは嬉しいかなって。え？　お前はこの前エミリア様の挑発にまんまと乗ったじゃないかって？　なんのことだかさっぱり。

「ワレサくんは自信がある様だが、その自信はどこから来るのだろうな？」

そんなことを知ってか知らずか、ヴァルタさんの目の切れ味は一層鋭さを増している。だから怖いよ。裏番長になってるよ！

「それはこちらの作戦を教えるようなものじゃないですか。教える訳ないでしょう」

そんなこともわからないの？　バカなの？　死ぬの？　って感じで言ってあげる。

喧嘩を売りたい場合、すごく嫌味ったらしく言うと良いらしい。そして実際効果があった。ヴァルタさんは前傾姿勢になり一層突っかかってくる……かと思ったが、その前にエミリア様が止めに入った。

「マヤ。その辺にしておきましょう。本番は明後日。そこで決着を付ければいいです」

「そうですね、エミリア様。本番までは、まだ時間があります」

そう言うと、紅軍関係者の候補生がすっと立ち上がり退室した。その際エミリア様とヴァルタさんが最後尾だったのだが、部屋から出る直前、エミリア様が俺の目を見て、

「ユゼフさん。『約束』は覚えていますよね?」

と言った。俺と殿下が決めた、あの約束のことである。このことはラデックらには言ってない――というか言ったらたぶん殺される――ので、彼らは揃いも揃ってポカンとしていた。ヴァルタさんも不思議そうな顔をしていたので、たぶん彼女も知らないのだろう。

こうして、この日の打ち合わせはやんごとなきご身分の方々の、多少の怒りを残して終わったのである。

はぁ……本気で死ぬかと思った。

「お前さ、やっぱバカだろ」

俺の隣でずっと戦々恐々としていたうちの参謀がそんなことを言っていた。

知ってるよ、そんなこと。

◇　◇

3月5日は全校休校。だが、翌日に軍事演習を控えているため本当に休む奴はいない。この1日は準備期間で、この日の内に部隊の編成や指揮命令系統の徹底、補給線及び防衛線の設定、そして攻勢作戦の立案等をやらなければならない。

このうち、人事と補給に関してはラデックに丸投げした。ま、これは輜重《しちょう》兵科じゃ習うことらしいからラデックにとっては朝飯前だろう。だから俺は作戦立案に精を出すことができた。

俺とラデックは1日を通して全力で仕事に励む。相手は仮にも図上演習で6連勝しているエミリア様だ。どんなにやってもやりすぎってことはないだろう。

エミリア様率いる紅軍は士官学校北側の魔術練兵場に拠点を置き、俺ら白軍は南側の輜重《しちょう》兵科校舎付近に陣を張る。

そして昼食休憩を挟んで暫くした後、ラデックは俺の想像以上の早さで補給計画の策定と部隊の編成を終わらせてしまった。

「おい、出来たぜ」

「って、早いな！」

「俺がこの2週間、何もしてなかったと思うか？」

「なるほど……ありがとな」

「どういたしまして。にしても騎兵も魔術兵もない部隊編成なんて、どうなんだ？」

「仕方ないだろ。その兵科使ったら死人が出る。それに戦場は士官学校の敷地内だ。校舎や寮がある場所じゃ事実上市街戦になるし、その2兵科はどうせ使えないよ」

今回の軍事演習で使える兵科は槍兵、剣兵、弓兵、輜重《しちょう》兵、そして頭脳労働者たる俺ら司令部要員。つまり、事実上戦力となるのは槍兵、剣兵、弓兵だけだ。

他の科に所属している連中、例えば魔術研究科とかはどう考えても非力な連中なので槍兵こと壁役になってもらう。騎兵科は、サラのように剣に秀でているなら剣兵、それ以外は槍兵……という感じで編成することになる。ラデックはそれに加え、各員の上半期期末試験の結果や交友関係を考慮し、部隊編成を行ったようだ。

ラデックは白軍の正面戦力340名を2個中隊に分けた。そしてその下に6個の小隊を作り、さらには各隊指揮官も既に決定し各自に通達を済ませている。

第1中隊指揮官は剣兵科次席で俺やラデックらの元同級生であるシモン・カミンスキ。

第2中隊指揮官は騎兵科首席でサラに気があると噂されるライゼル・サレスキ。……って、サレスキさんや、あんな娘でいいのかいな。

そして特徴的なのは、第1中隊が打撃力重視の部隊で、第2中隊が機動力重視の部隊に編成されていることだ。これは俺の要請なのだが、ラデックはキッチリ仕事をしてくれた。これなら戦況の変化に対して高度な柔軟性で臨機応変に対処できるだろう。

「あとユゼフの要望通り、剣兵科と騎兵科の成績が良い奴だけ集めた精鋭部隊作っておいた。名簿はこれだ」

そう言って彼は1枚の紙を俺の机に置いた。

そこに書かれているのは、まさしく選りすぐりの士官候補生30名で構成された少数精鋭の部隊。

この小隊は司令部直属の部隊として、騎兵科次席のサラに指揮を執るよう要請した。

信頼できて、かつ剣術に優れる人間といえば、サラくらいしか思いつかなかったからね。

それをサラに伝えた時、なぜか彼女は赤面しつつ、

「ま、任せなさい！」

と言ってくれたのでたぶん大丈夫だろう。

この小隊――面倒だから以後はサラ小隊って呼ぶ――はその機動力と打撃力で以って、攻勢作戦の中核を担う部隊とする予定だ。

「で、肝心の紅軍をぶっ飛ばす作戦計画の方はできたのか？」

「ぶっ飛ばすって……まぁ基本計画はできてるよ。後は各部隊の性格や特徴を考慮して細部を詰めるだけだ」

「ほーん……。作戦立案ってのも結構大変そうだな」

「まぁね。なんなら手伝う？」

「いや、やめておく。その基本計画ってのを聞くだけにしておこう」

チッ。いい感じにラデックに仕事を押し付けようとしたのに……。まぁいいや。

俺は今持ってる作戦の基本計画をラデックに伝える。それに沿った後方支援を彼に任せるつもりだから、細かいところが決まってから話そうと思ったのだが、まぁ今はいい。

問題は、作戦計画を話している途中からラデックの眉間に皺がどんどん寄ってくることだ。そして全てを言い終えた後、ラデックは目頭を押さえながらボソッと呟いた。

「よくもまぁ、そんな作戦考えられるよなぁ……」

「俺がこの2週間、何もしてなかったと思うか？」

「……はぁ」

ラデックは深い溜め息を吐《つ》くと、その後は特に何も感想は言わずに部屋から出て行った。

うーん……、そんなに変な作戦だったかな……？　ま、いっか。とりあえず俺はラデックから貰った部隊編成を基に、作戦をちょっと修正するかな。

全ての作業が終わったのは、陽が完全に没した後だった。

そして太陽が再び地面から顔を出せば、ついに王立士官学校大規模軍事演習の幕が上がる。

◇◆◇◆◇◆◇

大陸暦６３６年３月６日８時50分。

士官学校北側、魔術練兵場で陣を張った紅軍が最後の点呼を終了させた。点呼を行っていた紅軍参謀長マヤ・ヴァルタが、司令官であるエミリア・ヴィストゥラに報告する。

「エミリア様、点呼及び部隊編成終了しました。欠員はありません」

「ありがとう、マヤ」

演習開始時刻は9時丁度。それまでは、部隊の移動は禁止されている。つまり紅軍にとって少しでも有利な地点を戦場に選ぶには、その初動に全てが懸かっている。

「みなさん。作戦通りまずは第1練兵場にて布陣、敵を迎撃します」

エミリアの指示は単純だったが、戦理には適っていた。

紅軍拠点と白軍拠点の中間地点にある第1練兵場は広く、視界が開けており、かつ平坦な地形である。それはつまり兵力を展開させやすく、戦術的な選択肢が広がることを意味する。

無論それは白軍にとっても同じことである。

そのためエミリアは、できるだけ旗下の部隊の戦力を平均化した。どの部隊を投入しようと、戦力が同じであれば作戦も組みやすく、エミリアの戦術的選択肢が広がると考えたからである。

エミリアは、決してユゼフを侮っていたわけではない。むしろ戦術の師として、彼を尊敬している。だからこそエミリアは先手先手を打って、ユゼフが何か策を編み出さないよう動き続けることにしたのである。

またエミリアの頭は、敵《ユゼフ》がどういう戦術を以って攻撃してくるか、自分はどう対処すればいいかを考え、全てにおいて明確な答えを導き出した。

そして、士官学校全体に9時を報せる鐘の音が鳴る。

「では、始めましょう！」

エミリアはその胸に確かな勝利の自信、そしてユゼフとの「約束」を抱きながら、部隊に命令を下したのである。

◇

◆

◇

◆

◇

◆

◇

「ユゼフ。紅軍が第1練兵場に展開。数は1個中隊だ」

「さすがの機動力と統率力だ。あれだけの兵力を隊列を乱さずに急速前進させることができるなんて、余程優秀な人間じゃないと無理だね」

俺とラデックは敵の指揮官《エミリア様》の手腕を褒めつつ、単眼鏡を手に突出する紅軍の群れを見た。

よく観察すると戦術研究科次席で、かつて俺と死闘を繰り広げたルイ・フォルドが見えた。あいつ頭が良いだけじゃなくて足も速かったのか。意外だ。

俺が緊張感なく「へー」とか「おー」とか言いながら戦場を観察していたら、さすがに司令部直属部隊サラ小隊の小隊長殿に怒られた。

「何感心してるのよ。早く指示出しなさいよ」

「良いんだよ。知ってたから」

「は?」

サラ以下、事情を知らない隊員が首を傾げ互いに顔を見合わせている。ま、これ知ってるのはラデックとかの信頼できる司令部の連中だけだ。サラはエミリア様の友人だから黙ってたけど、今言っちゃっても大丈夫だろう。

「エミリア様が何をするのかは、事前に間諜《スパイ》から聞いていたから」

「……はぁ!?　間諜《スパイ》って、いつの間に!?」

「俺が、この2週間何もしてなかったと思う?」

「…………」

サラが固まった。呆れてるのかな。

まぁ、難しい話ではない。俺は候補生の紅白軍振り分けが発表された時、すぐに紅軍の名簿を見て間諜《スパイ》に相応しい人間を探した。とりあえず演習期間の間は俺の言うことを聞いてくれて、エミリア様への忠誠心が薄くて密告する心配がなく、かつ立場が弱そうな人間。

というわけで俺は後輩の戦術研究科2年生、少し成績が悪くて、気弱そうな紅軍の女の子（ちなみに13歳で結構可愛い）にこう言いました。

「実はこの演習、表向きは勝敗関係ないって言われてるけど実はそうじゃないんだ。負けて、しかも酷い戦いぶりを見せると貴族だろうが王族だろうが減点される。最悪それで退学させられちゃうんだよね。実際、何年か前に退学になった人が……」

無論、嘘である。が、士官学校に入ってまだ1年半しか経っていないこの子が事実を知っているはずもない。君は諜報戦の犠牲者、もとい勲功者として学校史に残ってほしい。

俺はその子に「間諜《スパイ》になれば、勝敗に関係なく成績が上がるよ。紅軍が勝てば問題なし、白軍が勝っても白軍の間諜《スパイ》としての評価がされるからね」と言った。

実はこれは本当である。実際に教官に聞いたことだ。演習規則には書いてなかったけど、このような諜報戦は恒例行事だったらしい。でもシレジア＝カールスバート戦争で演習が中断されて、諜報戦に代表される盤外戦のノウハウが完全に途絶えてしまった。だから教官に、

「君がもう一度、盤外の戦いの重要さを紅軍に教えてやれ」

と言われたので俺は遠慮なく紅軍を盤外からボコボコにします。そしてエミリア様に「約束」を履行してもらいます。

◇◆◇◆◇◆◇

当初予定通りの場所に展開を完了した紅軍第1中隊隊長にして弓兵科首席のアンリ・ヴルベルは混乱していた。紅軍司令官エミリアの命令通り、彼が率いる第1中隊は急速前進して展開を終え、いつでも敵を迎撃する態勢を整えていた。

だが、白軍の動きが妙に鈍いのだ。

白軍は、第1練兵場に紅軍と同じ1個中隊を展開しようとしている。機動力に差があるのか、まだ完全には展開し切れていない。それが紅軍の作戦目的であるから当然だとして、敵に逼迫感《ひっぱくかん》がないのがヴルベルには気になった。

アンリ・ヴルベルは確かに優秀である。彼の手にかかれば、数百メートル先にある的に矢を当てることもできる。それ故に弓兵科首席となり得た。

だが1個歩兵中隊を率いる戦術的な視野を持ち合わせていたかと問われれば、そうではない。彼はあくまで弓兵であり、戦術家ではないのだ。

そのため、彼が戦術的判断を誤ったとしても、それを咎めることはできない。その責任は、彼を中隊長に指名した者の、つまりこの場合は紅軍司令官であるエミリアに帰せられるべきである。

「よし。弓兵隊、前方の敵軍に対して攻撃開始。敵が混乱したら、そのまま追撃せよ」

もし中隊長が戦術研究科の者であれば、このような命令は出さなかったであろう。敵の妙な動きは、罠である可能性が高い。そんな状況で追撃すれば、その罠にかかる恐れがある。

だが、ヴルベルはその罠の存在に気付くことはできなかった。

◇◆◇◆◇◆◇

「よし、予想通りだ。敵は罠にかかった！」

第1練兵場に展開していた紅軍1個中隊は、矢の一斉射の後に前進を始めた。敵は十分に展開できていない、混乱しているにちがいない、と考えたからだろう。

紅軍の機動重視の中隊長の名前、及び性格や成績に関しては間諜《スパイ》ちゃん（勝手に命名）から子細を聞いていた。

弓兵科アンリ・ヴルベル。座学の点数が少し悪いが、弓術などの戦闘術においては10年に1人と目される天才。その才で弓兵科首席をもぎ取ったのだ、と。

早い話が戦術的視野の狭い脳筋野郎である。カモだな。

「作戦第2段階。第2中隊に連絡。逃げる……ふりをしろ！　全力で！」

自分の思い通りに動いてくれる敵を見て、思わずノリノリで命令してしまったもんだから、司令部の連中がドン引きしてた。やめて、そんな目で見ないで。

だが彼らの思う所を代弁するかのように、参謀長殿《ラデック》が口を開いた。

「逃げるふり……って、そんな指示があるのか……」

「え、そっち？」

「そうだよ。なんだ、逃げるふりって」

「んー……格好良く言ったら『偽装退却しろ』かな」

「じゃあ最初からそう言えよ。士気に関わるだろ」

「いや、言い換えたところで別にやることは変わらないから」

そうこうしているうちに、伝令が最前線にまで届いたらしい。

我ら白軍第２中隊は、指揮統制を失い蜘蛛の子を散らすように逃げていく。事情を知らない者が傍から見れば、そう表現するだろう。

だがこれも作戦の内だ。

第２中隊は無秩序な逃走に偽装した統制の取れた後退をしている。機動力重視の部隊だから、敵の追撃に対して致命的な被害が出ないように有機的にかつ効率的に機動している。その辺はさすが騎兵科首席だよな。

「いよいよ例のアレか」

「そそ、例のアレだ」

その例のアレの準備は、昨日ラデックらを始めとした司令部要員総出で行った。そのためか、ちょっと疲れが残っている。

まぁ、大きく動く必要のない俺らはちょっと疲れていても問題はない。

「にしても、思いつく方もどうかと思うけど、それを実行する方もすげえな」

「前者はともかく、後者については俺もそう思う」

「……まさか、サレスキにも変なことしたのか？」

「してないよ。たぶん」

第2中隊の隊長にして騎兵科首席のライゼル・サレスキはまさに文武両道。いや、武においてはサラに一歩譲るが、それでも秀才と言って良い。

それは、あの撤退戦を見ればわかる。……騎兵科なのに撤退戦もできる。恐ろしい奴だ。

彼はサラに気がある、らしい。そしてサラは同じ白軍。であれば、男としては良い所見せたいだろう。もう1つ言えば、第2中隊の人たちにはどうやって撤退するかについてはきっちり教えておいた。彼らは教えたとおりに撤退できている。

その結果がアレ、俺の想像以上だ。帰ったらサレスキに1杯くらい奢ってやろう。無論酒は出せないから、ジュースだけどね。

◇◆◇◆◇◆◇

紅軍第1中隊隊長ヴルベルには、引き潮のように引いていく白軍第2中隊が潰走状態に陥っているように見えただろう。すると彼は迷うことなく部下に命じた。

「突撃だ！　敵を壊滅させる絶好の機会だ！」

その命令に、部下は忠実に従い突撃を開始する。

第1中隊は逃げる敵に対し突進を始めた。だが、敵の逃げ足が速いのかなかなかその背中を捉えることができないでいた。ヴルベルは部下を奮起させ、さらに足を速めるよう指示する。

先ほどまで敵がいた地点には、投棄された木剣や訓練用の矢などがあちらこちらに突き刺さっていた。そのためヴルベルはここが本当の戦場のようだと錯覚していた。

そして数十秒後、ヴルベル率いる紅軍第1中隊は、潰走する白軍第2中隊を初級魔術の射程範囲に収めた。ここで初級魔術を撃ち、敵を足止めし、掃討戦に持ち込めば敵を壊滅することができる……はずだった。

必死に白軍の背を追っていたその時、ヴルベルの視界が急にぶれた。

「こ、これは!?」

彼は、気づけば胸元まで地面に埋まっていたのである。慌てて周囲の様子を確認すると、他にも数名……いや、数十名の紅軍の士官候補生が同じ目に遭っていた。

その意味を、彼はすぐに察知した。

人類史上、最も古典的で単純な罠。即ち、落とし穴である。

もしここが本当の戦場であれば、落とし穴の下に仕掛けられた槍が確実に兵を殺しただろう。幸いなことにここは戦場ではなく練兵場だったため彼らは命拾いした。

だが、だからと言って紅軍第1中隊が無傷だったわけではない。白軍第2中隊が無秩序と思われた後退を止め、秩序ある反転攻撃を仕掛けてきたからである。

「突撃だ！　紅軍の奴らを全て地獄の穴に叩き落とせ！」

「「「おう！」」」

白軍第2中隊隊長ライゼル・サレスキは、騎兵科らしく勇猛な突撃を敢行する。一方の紅軍第1中隊は、指揮官が落とし穴にはまってしまったために指示が出せず、部隊は混乱を極めた。

そのあまりにも酷い戦場を見た紅軍司令官のエミリアは怒りを顕《あら》わにした。

「攻撃命令を出していないのに勝手に突撃するとは何事ですか！」

エミリアは、第1中隊長ヴルベルの独断専行の責任を追及しようとしたが、その間にも戦線は突き崩されつつある。このままでは演習開始からまだ間もない時に全軍の半分の戦力が消滅する。

そう考えた彼女は、責任追及を止めて部下に指示を出す。

「第2中隊のボークさんに連絡！　第1中隊に追撃を仕掛ける敵部隊の左側面を叩き、その侵攻意志を挫いてください。混乱する第1中隊に関しては、私が直接指揮し混乱を治めます！」

彼女はそう言うと、周囲の制止も聞かずに近くにあった木剣を携え、参謀長であるマヤと共に最前線へと赴いた。

◇◆◇◆◇◆◇

思いの外上手くいった。

あの落とし穴は昨日、俺らが必死になって掘った穴だ。

演習日前に陣地構築をしてはいけない、なんて規則はなかったからね。それに想定される戦場に予め陣地構築したり罠を仕掛けるのは戦術の王道だ。

無論、人数が少ないから掘れる穴は少なかったけど、それでも敵を混乱させることができた。後はこれを掻き乱せば、ご覧の通り。

にしても、穴に落ちて身動きが取れない敵兵を見るのは快感の極み、それだけでも十分だ。司令部にいる他の人を見ても、どうやらその思いは同じようでなんかみんなニヤニヤしてる。

「司令官。間諜《スパイ》より連絡です。敵1個中隊が出撃、我が第2中隊の左側面を突くべく移動を開始しました。また、司令部からも少数の増援を確認。敵第1中隊へ向かっています」

司令部要員の戦術研究科の知り合いが、淡々と情報をくれる。

どうやら間諜《スパイ》ちゃんは思ったよりも熱心に活動してくれてるようで、戦闘中でも子細な情報を送ってきてくれている。こりゃ、今回のＭＶＰはこの間諜《スパイ》ちゃんになるね。諜報科に転科すればいいのに。

「にしても『さすがはエミリア様』と言うべきかな。一時の混乱をすぐに治めたか」

「ユゼフ、どうするよ?」

「どうしようか……。なぁ、その司令部からの増援っていうのが、誰かわかるか?」

俺は報告に来た知り合いに尋ねる。すると彼は「少し待ってください」と言うと、また別の人と話し合っている。

……ていうか彼、俺には敬語なんだね。普段はタメ口なのに。ロールプレイしてるのかしら。

数十秒後、彼が戻ってくると報告の続きをしてくれた。

「失礼しました。司令部からの増援は、紅軍司令官エミリア・ヴィストゥラ候補生と、参謀長マヤ・ヴァルタ候補生以下11名だそうです」

「……エミリア様が直接殴りこんできたか。ちょっと予想外だったかな」

司令官が討ち取られたら、そのチームの負けだ。だから普通は安全な後方に下がって指揮するんだけど……。

「どういうことだ、これ？」

「……たぶん、信頼できる中級指揮官が少ないってことだと思う」

部下が信頼できない。だから自分がやる。ということか。剣兵科三席だから実力もあるし、首席のヴァルタさんもついてくるとなると、結構やばいかも。

「どうする？　敵将を討ち取る絶好の機会だと思うんだが、攻勢に出るか？」

「いや、やめておこう。あるいはエミリア様の狙いはそれかもしれない。突出した第2中隊を半包囲して、一気に形勢逆転、という算段かも」

「じゃあ、後退か？」

「……そうしよう。第2中隊は追撃を中止。第2防衛線まで後退するように。それと第1中隊のカミンスキに連絡。第2中隊左側面を襲おうとしている敵部隊を牽制させよう」

「了解」

ラデックは俺の指示を受けて、伝令の準備を適確に行う。戦術的な独創性はないが、こういう仕事は板についている。さすがイケメンだ。

っと、そうだ。言い忘れてたことあったわ。

「ラデック。この指示が全て実行されたら恐らく、暫く戦線は膠着する。その間に、敵味方の被害の全容の把握と、戦線各所の補給と補充、負傷者の後送を頼めないか？」

「言われなくてもわかってるよ。じゃ、行ってくる」

「ん、ありがとう」

「いいってことよ」

……本当、イケメンだよなぁ。

◇　◇

12時30分。

俺の予想通り、戦線は完全に膠着した。

罠にかかった紅軍第1中隊の損害は推定で2割。思いの外早くエミリア様が混乱を収拾したおかげで大した出血がなかった。

それにその後もエミリア様が直接第1中隊の指揮を執り続けているようで、白軍は全面攻勢に出ることができないでいる。これが図上演習で6連勝した指揮官の実力、というわけか。

俺は輜重《しちょう》兵隊から支給されたパンを片手に、さて次はどうするかと考えていた。当初予定では突出した紅軍を一気に殲滅、後は数の差を活かしてゴリ押しするつもりだった。

けど、予想外に敵の損害が少ない。まぁ、こっちの損害も微々たるものだから有利とはいえるけど……、もっとダイナミックな戦術が必要かな。

そう思い、俺の脇で書類と睨めっこしながら飯食ってるラデックに問いかけた。

「ラデック。今回の戦闘、捕虜何人取った？」

「ん？　あぁ……そうだな。７人だ」

「たった７人か……」

捕虜に関する演習規則はない。だから今は、王国軍の軍紀に従って丁重に扱っている。が、これを上手く使えないだろうか？

「おい、また悪い事考えてるのか？」

「失敬な。まともなことだよ」

「そうか？　俺は捕虜を使って何か悪さをしようとしてるんだと思ったんだが」

「違うって。使える物は何でも使おう、っていう貧乏人の発想だよ」

「ふーん……？」

いやそこは疑うなよ。

「まぁいい。でも、何考えてるかは教えてくれても良いよな？」

「……わかった。でもまだ構想段階だけど」

「いいから話せ」

「はいはい。えーっと、捕虜をどうにかして工作員にして、敵に送り込む。そして工作員が敵部隊内部で情報攪乱や、破壊工作などの妨害行為をし、混乱しているうちに攻勢に出る」

敵の捕虜の活用、というのも有用な策だ。図上演習じゃ捕虜は戦死と同じ扱いになる。だからこういうことはやらない。つまり、これも盤外の戦いのひとつだ。

「利点ばかりに聞こえるが？」

「無論、欠点もあるよ。まずは捕虜が言うことを聞いてくれるかわからないこと。そして7人を全員説得して、良くて半分が工作員になっても4人じゃ効果は期待できない。それに、エミリア様がこの元捕虜たちを信用しなければそれで終わりさ」

失敗したところで痛くはないが、でも盤外の戦いを警戒されては今後の作戦展開に響く。だから今回は捕虜を使った戦いはやめておこう。

「じゃあどうするんだ？　このまま睨み合いか？」

「いや、盤内で戦うよ」

「お、作戦変更か？」

「そんなところかな。基本方針は変わらないけど。……えーっと、サラはどこだ？」

いよいよとっておきのサラ小隊を使う時が来た。これで一気に決めよう。

「後ろよ」

「おっと、いつの間にそんなところに」

「簡単に後ろを取られるなんて、ユゼフもまだまだね」

ごもっとも。人間も馬も戦車も後ろが弱点だからね。戦術的、戦略的に工夫して後ろを取られないように機動しないと一気に軍が瓦解する。

閑話休題《それはさておき》。

「サラ、ちょっと頼みたいことがあるんだけど……」

◇◆◇◆◇◆◇

午前中の攻勢作戦に失敗したエミリアは、すぐに部隊を立て直して再攻勢を試みた。だがその都度白軍部隊の柔軟的な運動によって阻まれ失敗した。これでは兵の疲労が増大するばかりである。

この時、エミリアは白軍の編成の利点をよく理解できていた。

自分が編成した紅軍は、打撃力・機動力・防御力・突破力をすべて平均化させた部隊である。それによって、戦況がどう推移しようとも柔軟な対応が出来ると思っていた。

だがそれが間違っていたことを、ユゼフ指揮する白軍の編成とその運動を見て理解した。機動力と打撃力にそれぞれ特化させた部隊を、その能力を発揮できる状況で投入する。

局面に応じてどの部隊を動かすか、どう動かすかを判断し指揮する。

ユゼフは、才幹溢れる士官候補生たちの手腕を遺憾なく利用できていたのである。

一方エミリアが編成した紅軍部隊は、能力を平均化させた部隊であるためそれができない。むしろ、無理に平均化させたことによる弊害も出てきている。

足の遅い者を、足の速い者と組ませても急に俊足になるわけではない。むしろ集団で隊列を乱さずに動くために、足の速い者が足の遅い者に合わせなければならないのである。つまりそれは、全体の機動力を落とすことに繋がる。

そして機動力だけではなく、打撃力や突破力と言った面でも悪い影響が出ていることにエミリアは気付いた。

このままではまずい。

そう考えたエミリアは日が暮れる前に攻勢作戦を中止。当初予定していた短期決戦を捨て、長期戦に移行する。そして闇夜によって戦闘が中断された後、部隊を再編させようと考えた。

16時50分。

太陽が傾き始め、間もなくその姿を地平線の向こうに隠そうとしている。それと前後して、敵の動きも鈍化していく。今日の戦闘はこれまで、と紅軍の誰もが理解した。

「今日はこれまでです。部隊を第2防衛線まで後退させ、交代で休息を取らせてください。それと夕食の用意も。それと、司令部要員は私と共に部隊の再編成を……」

そう言いかけた時、紅軍の参謀たるマヤが焦った様子で報告してきた。

「エミリア様、敵が攻勢に出ました！」

「なんですって!?」

その情報は、エミリアにとっては予想外だった。1日中続いた戦闘によって紅軍のほぼ全ての兵たちは疲労しており、それを迎撃していた白軍も同様だろうと考えていた。そのためこの時点で敵が攻勢作戦を実施、あるいは夜間奇襲をするとは思いもしなかったのである。

「現在第2中隊が練兵場西の地点で迎撃しています。しかし、敵は2個中隊で攻勢をかけているようで、このままでは戦力差から言って全滅は避けられません」

「……止むを得ません。第1中隊を増援に出します。指揮は引き続き私が執りましょう」

この攻勢を凌ぎ切れば、白軍も疲労して無闇に攻勢に出ることはできなくなるはず。エミリアはそう考え、疲労によってふらつく自らの体と兵を鼓舞しながら前線に立ち続けた。

だがその勇気ある行動さえも、ユゼフの予測の内にあったということを、彼女はその数十分後に知ることになった。

太陽がほぼ沈みつつある頃、紅白軍双方の主戦力は、第1練兵場のやや西の地点で剣を交えていた。当然両軍の前線指揮官の目は西に行き、東はおざなりとなる。

士官候補生しか使えないこの演習においては、戦場全体の広さに反して絶対的な兵力が不足しており、故に索敵の欠落が問題となる。ユゼフはこの問題を間諜《スパイ》による情報収集によって補完していたが、エミリアは特に何も対策を施していなかった。

そしてその弊害は、17時30分に起きた。

その時紅軍拠点では、輜重《しちょう》兵科と残っていた司令部要員が前線の士官候補生のための夕食の準備を始めていた。演習が予想外に延びた場合も想定して相当な量の物資がこの拠点に集積されていたため材料には困らないが、それでも数百人分の戦闘糧食を作るのは大変骨の折れる作業であることは間違いない。

その中には、白軍参謀長ラスドワフ・ノヴァクと同じ輜重《しちょう》兵科にして友人のウーカシュ・マズールもいた。

彼は料理をする傍ら、脇に立つ友人と雑談に興じていた。

「にしても、俺らこんな地味な仕事やってて本当に評価されるのかね？」

「さぁね。一応教官たちは『評価される』とは言ってたけど、絵面は凄い地味だ……」

「だよなぁ……」

彼らの声には覇気が全く感じられなかった。無論手を抜いているわけではないが、それが油断となって初動が遅れたことは否定できなかった。

マズールの視界の端に、何かが映った。最初は、紅軍の誰かが戻ってきたのではないかと思ってそれを無視した。だがその数分後に、無視できない事態が起きたのである。

「護衛がいない今が好機、一気に殲滅して物資を奪うわよ！」

薄暗い練兵場から騎兵科次席のサラ・マリノフスカ率いる白軍1個小隊が、訓練用の木剣を携えて突撃してきたのである。

マズールらは、それが敵襲だと気づくのに10秒程の時間を要した。だがその10秒の間に、サラは一気に距離を詰める。何人かがそれに応戦しようとするが、彼らが持っていたのは調理用の道具のみであり、抵抗はほぼ不可能だった。

数分間の戦闘――あるいは、一方的な虐殺――によって拠点に残っていた輜重《しちょう》兵及び司令部要員は文字通りの全滅の判定を受け、その拠点としての機能を失った。

それればかりでなく、拠点に集積されていた物資のほぼ全てがサラ小隊によって奪われてしまったのである。

物資の移送は紅軍拠点にあった馬車を使った。騎兵の使用は禁止されているが、物資輸送用の馬の使用はこの限りではない。そのためサラ、あるいは作戦立案者のユゼフは馬車を略奪用として利用したのである。

戦死、あるいは重傷による戦闘不能判定を受けた紅軍輜重《しちょう》兵部隊がそれを止められるはずもなかった。彼らに出来たことは、口を動かすことだけ。

「この卑怯者ォ――――――ッ!!」

死人に口なし。その叫びが戦況に何ら影響を及ぼすことがなかったのは、言うまでもない。

◇　◇

18時丁度。

白軍の攻勢作戦が終わりを迎え、ようやくこの日の戦闘が終了した。

紅軍の各前線部隊の疲労は極致にあり、これ以上の攻勢が続いていれば紅軍は瓦解していたかもしれない。しかし今太陽は完全に没し、かつ白軍の疲労も限界にある。そのためこれ以上の敵の攻勢はないだろうと考え、エミリアはホッと胸をなでおろしていた。

だがそれも束の間のことであった。エミリアが部隊を第2防衛線まで退かせ、そして紅軍司令部に戻った時に恐ろしい光景を見たからである。

そしてエミリアは、辛うじて戦死判定を免れたものの戦闘不能の判定を受けた司令部要員の1人から、何が起こったのかを聞き、そして全てを理解した。

「私としたことが、敵の陽動に乗ってしまったのですか……」

白軍が夕刻の攻勢に出たのは、紅軍の耳目を全て西に向けるため。本当の目的は戦場を大きく迂回した少数精鋭の部隊による拠点奇襲、そして兵站《へいたん》の破壊。エミリアが拠点を離れ、マヤを始めとした司令部直属の実戦部隊が不在だったことも大きかった。

「どうすれば、どうすればいいのでしょうか……」

エミリアはやや震えた声でそう言った。その問いに答えられる者はその場に居なかったが、ただ確実に言えることが1つあった。

それは「紅軍は今晩食事抜き」ということである。

◇

◆

◇

◆

◇

◆

◇

「ワーハッハッハッハ！」

いやぁ、愉快愉快！　やっぱり敵から奪った物資で食う飯は最高だな！

俺は手に持っているコップに略奪した麦酒《ビール》をなみなみと入れる。グビグビとそれを飲み干し、喉を通る感覚はまさに……、

「麦茶だこれ！」

などとコントをやっていたら、物資を略奪した本人であるサラに呆れられてしまった。いや、命令したのは俺だけどね。

「何やってんのよ……」

「いや、ちょっとやってみたくなって」

そもそも士官学校じゃ酒は飲めないしね。

「はぁ……ってそもそもこれ何？　見た目はなんか蒸留酒《ウイスキー》っぽいけど……」

そう言えば麦茶ってアジアの飲み物だからヨーロッパもどきの大陸にあるこの国じゃ麦茶はなじみがないんだった。作り方は追々教えてあげるとして、俺は持っていたコップをサラに突き出した。

「とりあえず飲む？」

「ええ、ありが……や、やっぱりいいわ」

なぜかサラの言葉が途中で変わった。なんか顔真っ赤だし、熱でもあるのかね？　まぁ彼女の挙動不審ぶりは今に始まったことじゃないし、すぐに収まるだろう。

それよりも、俺ら白軍はサラ小隊の活躍によって紅軍の補給物資のほとんどを略奪することに成功し、備蓄物資の量が一気に倍になった。

それによって司令部ではどんちゃん騒ぎ、補給担当ラデックも大喜びで……、

「………………」

喜んではいなかった。なぜか白い目で俺を見ている。

「いや、あの、ラデックさん。もうちょっと騒ごう？」

「お前のやってることが外道過ぎて騒げねぇよ……」

「えー……」

敵の兵站《へいたん》を破壊することは戦術の定石だと思うんだけどなぁ……。ってよく見たら司令部でどんちゃん騒ぎをしているのは俺を含めた数人だけで、ほとんどの人間は俺を白い目で見ていた。やめろ、そんな目で俺を見るな。

「まぁ、外道がどうのこうのはともかく、敵は今頃食う飯にも困る状況に陥っている。そしてこっちは物資が潤沢にある。だから騒げ。騒ぐのも作戦の内だ」

俺が真面目な顔でそう言うと、サラが「そうなの？」と首を傾げながら聞いてきた。その仕草に不覚にもときめいてしまった俺がいた。

「うん、これで敵の士気を一気に削ぐ。上手くいけば陽が昇る前に決着がつくよ」

「本当に？　どうやるのよ？」

「何、難しい話じゃないさ」

俺はその作戦をサラや司令部のみんなに伝えた。すると先ほどまで騒いでいた連中でさえもどんどん白い目になっていく。だからやめろって。

◇◆◇◆◇◆◇

18時20分。

紅軍参謀のマヤによって、全軍に「補給物資がないため夕食抜き」という報がもたらされた。すると紅軍の士官候補生の士気が一気に下がる様を、マヤは見ていた。

一応、彼らは空腹に耐える訓練を士官学校の授業で行っているため、ある程度耐性はある。だが1日中戦闘の最中にあった彼らの空腹の度合いは生半可な物ではない。

そしてさらに、その困窮した紅軍に追い打ちをかける事態が起きた。

18時30分。篝火《かがりび》を掲げた白軍2個中隊が前進を始めたのである。当然紅軍は敵襲と考え迎撃の構えを見せたのだが、白軍は紅軍の弓矢の有効射程ギリギリでその足を止めたのである。

紅軍司令官のエミリアは罠の可能性と、兵の疲労を考慮して攻勢をかけることはしなかった。

だがその数分後、耳を疑う言葉が白軍から聞こえてきたのである。

「よっしゃあ！　宴会じゃあ!!」

「……は？」

紅軍のほぼ全員がその言葉を聞いた瞬間、白軍は本当に宴会を始めたのである。飲めや歌えやの大騒ぎ、紅軍から奪った物資をふんだんに使った料理が運び込まれて、それを彼らは貪り始めたのである。

当然、その光景を見た紅軍士官候補生らの腹が盛大に鳴ったのは言うまでもない。

そして不運なことに白軍が風上で、紅軍が風下だった。

白軍は自分たちの夕食を奪った憎むべき敵である。あぁ、でもなぜだろう。彼らの方からとても美味しそうな匂いが漂ってくるではないか。

そしてさらに数分後、白軍の方から声がした。

「やあ！　その日の食べ物にも困る紅軍諸君！　腹が減って大変だろう。どうだろうか、もし君たちが武器を捨て投降してくれれば、ここにある食べ物を君たちに分け与えてやってもいい！　だけど量には限りがある！　だから、早い者勝ちだ！」

この声が白軍司令官ユゼフ・ワレサのものであると、エミリアには理解できた。そして彼が意図していることはより明白だった。

これは宣伝戦、ユゼフの言う盤外の戦いのひとつである。

「みなさん、あんな甘言に釣られてはなりません！　どうせ嘘に決まって……」

エミリアは旗下の部隊にそう言ったのだが、残念ながらほとんどの士官候補生の耳には届かなかった。

もしここが本当の戦場であれば彼らも易々と信じなかっただろう。だがここは王立士官学校の敷地内、死者が出ることは決してない。それに甘言に釣られた結果紅軍が負けたとしても、成績評価に影響はない。

だとすれば、ここで空腹に耐えて負けるより、空腹を満たして降伏した方がマシ。ほとんどの人間がそう考えたのである。

そしてある紅軍士官候補生がついに我慢できず、武器を捨て一目散に白軍陣地に飛び込んだ。白軍はそれを拒まず、むしろ肩を並べて一緒に食事を始めるのである。彼は腹を満たす喜びを数時間ぶりに味わうことができた。

その幸せそうな光景を見た他の紅軍士官候補生たちが次々と降伏し始めた。エミリアがそれを必死に止めるが誰も聞かない。あいつが行くなら俺も、私も、という風に続々と投降者が出てきた。気付けば、第1練兵場は宴会場となっていた。数時間前までは剣を交えていた彼らが宴会を始めるのは、考えてみれば異様な光景である。

その異様な光景を見たエミリアは、

「それでも勇壮なる王立士官学校の生徒ですか――――!!」

と叫んだ。それが食糧のために降伏をした味方に言ったものなのか、あるいはそんな非道な作戦をとったユゼフに対するものかは定かではないが、どちらにしてもその叫びが正鵠を射ていたことは間違いないだろう。

そして夜が明け、全ての事情が明らかになる。

最終的に紅軍に残った士官候補生の数は、エミリアやマヤを含め、僅か56名だった。当然その数では組織的抵抗は不可能であり、エミリアは降伏せざるを得なかった。

こうして、王立士官学校大規模軍事演習は白軍の完勝によって幕を閉じたのである。

◇◆◇◆◇◆◇

「あのー……エミリア様?」

「……」

あの演習から2日後のこと。その演習が終わってから初めてエミリア様と再会した時、彼女はもの凄い不貞腐れた顔をしていた。

理由は明白。盤外から容赦なく紅軍を殴り続けた結果、紅軍があまりにも酷い負け方をしたからである。

「あの、エミリア様。そのエミリア様も頑張りましたよ。特に午前中の攻勢は見事で……」

「その悉《ことごと》くはユゼフさんに跳ね返されました」

エミリア様は「むー……」と唸りながら皮肉たっぷりにそう反撃した。うん、凄い心が痛い。

俺はなんとかエミリア様の機嫌を直させようと必死でフォローするも、その度に熾烈な反撃を受けてその悉くを跳ね返されてしまった。そしてその反撃を受けるたびに心に傷がつく。

もっと手加減すればよかった……と反省していた時、エミリア様がクスッと笑い、そしてこちらに振り向きながら言い放った。

「ふふ、これで今日の戦いは私の勝ちですね」

「……ええ。私の惨敗です」

そんな笑顔を見せられたら、俺は負けを認めざるを得ないのに。卑怯だなぁ。

「ですが、約束は守らねばなりません」

「約束？」

「負けた方は、勝った方の言うことを何でも聞く。そう言う約束をしましたよね？」

……あー、確かにしてたな。勝利の喜びに舞い上がってたのとエミリア様の不貞腐れ顔ですっかり忘れてたけど。どうしよう。仮にも王族相手に命令なんてできないし……。

でも、エミリア様は真顔でこんなことを言う。

「さぁ、なんでも言ってください。なんだったら『この場で服を全て脱ぎ捨てろ』という命令でも構いませんよ」

「その覚悟は素晴らしいですが廊下で言うのはやめましょう!?」

幸い周囲に人はいなかったため問題はなかったが、もうちょっと場所とエミリア様の社会的地位を考えて欲しいです。

「失礼。それで、何かありますか？」

「……えーっと」

命令、命令ね。王族に対して無礼でなく、法的・社会的に問題ない命令……。

「えっと、保留で」

そんなの思いつくわけないので、保留。面倒なことは後回しにするに限る。

エミリア様は俺の答えに酷く失望したのか、顔を背けながらこうボソッと言った。

「……意気地なし」

ごめんなさい。いやでも俺にとっては意気地とかそういう問題じゃないんで、その、はい。

エミリア様は数秒程顔を背けっぱなしだったが、二度三度咳き込むと俺に向き直り、いつもの毅然とした王女殿下に戻った。

「今回の演習は、良い勉強になりました。もっと精進して、次はユゼフさんを『ぎゃふん』と言わせてあげます」

「楽しみにしています。……と言ってもそろそろ卒業ですけどね」

あと半年もしない内に卒業となる。卒業試験のことを考えると、他兵科の人間と悠長に図上演習をすることもできない。

「あぁ……そうでしたね。では、戦場で競い合いましょうか。どちらが多く戦果を挙げることができるのかを」

エミリア様は笑顔のまま、俺に挑戦状を突きつけた。

「望むところです。もっとも、そんな機会がない方がいいのですが」

「そうですね……。ではそうなったら、また図上演習で決着を付けましょうか」

「はい」

エミリア様はまた強くなられた。

次やったら本当に負けるかもしれない。だから俺も精進しないといけないな。

こうして俺らは卒業までの短い期間にも自分の能力を伸ばすために努力した。

でもエミリア様の言う「戦場」があんなにも早く訪れるなんて、この時の俺は思いもしなかった。

了

『あとがき』

はじめましての方ははじめまして、そうでない方はおはようございます。ＳＦ戦記小説『銀河英雄伝説』（以下『銀英伝』）の大ファンの悪一《わるいち》です。もしくは『大陸英雄戦記』の作者です。

この作品は『銀英伝』の影響を強く受けています。というより『銀英伝』がなければ私は『大陸英雄戦記』を書くことはできなかったでしょう。田中芳樹先生ありがとうございます。もし今ここに私のあとがきを呼んでいるけど『銀英伝』は知らないという方がいましたら、是非読んでください。１１０話あるＯＶＡ一気見もおすすめです。

さて私としてはこのまま『銀英伝』の話を進めて色々語っても良いんですがどう考えても編集さんから「ツイッターでやれ」と怒られる（そもそも銀英伝云々が後書きから消される可能性もある）ので『大陸英雄戦記』の話をしましょうか。某作家さんに見習ってネタバレは極力避けますので、あとがきを先から読む派の読者様も安心してください。

私が「そうだ、小説家になろう」などと思い始めたのは２０１４年の夏でした。理由は色々省きますが端的に言うと「出版業界が私の才能を見逃すはずがない」などという、どっかで聞いたことのある理由で書き始めたのです。

最初は自分のPCにちまちまと書いていき、でもモチベが上がらず気付けば冬に。そんな時に見つけたのが「小説家になろう」でした。

そこにあるランキング上位の作品を一気に読んだ後に思ったことは「自分が書いていたのは小説やない！　小学生の読書感想文や！」となりました。ええ、本当に心が打ち砕かれました。で、ここで一念発起。「小説家になりたいんだったらこんなことでへこたれるなよ！」と自分に言い聞かせ、そして新しい物語を書くことにしました。それがこの『大陸英雄戦記』です。初投稿は２０１５年3月17日、人生が変わった日としてもう忘れることができない日となりました。

プロットなし、勢い重視で書き続けた結果なのでしょうか、見てくれる人がいて、ポイントがついて、初めて感想が来て、そしてついにはランキングに乗りました。もうこうなると「俺の才能」云々の根拠のない自信と相まって調子に乗りまくって書き続けてました。

そして調子に乗ってたら、アース・スターノベル様より書籍化打診のお声が掛かって今に至ります。

ちなみにその時声を掛けてくださったアース・スターノベル編集長である稲垣さんは、『銀英伝』のＯＶＡ制作に携わっていた人だとか。急いでＯＶＡ（外伝）を確認したらエンディングクレジットにその人の名前が載ってるんですよ。「世間狭っ！」と叫んだ記憶があります。本当人生何が起きるかわかりませんね。

初めての打ち合わせでは『銀英伝』の話で盛り上がり、２回目の打ち合わせでも『銀英伝』で盛り上がり、「あれ、これ何の打ち合わせだっけ？」と思いながら改稿していました。でも「『銀英伝』が好きな人に悪い人はいない」と考えてすぐに編集さんを信じることが出来たのは幸運です。なのですがなぜか『大陸英雄戦記』の原稿が田中芳樹先生の会社の人の手に渡ったと聞いた時は死を覚悟しました。いやさすがにそれは言い過ぎですが、なんていうか色々申し訳なかったです。先に謝っておきます。ごめんなさい。でもそう言うこともあってか、WEBの感想欄で散々言われていた「『銀英伝』っぽいけど大丈夫?」問題はどうにかなりそうです。

ともあれ、私は結構幸運な人間です。多くの方々に支えられてここまで来れました。

私に作品投稿の場を与えてくれた「小説家になろう」運営者様、そして書籍化と言う機会をくれたアース・スターノベル様と、編集長の稲垣さん、本当にありがとうございます。忙しい中色々と教えてくださった編集の大用さん、生きていますか。生きていたら嬉しいです、どうか無理しないで。イラストレーターのニリツさん、素敵な絵をいただいて私は幸せ者です、ありがとうございます。サラさんかわいい踏まれたい。「実は小説書いてて今度デビューするんだ」と告げた時よくわからない反応をくれた我が家族、これからも迷惑かけますが生温い目で見てくれれば幸いです。「小説家になろう」に投稿する前から小説家になろうと調子に乗る私を応援してくれた悪友、ありがとう。

そして何よりWEB連載時から応援してくださった方、今この本を手に取ってあとがきを読んでくれている読者様方、本当にありがとうございます!

皆様のおかげで私はここまで来れました。「ありがとう」の言葉だけでは足りませんが、何度も言います。本当に感謝です。これからもユゼフくんたちをよろしくお願いいたしますね。

それと重大発表です。なんと『大陸英雄戦記』の第2巻が来月12月15日に発売予定です。まさかの2ヶ月連続刊行。割と修羅場です。大丈夫か私。

それでは、またお会いしましょう《Do zobaczenia》！

ツイッターもやっています→@waru_ichi

2015年10月吉日　悪一

EARTH STAR NOVEL

大陸英雄戦記　1

発行 ―――――― 2015年11月14日　初版第1刷発行

著者 ―――――― 悪一

イラストレーター ―――― ニリツ

装丁デザイン ―――― Rise Design Room

発行者 ―――――― 幕内和博

編集 ―――――― 大用尚宏

発行所 ―――――― 株式会社 アース・スター エンターテイメント
〒150-0036　東京都渋谷区南平台町 16-17
渋谷ガーデンタワー 11F
TEL：03-5457-1471
FAX：03-5457-1473
http://www.es-novel.jp/

発売所 ―――――― 株式会社 泰文堂
〒108-0075　東京都港区港南 2-16-8
ストーリア品川 17F
TEL：03-6712-0333

印刷・製本 ―――― 図書印刷株式会社

ISBN 978-4-8030-0826-5